漫游的人

王倩茜 著

敦煌文艺出版社

图书在版编目（ＣＩＰ）数据

漫游的人 / 王倩茜著. -- 兰州 ： 敦煌文艺出版社，
2022.9
ISBN 978-7-5468-2230-3

Ⅰ．①漫 … Ⅱ．①王 … Ⅲ．①散文集－中国－当代
Ⅳ．①Ｉ267

中国版本图书馆CIP数据核字（2022）第 171535 号

漫游的人

王倩茜　著

责任编辑：王　倩
装帧设计：孟孜铭

敦煌文艺出版社出版、发行

地址：（730030）兰州市城关区曹家巷 1 号新闻出版大厦

邮箱：dunhuangwenyi1958@163.com

0931-2131397（编辑部）

0931-8773112　0931-2131387（发行部）

兰州银声印务有限公司印刷

开本　880 毫米 ×1230 毫米　　1/32　　印张 7.375　　字数 180 千

2023 年 2 月第 1 版　2023 年 2 月第 1 次印刷

印数　1 ～ 1000 册

ISBN 978-7-5468-2230-3

定价：49.80 元

自　序

ZIXU

　　把时间拉回 1958 年的 3 月，祖国一声号令，我的外公外婆双双奔赴北大荒。70 年代，"扎根边疆一辈子"的誓言，终究熬不过乡愁侵袭的悒闷。在患上严重的胃溃疡后，外公切除四分之三的胃。这终于击垮了他们。于是，他们含泪挥别患难战友，又一次收拾行囊……

　　这个从北方来的大家族把自己原有的故土吹散在风中。梦想着团聚，只是因为要团聚，他们决定搬迁。老的并没有太老，小的也快要成年。滚雪团一样，拥簇着，坐着绿皮火车驶进秦巴山脉的汉水谷地——十堰市。

　　1972 年，崭新的湖北十堰，全家终于重逢。那是一个饱满而有活力的家族，有我的舅舅、小姨、太奶奶，以及外公弟弟全家、外公小妹妹全家。

　　其时，他们只是那个年代迁徙力量中的一分子，再一次以开拓者的身份，扎进深山，决意把青春奉献给鄂西北这座古老又年轻的汽车城。

　　我，我们，我们所有家族的人，都以为这是一个短暂的开端。那个开端叫作"客居"。

我18岁离开十堰，回头认真审视家乡时，已过而立之年。我想把十堰置身于中国现代化的进程中（尤其是改革开放后）来审视，1972—2022的50年，十堰主城区内核的部分面目。更多的是来自女性视角的审视与思考。

不得不提到的是，鄂西北这座最大的城市，是一座年轻的移民城市，一群流淌着热血的人，在祖国的期盼中从南北汇集而来，一代又一代，在这座陌生到熟悉的土地上发芽、成长、衰老。他们是小人物、个体或是家族，融汇在一起成为一股力量；他们建设、丰盈十堰历史的同时，见证着历史，在时代的沉浮里悄然变化，最终成为历史的一部分。

是为致敬。

致敬把毕生奉献给祖国的开拓者们。

致敬我年轻的苍老的家乡人。

目 录

MULU

外篇

老虎沟

我自小在十堰长大，我的外婆却是大连人。近半个世纪前，她从千里之外的东北来到鄂西北一片陌生的土地。

十堰城中心的五堰和六堰之间，有一条老虎沟。老虎沟没有老虎，只是山沟。沟口有三条山沟岔道，岔道和岔道中间全是山，一条小溪把它们串联在一起。

我们家族的历史从老虎沟开始。四十多年来，老虎沟把我们联系在一起，也分开我们。有人执意要留下来，有人执意要离开，所有的人都成了老虎沟的记忆。

一

1975 年，黑龙江邮来的老木料家具挤满十堰柳林沟招待所，其上隐隐还有上过蜡的气息，外婆一件一件抚过来，餐桌、扶手椅、五屉柜，全都在。家还在。

整个十堰城就是小村镇，绿色的植被，褐色的灰土，翻个底朝天都买不到一件像样的家具。

幸好在虎林没有丢掉。外公外婆听从了朋友的意见，提前两个月在虎林寄出了一众家当。除了锅碗瓢盆，还有东北林场的杉木五屉柜子——那是兴趣浓时二人亲手刷漆打制的。结婚时的大皮箱子则是更早投放到了南方。最先来的也是这两个大皮箱子。两个箱子里装满衣服，每一件大衣服都裹着孩子的小衣服。他们将狗皮背心、大皮袄子在床上铺成一排。浑厚的衣服与南方的阴冷天气一点儿也不违和。

外公从箱子里翻出一只口琴，翠绿色的。他用手绢擦拭干净，吹了起来。欢快的曲调，清清冷冷，听不出是什么歌。外公的眼睛越来越朦胧，他的青筋在脖颈上抽动，他闻见了北大荒的泥土味。野草在颤动，四合的暮色里，没有听众，无名的曲调如泣如诉。

只是，停滞在招待所的几个月，老家具不堪重负，没有愈发油亮，反而沾满了灰尘，怎么都擦不干净。肮脏，而更显得多余，它们渐渐阴冷，和主人们一起散发出沉重压抑的气息。

城镇的建筑没有踪影，路上往来的面孔都是陌生的，山里清凉，十堰城用阒然无声迎接他们。外婆心里惶惶不安，她侧在餐桌上备课，英语教材被反反复复翻动，一页，两页，翻到最后一页，丢到了一边，什么都没有装进心里。不，是未知侵入她的心里。辛苦跋涉才换来的生活，成了一大团混沌，别无他物。她感到窒息，命运如此了了。沟里的风凉凉的，好几次，她站在风中，灵魂出窍，拐弯的山口快要把她吞下去。

好在六堰中学对她施予厚爱。课间，衣单天寒，她咳嗽着，嘴唇没了颜色，当地的同事第二天就给她带来衣服，让她心里暖暖的。几个学生调皮，一句一句给她念顺口溜，全是半猜半懂的方言，让她哭笑不得。

> 山沟里面把楼盖，不分城里和城外；
>
> 下雨打伞头还歪，工厂里边种白菜；
>
> 红薯叶子当菜卖，石头当成黑煤块；

一条街道通老白，电话没人走得快；

汽车进城要人拽，来到十堰跳起来。

胡思乱想全部纠缠在脑袋里，这番情景感染了她。大半年后，忽然一切有了剧变——十堰半导体厂的领导侠义相助，给外公分到了一套老虎沟的房子。

没想到，山的背后，是更雄阔的山。平地是开山填沟换来的，平地上散着农村建房，它们衰老得变了样，气息还停留在二三十年前。

半导体厂的大院在老虎沟的一条岔路里，被一股浓浓的泥巴味包围着。大院被分割成了两半。一半在大门的右手边，就是半导体厂房。大家称其为车间。车间里的东西密密挤着，又隔出了一块空地。空地里忙碌的不是工人，而是哞哞欢叫的牛群。

另一半是一排破败的红砖平房。有一间是他们的第一个家。平房又叫职工宿舍，里头一道住着的十来户，都是外公的同事。一家门口一个蜂窝煤炉子，炉子里的烟随风摇曳着。

红砖已经褪了色，成了灰白的疤。墙壁太老，被撕出了裂痕，所以风尘不费力就吹了进来。山里的冬天很快把平房淹没了，日子又成了零碎。进屋没有热炕头，蜂窝煤炉子是别人用旧了的，火苗颤颤巍巍。炒好的菜才端上桌，转身就冷掉了。

筒子楼四十平方米的陈年旧房，却让外婆的嘴角柔软了不少。大木板隔出里外两间房，她花了一整天的时间洗水泥地、擦玻璃、糊报纸，指挥着把屋里的家具一件件摆置好。毕生的积蓄都塞了进去，大半年的漂泊痕迹也清除得干净。房间里灌满了寒气，却又简朴洁净。生活像锯齿。一轮一轮磨合得不太轻松。但是，他们终于找到了回家的钥匙。

老虎沟——

老虎沟与样板戏《智取威虎山》中的深山老林黑龙沟并没有关系，也从未有老虎出现。反而市委、市政府的所在地六堰山，十堰老百姓无人不知。贫瘠的老虎沟听得见鸟叫声，从湿湿的山谷那边传来。日光远了，暝色弥漫的时候，糯米黄酒的香气又会钻进外婆的鼻腔，备课都有了趣味。

外婆骑自行车到六堰中学上班，一天来回四趟。从老虎沟的泥巴路出发，骑自行车往六堰中学走，山山水水里的空气钻进头发里，再慢慢散开，心情也如细浪淘过一般清澈。

我的舅舅再一次问："为什么琳妹妹不能上幼儿园？她都四岁了。"

"等过阵子再说。"外公解释。他们刚刚才安顿下来。

"等一阵子"似乎就是戏言，城里没有幼儿园。这里从来不缺丛密的山林，可是没有柏油路，甚至连街道都没有，房子全长在山里。可这里没有幼儿园。我小姨却对什么都不会厌倦，她在房间各个角落翻翻拣拣，总想探索点什么。天气好时，她赤足在前廊和小狗爬着玩，又在整个半导体大院里漫游。倒立着到处张望，她的眼睛在蓝天和绿山之间。大人们忙工作，没有人跟她讲话，她和几只土鸡一起研究泥巴地。脏泥沾满了全身，她挖出一颗一颗的卵石。

后来，她的胆子更大了，冒着险翻到小山岗上，对着天空高声唱歌。

若要盼得哟红军来，

岭上开遍哟映山红……

二

歌声撞进了人的心，它有回忆，在每一个人的身体里生根。

1974 年，黑龙江虎林县（今虎林市）的冬天已经过去，北大荒的土地平静了下来。街面的雪色还有些斑驳，枝叶晃动，藤蔓和花朵纠缠着爬进了一楼的小窗，一团一团的，色彩艳丽。清晨，外婆从外面的厨房端进来一盆白米稀饭，随即双手又颤抖起来。

"胃又疼了？"

她看到外公弓在床上，腿也蜷缩了起来。

"嗯。"

外公屏住呼吸，把拳头顶在胃的位置，镇定地皱着眉头，让自己不那么落魄。他盯着贴在墙上的旧报纸看，1973 年，一条条旧新闻在眼前飘荡，就快腐烂了，那么暗淡无常。而未来的日子更是毫无形状。一只飞虫慢慢爬过他的脸庞，他的脸庞消瘦得厉害，塌陷成老人，早已没有初来东北时的英姿。他忍耐着，无力去拍打，飞虫又一闪，扑到了报纸上。

花团还在开着，可一切开始凋零。春日，外公翻读郭沫若的书，读到《瘐死的春兰》里"囚牢般居室的庭前，瘐死了两盘春兰"，他苦苦叹息。他越来越像个病人。

东北的春天少了凛冽的寒风，气候干爽，但也留不住外公南归的心情。他有十几年没有见过大女儿了，他的父亲和母亲也在老去的日子里，盼他回武汉。他和外婆在春天第二次申请了返乡。第三次，愁肠百结的，前前后后来往了好多电话，和认识的人，和陌生的人，诉说他们无助的命运。似乎，故乡的一切都在那些话里。没想到，结果依然糟糕，大量的时间花费过去了，日子还是无关痛痒地熬着。放下电话筒，他们渐渐说不出来话了，心情变得极度沉闷。电话不再响起来，那是希望一点一点焚成灰尘的感觉——武汉回不去了。这几乎变成了铁证。

"早就知道结果会是这样。"外婆说。她的眼睛都快要熬肿了，什么药都帮不了她。

外公是有预感的，当命运卡在了时代的缝隙里，那么身不由己就成了一个预兆。他的父亲被划分为"黑五类"，所以他自己也成了有"问题"的人。只是没有想到的是，这个"问题"真的变成了沙砾。

从部队转业后，他刚过而立，成了虎林农机厂的工程师。这个新晋青年却自觉是有"问题"的人，所以愿意变成一只绵羊，开始低着头活着。一年又一年，逐渐囊中羞涩。接着，"老绵羊"又心甘情愿到更艰苦的化工岗位刷油漆。虎林小城的冬天漫长阴冷，全是黑白底色，一直往东走，边界线就快到了，那是一片没有边际的异国。他再无办法瞭望未来的日子了，精神一天又一天困顿起来，身上开始沾上油漆，黑白的，或是彩色的，总要费力才能洗掉。

然而，油漆并没有改变生活，生活依旧是一成不变。他的眼神更加空洞，头发更加零散，走起路来身体歪歪斜斜的。人是奇怪的动物，有时渺小得连自己都漠然，疾病的突袭、皮囊的艰辛算不得什么。好多个冬天过去了，他变成了这样的人：回家，劳动，懦弱，迟钝，摇摆不定。他的人生，正在滑进漫长的隧道。

1974 年，真正当头一棒的，是精神的崩塌。这一切交汇于心，让他吃不下饭，吃不下努力适应中的东北杂粮，他无比思念南方的大米，饥饿感让他精神更加涣散。一年一年，他走路弓起了腰，还大把大把地掉头发，他的脸颊也滚烫滚烫的，身体里全是怄人的药味。

疼痛，疼痛，胃止不住的疼痛。

"身不由己"的病症，让外公患上了严重的胃溃疡。当年激情燃烧，从北京部队直奔北大荒，开荒，修良田，搭工棚，在一望无际的荒地上吃高粱大豆，无法好好地消化，直到把胃吃得流血。一个夜晚，虎林大雪，外公颤颤地收工回家，他一面用手顶住胃，一面用靴子在雪地里踏出一条路。然后，他跪在地上呕出几口鲜血。那晚他一脸杏色地被架上手术台，手术切除了他二分之一的胃。推出来时，他变成了肋骨凹陷的老人。

谵妄状态里，外公在一遍遍喊着故乡。时间就是他的刀疤。他在武昌黄鹤楼脚下长大，十多年来，他踩在东北陌生的土地上，屡望黄鹤楼的方向，试图理解一千年前崔颢的心境。昔人已乘黄鹤去，此地空余黄鹤楼。既然是开元盛世也留不住的黄鹤，一千年后，黄鹤楼也就成了他心底深邃的哀伤。有一天夜里，他做了一个梦。他站在长江边，怎么也寻不见黄鹤楼。黄鹤楼找不到了，家也就消失了。他哭着跑上长江大桥，江水变得很高，天空也在变高，江边没有黄鹤楼，云层灰白灰白的，天边只传来他空旷的回声。

他脸色苍白地惊醒了，从病床上爬起来，看了一眼镜子，这一瞥让他害怕。镜中是个瘦骨嶙峋的老者，一米八五的个子，干核桃一样蜷在衣服里。死神就等在镜子里，他的脸颊衰老了，嘴唇越来越乌紫，面孔黧黑，染上了狰狞的影子。他闭上了眼睛，手指踉踉跄跄地抓着头发，他花了十几年的时间都无法在北方安稳，还要把南方的家忘得一干二净。是不是黄鹤一去不复返了？

那些日子里，外公的话有时会说得过头，但又像是要解除魔咒一样，不停止地念念叨叨。"你说，我们为什么回不去？越是回不去，越是想啊想。死都不瞑目了。背井离乡的罪愆啊，武汉啊——湖北啊——"

申请的一纸书一寄再寄，仿佛永远也落不到中原大地。直到一天，空气里初夏的松脂味越来越浓，树干渐渐清晰，萌发了新枝，恍若身体又有了回音。这一次，他无法再次置身事外了。

这天，"十堰"两个字忽然出现在妹妹锦锦寄给他们的信件里。外公和外婆把信读了好几遍，纸张软软的，带着南方的水气和米香。生分的"十堰"和温暖的"欢迎回来"让他们茫然失措。

锦锦在信里说，他们已经在十堰待了一年，日渐习惯了鄂西北小城的生活。而促使他们来到十堰的原因，是热烈响应国家支援三线建设的号召。毛主席说过，中国这么大，光一个一汽制造厂是不够的，要建设第二汽车厂。所以，她和青浦马上就从襄樊农科所申请调到了十堰，在这里开启了红红火火的革命生涯。

书信里还夹着一张照片，崭新的，黑白的。锦锦穿着长裙子靠在一棵树下，一个肿眼皮敦厚面貌的男人牵住了她的手，目光炯炯。远处是山，还是山。锦锦在照片的背面写下一排小字：

1973年，和青浦在十堰。

信里说，他们曾经犹豫了很久，到底是回青浦的南阳老家，还是去三线十堰。青浦性格果断，判断在新十堰会更好。她相信自己的爱人，认为这个选择无比正确。

信里又写满了期待：十堰山沟沟里到处都是东北话，十堰需要技术人才，哥哥，你们一个是工程师，一个是教师，你们能来吗？

来来回回读了好多遍，外公把照片和书信锁进了抽屉。他盯着窗外看,一切如故,花团正自繁茂,越开越艳丽,花瓣是潮湿的,全是迷人的水汽。最近几年,即使身体和精神都抱恙,也完全留意到了,他身边的邻居、朋友、同事,都在背井离乡地搬迁。大家嘴里说到三线建设,说到西部的大山里建起中国的工业基地,说到中国经济建设史上的壮举,摩拳擦掌,全身燃起沸血。

他在大病初愈的这段日子,嘲笑自己太不够果敢,未想过参加到建设三线中。但此时他恍然大悟,这正是一场冥冥之中的时代感召。

外公又翻出了旧报纸,他查到,1969 年 9 月,第二汽车制造厂大规模的施工建设在十堰开启了,这是国家三线建设的重点工程。这些年,长春一汽对二汽的支援很强,派出百名干部参加二汽的筹备,还派去大量管理干部、工程技术人员。1969 年,上面下发通知:决定撤销"郧阳十堰办事处",成立湖北省十堰市。

他自 1952 年从解放军高级防校无线电专业毕业后,一直在部队从事无线电教学工作,军人的血性再一次汹涌而来。当年一腔热血甘愿贡献青春,主动要求去边疆,去离家最远的祖国最北的黑龙江。而今,再次报效祖国的方法唯有此。而回家的办法亦如此,这是时代送给他的新家乡。

他看了一眼镜子,手术后,他壮实了一些,凹陷下去的脸颊又平了。他看向窗外,毕恭毕敬地敬了一个军礼,无声地说,该走了。

离开在即,他们开始捆装打包。

1975 年的 3 月,他们返回湖北大地。团圆是在一个有阳光的日子,那天的积雪绵绵的,踩上去发出咔嚓咔嚓的清脆声响。火车南下了三天三夜,最后绕开了江汉平原,往西北奔去。与江汉平原比,沿途的景物索然无味，没有太多变化；只是在接近鄂西北后，开始不断被山群包围，大山被铁道辟成了两半，和大山同样坚实的，是中原的泥土地。火车在山洞里钻进钻出，车厢暗一阵，又明一阵，记忆也随着明暗翻过一帧又一帧。鲜草的清香引爆了他们的情绪，这应该是舒适晴暖的一天，悠长又乏味。北大荒的昔日时光一瞬，又如长夜离去前公鸡在长鸣的寂寥，怅然所失。

他们的座位对面同样是几个东北人，从一汽来十堰工作。他们无比兴奋地说，一汽是全国人民支援下建设起来的，人员来自五湖四海，现在为了战备需要建新的汽车工业基地，他们就来了。外公外婆也是在这一路才知道，大概在1970年的时候，一汽总共支援二汽4200多人，这是一汽建厂以来输出人才最多的一次。

锦锦新来的信里告诉他们，大山里是通火车的，1969年的时候，铁道兵和沿线各地民工就为建设襄渝铁路奋斗了。两年的时间，这条人力挖出的铁路终于通车到十堰。锦锦说，如果他们1974年能来，也许可以赶上十堰火车站的竣工。

火车钻进隧道里，他们看着车窗，窗外幽亮。不可思议地想象着，一把风枪，一把铁锹，一辆推车，一双手，那就是铁道兵们打隧道的工具。火车开向未知的生活，攀爬着一根根枕木、一段段铁轨。倒映在窗户上的影子，是两个大人，两个孩子。儿子和小女儿，十几岁和几岁，稚嫩而又昏昏欲睡的小面孔。耳朵开始鸣叫，外婆用手指把女儿的头发捋了捋，接着堵住了她的耳朵。

火车在坚致的山群里走着，依山傍水，一点点进入新城，沿着青色的血管，裹挟着外来的杂草、沙砾。如同他们这些外来者，一边匍匐前行，一边又重整旗鼓。外婆看着玻璃外，天色暗下来，眼前的山里刚刚推开千年的大门，一片荒凉，比北大荒还要荒凉。终点还很遥远。火车又一次钻进隧道，外婆的耳朵鸣叫起来，浊气和烟熏让她的内心波澜起伏，她给孩子们小声哼起俄罗斯的民歌《三套车》。

> 三套马车飞奔前方，
>
> 在寒冬伏尔加河岸上，
>
> 赶车人低垂着他的头，
>
> 忧愁地轻声歌唱。

沉闷的汽笛声传来，歌声跟着往山里走，半真半假，她梦游似的竭力思索着。曾经，从俄语专科学校毕业后，她走进了部队，成为中苏合作翻译，四五十年代的青年人钟情俄国文学作品，她也如此。把虎林想象成契诃夫的小镇。那时候，留住他们的是浪漫、热血和无畏。后来，中苏关系破裂了，她成了虎林一中的英语老师，浪漫不复。

生活，开始。

和时代一起重新开始，趁着满脸褶皱生成前。

他们也许在大山里的隧道面前，显得微不足道。但小城移民的光亮开始闪耀了，肌肤，身体，鲜血，心脏，青春，在这里重新打通。

三

1975 年，更多的人群坐上了拥挤的长途班车。他们的鞋底还沾着故乡的泥土，混杂的气息让他们的眼神坚毅。

武汉还在春天中，我母亲也攀上了班车。她收到了父母的电话，他们已经在十堰的老虎沟整顿好了小家。母亲的反应很缓慢，久久的盘桓，直到爷爷拉着她在四十六中学请好假，拾掇几件衣服，这才跳上车离开。

班车朝大山里跌撞走着，走进无边无际的麦茬儿里。这是母亲第一次独自远离故乡，睡梦中和清醒时的情绪一样，沿途的植被绿得让人的眼睛沉迷。母亲生涩地望着窗外，山越来越多，她的视线慢慢被雄浑的大山包围住了。山路干枯，沿途寡淡寡淡的，什么都没有，连前面还有什么也没了期待。大人们却愿意踏入深山重新开辟生活，这让她心头一阵震撼。她吃了几口新鲜的红豆包，奶奶疼她，一早就颠颠地去黄鹤楼边上买给她，她嚼着嚼着，满嘴的苦涩。

这是十五年来第二次见面。

母亲的奶奶教她，不管父母怎么对待你，都要说很想念他们，不然他们会伤心。他们最爱的就是你。

可她的奶奶不知道，胭脂路才是她的胞衣，爷爷和奶奶才是她的至亲。

十几年前，母亲被送到武汉后，一顿顿米糊让她活了下来。陪伴她的，是红砖古墙，是古老的长江和黄鹤楼。母亲先天体质弱，好在老人家底殷实，温和地养育大了她。她早早就有了棒棒糖，吃上了面包和牛奶。尽管父母没有太多的关顾她，尽管她常常因为噩梦在夜间颤抖，但她的奶奶坚持给她讲故事，讲那些父母英雄的故事，她似懂非懂。她的奶奶不停地讲，于是，故事就和她的童年捆绑在了一起。

车窗外的天空蓝得不真实，绵云低垂地跟着他们，棉花团一样清爽。远山光秃秃的，一路倒退着，但清风中有松树的琥珀气味。她把斜挎包抱得更紧，包里面有七十多块钱，她奶奶塞给她当生活费的。她清楚，那是全家一个月的开销。

有的时候她会听听窸窸窣窣的对话。边上挤着一个漂亮的中年女人，声音沙沙的，说着熟悉的乡音。这让母亲放松。听了一会儿，慢慢品出了中年女人的生活，女人是妇产科医生，1969年就进山定居了。她们跟着武汉市第一医院一起搬迁来的，刚回武汉见亲人。车厢摇晃着，医生的表情很平坦。

对于终点站来说，三堰客运站的黑夜并不安静。这趟班车大概走了十四五个小时，母亲从车上下来时，一丝想逃走的念头蜷伏在她心里。空荡荡的陌生感袭来。大山看不清了，车站的路高低不平，轮胎印淹进水里，泥巴被无数鞋子踩得纵横交错。好多人举着纸牌子在东张西望。出口的位置在一片灯光里混沌，三个穿着蓝色工作服模样的人蹲在灯光的影子里打牌。没一会儿工夫，三个人就争了起来，仔细一听，混进去了三种不同的方言，彼此还争论得有模有样。空气灰蒙蒙的，母亲的脚底空空的，她没有找到她的小姑姑。

这时，有武汉话在喊她，那个声音在风里大笑，一晃神好像又回到了武汉。小姑姑锦锦从一团黑暗里跑来，一张年轻的脸，刘海被风吹得乱飘。"小微小微。"她像踩着一团发光的云，两个麻花辫在肩膀上荡。

"欢迎！"锦锦搂住了母亲的肩膀。三十八岁刚好，少女一样强韧，没有一点年长的痕迹，她的眼睛亮亮的，头发上有好闻的香皂味。

一股子味，你要洗个头了！锦锦嘴巴依旧不饶人，母亲像是梦境被惊醒了，放松地笑了，眼睛也湿润了。锦锦嘴巴里唠叨着，忍不住还是把她的头发松开，一缕一缕地扭成了俏皮的麻花辫。

风飒飒的，带着一股偏远荒原的冷空气，一辆破旧的吉普车拉着她们，街道没有树木，人民路上全是干泥巴，一路颠颠簸簸。生活忽然就被大山截断，一处是繁华的武昌城，一处又是赤裸的鄂西北山沟。锦锦拿出几片馍馍干，刚在炉子上炕好的，脆黄黄的，上面撒了一层白糖，啃着像吃出了牛奶味。母亲狼吞虎咽地吃完了。她掏出一张纸条，老虎沟半导体厂院子，这是她的新家。跳下吉普车时，纸条在手心里窝成了一团，母亲感到喉咙干干的，她尝试着把"爸爸"和"妈妈"喊出声。

几天的工夫，母亲就和她的弟弟妹妹混熟了。有时青浦也来帮忙，他抱来一沓旧报纸，在窄小的房间来来回回地走。没有太多家当要打理，母亲和锦锦又是跪在地上擦擦抹抹，又是整叠衣物。锦锦拎来糯米粉和红豆沙，两人坐在桌边计划做糯米汤圆。

母亲抬头看向我外婆，这些天，她显得兴致不高。她在门口的走廊踱步，或者怏怏地坐在床边，或者伫立在门边，一待就是半天，目光恓惶。

母亲想和她对视，从那里寻找温暖潮湿的话，然而母亲失望了。小时候，母亲就隐隐约约地听说了些什么，她在北京刚出生四十五天，我外婆就坚定要去东北搭建事业。那里人烟稀少，什么都荒凉。所以母亲就被丢进了她奶奶的怀里，留在了我外婆眼里富饶的中原大地。整趟流程很快，并没有花去几天工夫，像是丢弃了一只小动物，除了母亲攥着拳头哭到声嘶力竭，没有人流下死去活来的眼泪。

寄养的孩子，从小就幻想修筑一座房子。可是，基石垮了，再重建，建了，又倒下。没过几年，在遥远的北方母亲的弟弟出生了。又过了十多年，她听说又多了一个妹妹。从别人口里得知，自己的父母在北方兢兢业业地工作，又成了儿女双全的优秀父母，感动天地。母亲终于懂了，她没有办法把自己归类成家庭成员。于是，房子变成了一摊碎石。她们彼此鲜有联系，也鲜有牵挂，我外婆从未给母亲写过一封家书，她们假扮成母女，仅仅靠汇来的一笔笔生活费维系着。血脉无法相融在一起了，远到天南海北。

前两天，院子里的邻居凝视她们母女，说，脸若银盘，眼如水杏，同样是庄重淡雅的美。那是薛宝钗的相貌。若是她们戴上眼镜，就和亲姐妹无异。这是回避不了的事实。邻居夸奖时，我外婆正在削土豆，她回头看着邻居，淡淡地笑了笑，手里的动作没有停下来。大土豆的皮一点一点被削光，外婆的眼里全是光秃秃的土豆。

母亲听说，她的母亲年轻时因为端庄貌美，曾被电影制片厂相中，拍摄过纪录片《英雄战胜北大荒》，她的角色美极了，鲜红的大围巾，军绿色的衣裤，在麦田里欣喜地收割。这话传到母亲的耳朵里，不知是骄傲还是怅然。如果不是因为长得太像，母亲必定要怀疑自己是从外面抱养的。

这一次，母亲依旧没有等到一个愧疚的怀抱。

沉默被关在了屋子里，屋子里沉甸甸的，除了弟弟妹妹在喧闹，其余的人都心事重重，发霉了一样。这几天倏地走了，这个春天让人心力交瘁，迅速老去。母亲的童年在外婆心里没有价值，所以她祈祷自己变成一个大人。讨好，驯良，绞尽脑汁地小心翼翼。昨天，她站在房间外，听见里面小声说："扭扭捏捏的，见到我就躲在锦锦后面，从来不和我亲近，也不叫我妈妈。"连续劳作，纤细的手指被脏水侵蚀了，可她不想作声。她的疼痛在我外婆眼里是模棱两可的，她十五年的生活也是无关紧要的。

她偶尔看到妹妹在大人怀里撒娇，心里一哆嗦，便惶恐不安地假设，倘若是自己撒娇，会不会感到不自在？她从来没有胆量尝试，缩手缩脚地相处，承受着与家人的隔膜，又无法恰当地取悦。她想爷爷奶奶了。

"小微，你在这里习惯不习惯？"

我外公的语气里满是疼爱，家里唯有他会说武汉话，也唯有他会跟自己写家信。

"嗯……"

母亲却觉得苦涩，不知道怎样去表达。作为女儿，她太失败了。

老虎沟的春夜阴寒，我外婆依靠在旧报纸旁，她更喜欢的是东北的暖炉。

家里人的心事是什么？为了生存下来，他们在思索什么？母亲一无所知。

有几次，我外公把孩子们喊出去散步，他们一起走出半导体厂的大院，沿着老虎沟的岔道漫步，悠悠地走，不知不觉走得远了。他们如从幽幽山谷走出的跋涉者，又沿着人民北路走。还冒着灰尘的沙土路里，沿途缠绕着灰暗的风景，快要被抛弃的芦席棚住房、干打垒、简易小楼房、曾经养着黄牛的荒地。路窄窄的，我外公的步调很有规律，不受路况的干扰，还是军人的模样。走上十几分钟，他们又钻到简易棚子里看公交车，五路车摇摇晃晃要去哪里，他们一无所知。

一晚，十堰城下起了暴雨，老虎沟沿途都沉淀了泥沙。我外公下班回家了，他把旧布鞋丢在了门口。布鞋夹杂着泥巴的湿气，把整个房间都困在了泥巴里。我外婆夸张地露出了愤怒：地刚刚拖好，你又带进来脏水!

外婆把布鞋扔了出去,黝黑潮湿的地,雨鞋哐当一声,溅起黑黄的脏水。外公疲惫地应付,到处是山路,怎么干净得了?

外婆把窗户用力推开,窗外一片湿黑,悲凉感攫住了她,心快要被冲散了。"到处是山路,开窗见山,开门见山。我从来没见过这么多的山,一点城市样子都没有。要不是你,要不是你们,我就回大连了!那是我的家乡!"

外公没有反驳,他无可奈何地坐下,静静地抽了一会儿烟。许久才说:"你不容易,我不该和你争的。我们慢慢会好的。"

外婆不看任何人的脸,肩膀背对着外公。她的手指穿进头发里扯动着,乌黑头发里开始有了白色,微微在发光。她的声音像是在遥远的北方:"我一个人,背井离乡的,没有路走了,谁来可怜我?"

嘎吱嘎吱的雨鞋、湿润的泥土、湿滑肮脏的绿苔、摇摆的山林,让外婆觉得窒息。她大声哭起来,我们在这里要待多久?几年,还是一辈子?

亦如灌下一碗烈酒。

锦锦中午又来了一趟,她背来了糍粑、糯米汤圆和红豆沙包,她托人从武汉带的,这些都是我外公爱吃的。饭食很柔软,我母亲临近要回武汉了,一家人才把团圆饭吃全。饭后,我外婆抱着小女儿,温柔地抚摸着她的头发,靠在床头读高尔基的《海燕之歌》。我外婆招了招手,让我母亲也坐在床头。外婆怜惜地摸了摸我母亲的麻花辫,并搂住了她的肩膀,母亲没有躲闪开。

——就在这鸟儿勇敢的叫喊声里，乌云听出了快乐。

母亲还在上高一，赶着要回武汉上课。我外公忙着上班，我外婆就出了门给她买回程票，她依旧选择了坐长途班车。没有多说什么，母女俩只是沿着老虎沟沉默地走着。大山垂直在母亲面前，太阳炙烤过植物，飘过了木质的温香。这里的山太多，她觉得压抑，像一只鹿，随时要逃之夭夭。我外婆的白衬衣黏着米饭粒，干扁扁的，袖口的布眼看就快要裂开了。母亲的嘴巴张开了，却什么都没有说出来。

我外婆的脸塌陷了下去，她摘下眼镜，用指尖揉了揉眼睛。母亲思忖下一秒也许她会流下眼泪。

可是没有眼泪。

上车时，我外婆递给她几个馒头，她的声音在说："给你的爷爷奶奶带个话，你爸爸现在在十堰半导体厂当高级工程师，我在六堰中学当英语老师。我们都愿意在这里贡献力量，让他们不要担心。"

"我不会再来十堰了，这里什么都没有。"

母亲的嘴巴开始变硬，她理想中母女平等的说话、大喊大叫，都没有出现。她们的交流很安静，她的心被剪破了。

这一次，我外婆没有再说话。于是，母亲忽然转过了身，直接上了班车。她的眼睛里隐隐闪着泪珠，她依旧没有等到一个拥抱。她们再也无法亲近起来。

四

深秋之后，黄酒的香气也更醇厚了。筒子楼的女人们聚在一起做饭，厨房是门口搭好的简易灶台，摇摇欲坠，一踢就要垮的样子。十几户人家成了一家人，乐于被彼此打扰。女人们在灶台前抹抹擦擦，洗洗刷刷，七嘴八舌地讨论配菜，散布家长里短。南来北往的方言穿插，直白平淡。一锅铲一锅铲地撷取山民们的生活经验，生人变成熟人。日子穷，烟熏火燎中，你做你的稀米饭，我炒我的红薯叶子。日子还是穷，可有不拘的快乐，你添一勺，我夹一筷子，亲情吃进了肚子里。他们和大山融为了一体。

日子慢慢长，成了一棵安稳的树，又抽发了新枝，彼此牵挂着，奇异的鄂西北！他们爱上了这里，这座新城纵横探索，山里的人心怀体恤，他们的眼睛灼灼闪烁，面容泛着光泽，大山又珍藏了这片灿烂辉煌。

最冷的天气，屋檐下沾满银白的霜层，平房外的脚印踏进薄碎的冰雪里。在门口忙完就钻进了小屋子里。家里人簇在一起，哆嗦着用杯里的热水焐手。这和北方完全不能等同的冬天，竟然格外的冷。茶壶还是温热的，里面飘着茶叶，外公和外婆一杯一杯灌着喝下去。肚子暖了，碰一杯，为好日子。

外公和孩子们睡了后，外婆坐到餐桌前。昏暗的灯光笼罩在物什上，她一件一件看过来，有共患难的感触。二汽的开工炮声还有回音，"艰苦创业，无私奉献，团结协作，勇于创新"，十堰人都明白过来了，外乡人无私奉献的激情，辛苦了几年的几千个日夜，全在百废待兴。报纸上全在说，有工业垫底，这里的气象一天好过一天。

外婆把视线转移到作业本上，墨迹斑斑的字，她的心事忽然很枯燥。自从她在六堰中学当初中班主任后，虽然连续是先进工作者，但更觉骑虎难下，心头有时会悸跳。她的笔记本上写满了张三李四学生的思想动态、学习情况，情绪总是摧枯拉朽。

那个让她头疼的学生叫王敏，十几岁的小猴子少年，身体散发着朝气，当然，心性是痞的。上课总爱打岔，嬉皮笑脸，拿狗尾巴草挠痒痒，交空白作业本，这也不对，那也不对。这是痼疾，冷天过了，家访是逃不过了。

最冷的天气过完，就快是春天了。日光远了，暝色弥漫的时候，外公和外婆喝着老黄酒，报纸被风吹得掀动，他们听收音机里浩大的音乐，几近酩酊状态。1976 年，1976 年就要来了……收音机里的男人朗声诵读着。

黄酒能提供某种慰藉，满足的渴望终于有了，微醺的感觉真好。1976 年就要来了。

1976 年，告别百货公司的大仓库，我奶奶一家终于搬进老虎沟里。尽管，那同样是山里的房子，商业局的平房。早春的山里，嗅不到人间的气息。寒风吹过草花，打开了这里的混沌。

商业局的家属区依旧在一片荒败的空间里，老虎沟里，大泥巴路套上小泥巴路，房屋凋敝不堪，没有什么像样的住宅。唯一的四层的家属楼，十几户人家已经住得满满当当。平房矮矮的，积累着厚厚的旧日子，随时就会烂进土里。墙壁早已凹陷，爷爷拍了拍围墙，一片片墙皮哗啦哗啦往下掉，笋子似的。门外透出的光线迷离微暗，一关上门，像被扔进了黑黢黢的防空洞。

刷一层石灰白的颜色，把脱落裂开的墙壁修复好，松动的窗户再紧固一下。把平房转了转身，换了个门，看着山看着路，视野好极了。郧县（今十堰市郧阳区）搬来的老木头躺椅还在，上过油漆的木料被磨得精光，多次搬迁也没有丢掉，安置在二十平方米的屋子里并不好。木板子隔成的里间和外间都局促。奶奶又指挥两个儿子把它扛到门外的走廊，从暗处到明处，贯穿着主房和偏房。此后，一个个劳苦的白昼，一点一点，房屋慢慢释放出了祥和的气息。

紧接着，隔壁房屋都有了动静，第二家搬了进来，第三家，第四家……愚公移山一样，山里的路厚实了，宽阔了。老平房通了自来水，但是经常停水，大家找师傅在门口打了一口井。井深五米，井水涌上来了，和井口平齐了。大人们兴奋地摆好了盆子，男孩子拿塑料瓶舀水，手一伸就能把井水舀上来，水甘醇清甜。大家又高喊着往身上泼。

爷爷从郧县政府回到老虎沟，走在泥巴路上，嘴里满是抱怨，大骂谁在那儿穷折腾日子。可回头又把自行车骑得咔嚓咔嚓，唱起了咏叹调，心情酣畅。

阴雨天就沤臭的老虎沟，到了夜晚竟然会漂浮起碎灯光，这群人带出了划时代的快活。

夏天，爷爷和奶奶在外墙一侧搭建了五平方米的"违章房"。我叔叔高兴了一夜，四处宣告自己有单独的床了。他面对薄薄的黄泥巴墙，跺一跺脚，灰尘也满屋自由飞扬。

但是，违建房怕大雨天。一到下雨，一家人就全部关在屋里，严严实实锁好门窗。湿泥巴的土腥味钻了进来，雨水从四面八方奔到山上，再往老虎沟的褶皱处浇灌。他们听着外面的动静，只觉山快要崩裂了。不由惶惶悚悚，想象着泥石流滚滚落下，想象着偏房轰的坍塌。奶奶强装镇定拨弄算盘，从上拨到下，从下拨到上。叔叔抵不住内心的牵挂，从床上爬起来，顶着雨跑出去张望偏房还在不在，惹得奶奶一阵霹雳发火。

"王敏，你臭小子给我回来！看我不揍死你！"

奶奶的眼底里，这才像完整的"家"。从前的家在郧县汉江边，后来又在市区一间大仓库里寄居。寄居的日子，奶奶在百货公司当批发部主任。市区的工作更忙，她忙得风风火火，又忙得风光无限，家只能仓促地打理。出差，又出差，去广交会进货等，她的生活就像驻扎在了火车上。

住进老虎沟后，奶奶又被评为全省学习毛主席著作的积极分子，受到商务厅表彰。于是，她又去了一趟武汉。不过，表彰大会结束，她又坐着火车飞快回到老虎沟。再也拖延不了了，严格的家访追着来了，是我叔叔王敏的班主任韦老师发出的。

这肯定不是昙花一现，这次老虎沟里的见面是个引子，或许是类似命运的东西，两位女性不知不觉就结成了伟大的情谊。奶奶的故乡全是山，在贫穷荒芜的大山薅草种地，老鼠白天住进白菜筐里，晚上在屋顶上挖洞。外婆的故乡是大海，大连的渤海湾散发的海咸味还在鼻腔里，那是遗留下来的思念。

只是无法预料，最后让她们关系更紧密的，是她们各自另一对孩子。

1976年，父亲还不到二十岁，留在十堰技工学校已有一年的时间了。他还是个瘦高的青年，英气勃勃，正在长时间当班主任，值班，守电话，上传下达。琐碎不堪的工作，勤勤勉勉的工作，即使连续值班半个月，也不曾出差池。

温暖的秋天，下午一阵忙过，趁闲来无事，父亲抽空打了一会儿篮球。下午三时，值班室里的收音机发出了声音，中央人民广播电台开始连续预告："本台下午四点钟，有重要广播，请注意收听。"播音员的声音带起了铿锵沉重的韵律，让人身上直起鸡皮疙瘩。这是一个典型的秋天，天空湛蓝，不热也不凉。只是广播的声音让人生出了无法解释的预感，总觉得要发生什么。父亲闻了闻身上的霉汗味，决定先回老虎沟一趟，顺便把收音机找到，带回技校。

几天前，他忽然找不到收音机了。那个红灯牌八管台式收音机，早就成为他的精神寄托。这段时间每个频道都在放，那是他熟稔的河南豫剧《朝阳沟》。

我爷爷没有去郧县上班，他坐在沙发上看报纸。

父亲打开抽屉，一点一点弯下腰，继续翻看下面的抽屉，结果一无所获。他想到了什么，声音有点发抖，"收音机呢？"

"卖掉了。"我爷爷神情淡然地告诉他，"早该卖掉了，玩物丧志。"

父亲显得一惊，张开了嘴。

我爷爷头也没抬，只是应付性地佯装清嗓子。他继续翻动手里的报纸，1976年初秋的新闻显然更吸引他。他跷着二郎腿，这个姿势使他的身份更加威严。

隔壁忽然传来一阵脚步声。"老王！老王！"同事在隔壁大喊，"快打开收音机。"家里没有收音机，他们俩一起冲出屋子，往邻居家跑。

邻居家的收音机在转动，一个低沉的声音在说话，那个声音让老虎沟跌进悬崖里，所有人都凝固成了冰块。

一扇扇大门发出咯吱咯吱的响声。有女人在哭，有孩子在哭，后来哭声变得声势浩大，每个人都神情绝望，用哭声抵御恐惧。

毛主席啊，伟大领袖毛主席去世了。

三位伟人，周总理、朱德总司令、毛主席都离开了，都是旷世伟人啊！

"我们怎么办啊……"

我爷爷木然地转过了身，往门外走，那样子好似魂飞魄散，身体找不到可以依靠的柱子，好几次他差点儿摔倒。他跌跌撞撞回到自己家，踅到里间的衣柜边，翻出一壶保管了好多年的酒。哀悼，这一刻再也无法因陋就简了。我爷爷把酒抱到了一棵树边，在阴凉幽暗的树影下，他以祈祷的姿势跪了下来，梦呓一般喃喃自语，默默把酒水洒进了土地里。酒水一点点溃散开，醇香里全是苦涩，我爷爷的眼半睁半眯，几乎要落下泪来。

隔壁的收音机里奏起了哀乐，隆隆沉重，父亲从柜子里找出两片黑纱，交给了我爷爷，他们双手颤抖着给彼此戴上。在无可疏解的情绪中，我爷爷把脸埋进了黑纱里。

想象中的好日子不见了，爷爷的脸熟悉又衰老，几亿人民都在号啕。

广播一遍一遍响起，播音员在遥远地说着什么，没有片刻停顿。沉重的悼词一句比一句短促，他们全然无法安静听下去了。

这个家是待不下去了，父亲抚着胳膊上的黑纱，呆呆地往技校走。一路上让他很迷茫，慢慢走进越来越浓的黑夜。技工学校也陷入了集市一般的喧闹中，老师和学生都从房子里走出来，神情陷入绝望之中。秋天的人群散发出汗渍的气味，人群里的哀伤让父亲觉得胸腔被撕裂。父亲瘫坐在篮球场的投篮架边，他既恐惧，又悲伤。这一天，他失去了心中的领袖，失去了心爱的收音机，失去了未来的希望。

"大家安静安静，不要聚集。"校长在人群里拼命大喊。

人群失魂落魄，没有人中断哭泣。

有人哭喊着要去北京见毛主席最后一面，但是无人应答。人群还在继续哭泣，整个十堰城连黑白电视机都没有。

过了一会儿，有十几个年轻同事向父亲走来，其中一人拍了拍他的肩膀。

他告诉父亲，听说刚建好的四方山电视发射塔可以看到电视画面，一起去爬四方山看一看。

父亲马上听从了这个建议，他站起身来，迷茫地跟着人群往外面走。从技工学校到酱油厂，从酱油厂的背后攀爬四方山。有知青模样的年轻人也在爬山。父亲神情恍惚地往山上爬，粗棉上衣被树枝划破了一道口子，他顾不上低头看，几个学生已经爬在他的前面。

然而，他们无力一鼓作气，在强烈的悲伤驱动下，大家望向四方山下的城市，一座座汽车厂房连接起城市，整个城市在山的仰视里呈现了，清澈而不再平静，陷入一片废墟中。

这时，远处的山顶传来了号叫："没有电视啊，我们看不到电视啊！"越来越大声，越来越悲怆，最后消融在山谷的回音里。天崩地裂。

他们全都愣住了，好长一段时间，没有半点声音，不知道谁哭出了声，顿时山峦哭成了一片。"中国没了主心骨啊，领袖毛主席啊……"有人恐惧又不清醒地哀号着。认识的，不认识的，命运毫不相干的人都抱在一起痛哭，

父亲右边的一个身子忽然跟跄了一下，他用右手一把抓住那个胳膊，那是一张唇边还长着绒毛的脸，面色惨白，挂满了泪水。这个傍

晚太悲恸，命运如同湍河，所有人都在拼命挣扎，号啕淹没在河水声中。父亲和那个瘦骨嶙峋的少年依靠在一起。1976年这个悲伤的年份。初秋的风吹荡起整片山脉，泥土上写满了怀念的句子，哀乐掀翻了傍晚的云，地球似乎不转了，每一个人都在摇摇欲坠。

五

谁都没有坠落，2000的千禧年快要来了，我安然无恙地长大了。

细瘦的老虎沟路，通向十堰市第二中学，我和好朋友夏兰放学一起往沟外走。这条路依旧完好无损，完整地记录着不复返的岁月。大人们说，在70年代，奶奶家的房子便在老虎沟中部，一直到我出生前才搬走，对此我一无所知。凉风习习的夜黄昏，老虎沟两旁楼房透出灯光，照亮我们稚嫩饱满的脸颊。

我和夏兰早在八九年前就相识了。小学二年级的时候，十堰电视台拍过一部电视剧《让我们一起走》，在十堰城名噪一时。这部剧讲了一个小女孩坚持背另一个瘫痪的小女孩上学的故事。夏兰长得圆鼻子圆眼，上去就成了英雄小主角祝秀菊。我热情高涨地去海选另一个主角，因为长得细鼻子细眼，没有观众缘，被导演一手挥掉了。

是什么样的原因呢？我看着那个梳着小马尾假扮成艺术家的傲慢男人，琢磨不清为什么。我天真地坐在一张塑料椅子上，以配音演员的身份继续等待着。椅子粗糙刺手，我用手掌反复摩挲着，以此消磨整个下午的时光。直到快晚饭的时候，我终于捡到了珍贵的台词。不过只有一句——王老师来了。没错，这是场外音，电视里的另一个"我"，比我更惨，连上镜的资格都没有。

童心里喷涌的无助从我心中恍惚而过，这是一场毫无理由的骗局。

整个白天都在角落里。天快黑的时候，我的场景出现了，几个同学围在一起聊天，倒计时中的王老师快要出现了，我得提醒王老师来了，让大家回到自己的座位上。于是，我神情紧张地对着话筒高喊：王老师来啦！王老师来啦！王老师来啦！

导演"嗷"的一声，喊了声"停！"我舞起的手还没放下。他一步窜到我跟前，把桌子拍得咣咣乱响。"一句，一句，喊一句就够了！"他的上嘴唇被胡子盖满了，我看着一团绒毛忍不住想发笑。我认真向他解释，我们上学都是这么喊的，多喊几声，不然同学们听不到。他拿着剧本细看，"小朋友，这个场景时长不够，你的声音很好听，但是你只能说一句。"我点点头。因为我不是主角，所以我的名字叫"小朋友"。他的手又摆动得像指挥棒。"记住，一句。"

"王老师来啦——"我高亢敞亮地喊，我的尾音里，加入了一些迟疑，一直到剧里都切换到下一个场景了，我还在意犹未尽。

"停！停！你——"

导演肯定叫不出我的名字，他看着我，眼神善意，又猛地吸了一口烟，吐出的烟圈和烦闷一定是在熊熊燃烧着。他嘴唇上的一团绒毛遮住了表情。他回头吼道："到门口换一个进来。"

我像一只山羊，愚蠢高傲地嚼着干草，却想当孔雀。一件成人世界里微不足道的事，却成了我遭受的最残酷的打击。被否定，又被否定，然后自我否定。可那时我不懂得哭，也许一哄而散最安全。漫长的童年里，我会有清醒过来的一天，我为认真和无厘头感到羞耻，我开始间歇性自卑。这件事如童年的一场水痘，传染着发酵着，它在我鼻梁上留下了一个圆圆的印记，从此笼罩了我的童年。

祝秀菊的台词闪闪发光，她的眼睛也在闪闪发光。

我背得动你，我一点都不累。

我希望你开开心心地去上学。

因为我们是最好的朋友呀。

而此时，祝秀菊的扮演者正很有胃口地大笑，比起讲笑话，一句"王老师来啦"就已经是个笑话了。可她不善用隐喻，反复平铺直叙地抒写。她瞧不见我快要哭泣的脸，友谊快要被打破了，莫大的不识趣。

眼见一脚就要走出老虎沟外了，马路燃亮了，我依然恼羞成怒。我挤进人群，想让自己小丑一样赶紧消失。可紧接着，胃也跟着生气起来。我不够坚强了，因为我嫉妒夏兰的书包里总是装着奶油巧克力。

每一次撕开巧克力包装袋，我会觉得一阵幸福的晕眩，真是一个让人眼神发亮的朋友。我决定把她的笑话放进我能原谅的范围里。于是我二话不说，加快脚步往前走，佯装生气。我高估了夏兰的判断力，她不知道发生了什么事情，又追着我继续跑，对着我的耳朵嘎嘎大笑。她的父母亲都是知青，天津来的。我很奇怪，她为什么只会说普通话。她一开心，就会蹦出几句天津话。醇厚俏皮，跟说相声似的。她穿着金黄色的卫衣，像一束橙花，我眼前晃动的全是年轻的后脑勺，我们在一大股学生潮中追跑着，奇奇怪怪的姿态。她紧追不舍，紧紧挨挨的，如我所暗中期盼的，总算把我拦了下来。

为了巩固友谊，她又一次打开了自己的书包。我伸头，这回可选择的多了，蛋黄味沙琪玛，徐福记牛轧糖，大白兔奶糖，德芙巧克力。

我一头扎进了她的德芙巧克力陷阱，吃得咂咂有声。

老虎沟沿途都是光秃秃的树干，派不上什么用场。也许连树干都没有，但这并不重要，一切只是我的想象。树下还有轮胎印的水泥路，像有一辆辆重型卡车曾驻扎在这里。一路是干枯的房子，老平房和旧矮楼，风吹进来就出不去了。外地人会好奇：怎么沟里可以走出来这么多人？浩浩荡荡的。

穿过老虎沟通往人民路的涵洞时，我们步调保持了一致。有卡车在近处的人民路上发出噪声，整座汽车城熠熠璀璨地出现在我们眼前，新闻里报道说它是东方底特律。涵洞口的音像屋从早到晚都在唱《相约九八》。我脑袋里空空的，嚼着巧克力在一团隆隆声中想："为什么……为什么我不能当主角？"

千禧年轰轰烈烈快要来了，中考也快来了。

初中同学毛胥涛从未穿过深色裤装，他的肤色看上去比婴儿还要洁白，面孔里像有一个孩子。其实，我并没有刻意留意过这些，只是，他经常像是从老虎沟哪栋楼里忽然空降出来似的。比如，他从我身后赶上，目不斜视，我没有听到笨重书包和衣服发出的摩擦声，只闻到了薄荷的淡淡清香。一整条老虎沟，他是唯一不带书包的人。老虎沟沿途没有植被，全部的色彩是校服和书包。路是年轻的路，学生们一簇一簇地走。他只用手捏着两本书，步伐轻盈地消失在沟里。他冷漠的身影已经和老虎沟融为一体。如此潇洒。

这已是初中的第三个冬天了。课间回头，坐在我身后的毛胥涛还在安静写笔记，我把他的书抽过来看，上面密密麻麻都是字迹。他的姿态棱角分明，有一双钢琴家的手。我琢磨，原来尖子生也会上课听讲？

"别费力瞎做难题了。"他对我说。"先做好基础题，难题都是从基础题叠加在一起的，这是不会错的道理。"

如此这般……

我似懂非懂，好奇地问："你为什么放学不带书包？"

他只是轻描淡写地说："作业写完了，就不用带了。"他在给六岁孩子上第一节课。

我和我的问题一样，像小丑跳来跳去。这时周围的几个男生都笑了，他们的笑声让我不自在，我全身的毛孔都竖了起来。也许，分数平平却又想攀附聪明的人都极度敏感。

他没笑，说："会做多少，就写多少，你要对自己有信心。"但他的表情却像是在憋住不笑。

我本能地划清了界限，逃离似的扭过了头。这唤醒了我作为女生的尊严。

我的虚张声势是多余的。冬天刚来的时候，我前排的同学告诉我，"毛胥涛住院了——是白血病。"后四个字沉甸甸地砸向了我。我想起了他的豹子眼睛，一根针从我的太阳穴插入，我那无法表达的话就关在了大脑里，来回强烈撞击着，再也找不到出口了。

第一场雪还没有落下，我和几个同学选择在平安夜的傍晚去看他。那一天该是灯红酒绿的节日，可我被人民医院的白雪伤了双眼。白雪铺满无尽的走廊，这是冬天绝对安静的归属。我忽然耳鸣，在低频的噪声里全身发抖。

阴郁的病房到了，他刚从不省人事中醒来，一个人躺在套房里的病床上。他穿着医院里的衣服，眼眶深陷，很小声地自言自语，挥动着手，面部烦躁而扭曲。

他一定是憎恶这样的自己。这样的自己只剩下一张惨白的脸，连五官都看不清楚了。他一定是在赶我们走。病房清净得像在做一台手术，他薄薄的皮肤和床单融在一起，雪落在里面，他的身后是一座巨大的冰山。

我们站在外面的房间，双脚僵硬得挪不动。他母亲的头发一片花白，用手掌摩挲着脸颊上的泪，承受着巨大的哀痛。她压抑着悲痛，用浓浓的东北话感谢我们。他的家庭情况我听说过，全家都是 70 年代跟着一汽的支援队伍搬迁来的。他父亲面无表情地坐着，像一块僵硬的石头。

没有人告诉我们，他严重到什么程度，还能不能继续上课，能不能参加中考。大家的眼神传来传去，好像开了口，他就会溺进白色的冰山里。

他母亲以中考复习为由，劝我们早点回家。她的话引起了我们的共鸣，几个同学当场哭得站不稳。我走了一下神，意识到这是一场梦！于是我掐了下自己的大腿，又从梦中恍然惊醒过来。套间的外面空空荡荡，连热水壶都没有，一副随时要离开这里的仓促感。我忽然看到了他的书包，正随意落在门边的地上，这是我第一次见到他的书包，灰蓝色的，满满的，成了书的形状。不，原来不是梦。

关门前，我又回头向他挥手。他的脸惨白而透明。他似乎看了我一眼，马上用手隆起被子，把脸缩了进去，露出了翘起来的乱发。

"阿姨能不能再生个孩子救救他！"这种劝告听起来无新意，是我从韩剧《蓝色生死恋》里看到的桥段。

他母亲听了，用手捂住了脸，肩头在剧烈抖动着，我看不到她的脸，因为她把娇小结实的身体蜷缩了起来。我和同学互相傻眼看着，不知道还能再说些什么。

走出人民医院，我和同学道别，一个人顺着朝阳路往家走。冬至已经过了两天，天也更冷了。喧扰的人群在节日里大幅度流动，我像跟在圣诞老人身后，逆着人群艰难地行走。千山万水。朝阳路的草木躁动不安，被杏黄的路灯覆盖了。

人群越是放肆欢笑，幸福也越是醉生梦死。

我终于得在十五岁时就消化一个事实，所有人都会随时死掉的，没有永存，人永远要在死亡的阴霾里过完一生的，包括我，包括我身边所有的人。

前面是分叉路口，我选择往邮电街方向走。走了几步，我的心就酸胀空虚到了极点。于是，我停了下来，趴在栏杆上。夜空灰扑扑的，我望着百二河没有水的河道，大哭，跺着脚大哭。弦乐传来，如果圣诞老人拍拍我，让我此生只许一个愿，我一定一定祈祷让他活下去。

一生健康平安，活到无疾而终。许下这孩子气的意愿。

圣诞节过去了，那晚下了若有若无的小雪，一切仍没有任何变好的迹象。那几天，我的鼻腔里都浸满了消毒水味，前所未有。很好，这样很好！我为掉眼泪终于找到了天衣无缝的解释。预感中有种种假设，假设忽然有了新的血脉，假设医生错拿了别人的病例本，假设像超人比谁都活得久……总而言之，只要是闹剧就好。

后来的事情全盘否定了我的假设。我没有大病初愈的幸运。元旦还没到，挂着礼物的圣诞树还站立着，他的死讯就传来了。更迅速的是，千禧年还没开始倒计时，他的追悼仪式就要开始了。

第二场雪还没到来的时候，我坐公交车去看他最后一面。公交车慢慢地开进了山谷里的殡仪馆，刘家沟路八号，一个我从来没去过的地方。群山夹着那个地方，世界清一色的苍白，混混沌沌，末路般荫翳。很多陌生人在那一站下了车，人数迅速增多着，他们踢踏着步履，都低头沉默。

告别大厅里有棺材板的腐朽味，我感到脚底冰凉，这时我看到了夏兰，她神情僵硬，笼罩在一团灰蒙蒙中。我们没有交流，只是把手冰冷地牵在一起，佐以壮胆。

台上有人说话了，话筒传来的声音闷闷的，我和夏兰肩并肩站在一起，听着关于他一切的娓娓解释。你的家庭从东北长春而来，你也来到人间一趟，短短十五年，你又用少年的面孔离开了我们。我们还要花更多的时间准备中考、高考，以迎接不确定的未来，还要花更多的时间去忘记你。死亡不可预期，逝者已矣，生者要更坚强才是。这是最终的日子，这是我们面对面告别的日子。死亡是另一种永生，十年、二十年甚至七八十年后，你还会被人记起，被人记录，你得到了永生，你永远都会在我们心中。

哀乐从每个角落沉重地传出，音量开到最大，所有的悲喜都近乎虚无，我们互相传染着情绪，纵情地大哭起来。

告别仪式结束后，大厅里传过来的哀乐凄凄冷冷，没有尽头。山谷的上空，天色灰得似被焚烧过。我和夏兰都没有离开的意思，灵魂被什么牵绊住了。我们站在告别厅的大门口，身体被五脏六腑压迫，动弹不得。我盯着不远处另外一个未亡人，二十岁上下，全身被黑色包围了。山崩地裂中，我看着黑衣人蹲下来哭，又站起来哭，不知所措地到处张望，像一个寻不到妈妈的小孩子。

厅里出来的告别者慢慢密集了，他们从我们俩身边穿过，慢慢往山谷外走着。

夏兰忽然说："我们等他出来吧。"她的声音很暗哑，成年人一样冷静。

我痛哭起来，这是此生最后一次再见了，最后的挥手道别。几个小时后，他就要化成一缕青烟了。再也抓不住。大风无休止刮起。

夏兰的声音也颤抖了起来，说："我忽然一点都不害怕这里。"

我们盯着越走越远的人群，不再想说话了，或者是绝望带来了沉默。

地面慢慢空荡了下来，远远近近的哀嚎声淡了下来。山谷里的孤寂又吞噬我们，他还是没有出来。我问夏兰："你相信人有灵魂吗？"这个问题很沉重，夏兰再一次流下了眼泪。我说："我在老虎沟走着的时候，总觉得毛胥涛也在那条路上走，我忍不住回了几次头，甚至会停住，仔仔细细地寻找……"

夏兰说："我信。"

我们心里都明白，这不过是无助发疯的幻境。十堰城即将失去一个完整的少年。而在将来，老虎沟还会是一条长长的进山路，只要二中还伫立着，它永远会布满了被歌唱的少年们，慢慢长高，在大山里走进或走出。

我们聊了两句，声音在冷风中颤抖着。又无话可说了，沉默很久，像冻住了的冰块。

后来，他出来了。我的眼睛死死盯着他，像要把这一切都刻进眼眸里。他躺在担架上，被白布覆盖着，只有白色的轮廓。一蓬黑色的乱发从白布中抖落了出来，他的脸被埋在白色的布里，和最后活着时一模一样。也就是那么仓促的十几秒钟,他就被抬进了灵车。

我想说什么,但我的双唇张不开。我把自己裹进了棉大衣里,脊背冰凉,我看到了他爸爸,那个高大的北方男人,他仍然是一块迟缓僵硬的石头,眼神空空荡荡,脏兮兮的花白头发飘扬在风中。他妈妈也在,她已经变成了干瘪苍白的纸,我从来没有见过那么悲伤的大人。她怀里反背着灰蓝色的书包,紧紧地和心脏挨在一起。她一直在哭,眼泪已经流干,双手被人提着,只剩下沙哑的干号。那嘶叫让人万念俱灰。她上前抓住担架,被亲人劝下来了,她像被人猛然一击,瘫在了地上。

周围散发着离别的气息,死亡的碎屑落在我的脸上,我闻到野菊的清香和焚烧的木漆味。从此我走进老虎沟,这种味道就停留在我的鼻子里。一切终结。

也许那一天,忽然长大的并不是我,而是我的理想。我发誓,我不要再走进老虎沟,我要考上山那头的省重点市一中。哦,一直在挥手告别,却一次次忘了告诉他,圣诞快乐。

1999 年,一个世纪快要结束了。再见。

六

中考后,我如愿考上山那头的十堰市一中。我有好多年没有再走进老虎沟,我没有办法再完整地把它走一遍。只是三年后,我又一次被迫走进老虎沟,那条漫漶的路。明媚焚香交织的初夏,我去二中参加高考,去告别我的未成年。细瘦的进沟路,我捏着干净的文具袋走。

进考场前,我站在一棵大树的背后,用鞋底摩擦着地面,窸窸窣窣。紧张的情绪里,我舔了舔白齿,它们曾经坏掉了好几颗,被耻辱地套上了牙套，告诫我吃巧克力不要贪得无厌。这时，教数学的班主任背着手向我走来，我紧闭着嘴巴看着他，严肃地思忖着该说些什么。班主任的嘴唇是咧开着，我看见一个装满鲜花的瓶子。他从未对我们笑过，我差点认不出来他。

"很紧张吧？"

"是啊。"我回答。

他又对我说："别紧张，难题是简单题组成的，做不到最后没关系，做多少就给多少分。你要有自信。"

有一只喜鹊落在我的肩头，我的大脑嗡地震撼开来，二中长长的路，栖息在老虎沟的少年灵魂，那个固执祷告的平安夜，腻得沉迷的德芙巧克力，大海无限在唱歌。全部的，全部的，全部的，忽然找到了出口。如约而来。薄雾散去的灯塔下，我看见了白鲸。

我如此之蠢，我在乱蓬蓬的书堆里作茧自缚多年，一直到鲜血淋漓。纯然的无知。那年高考，成绩平平的我意外考出了顶峰。我用笑声掩饰着哭声，而刚刚高出一本线的那五分，正是抽丝剥茧出最后一道大题。那是喜鹊带我找到了出口。会做多少，写多少，要对自己有信心。不过，这个出口属于未来。2003年，好想时间反着走，从头去寻找那句庇佑我的话。

于是，我再也写不下去了。老虎沟成了历史的长河，我们所有的人，都站在河边，成了家族的留守人。

唯一的，十八岁以后，我再也无法把老虎沟走一遍。

人间黄酒

听说，爷爷和奶奶在邮电街安家后的第一件大事，就是去集贸市场买回几个大坛子。第二件大事，就是紧锣密鼓地酿黄酒。

他们像长途跋涉过的骆驼，心里全是干渴，大口吮吸着清澈的水，变成脂肪，储蓄力量。那是1978年的深秋。

十堰市外贸局家属院的二楼，夜色清芬，光线昏昏暗暗，铁皮炉子里的火还没有明亮。爷爷和奶奶就忙着在大桶里铺满糯米，甘美，芬芳，他们快乐得差点要唱起歌来。他们的两个儿子直流口水，两人忙得熟视无睹。而此时已经错过了最好的九月酿酒季。

爷爷说："酒曲子快没了。"

奶奶说："再回刘洞老家里拿一些来。"

像骆驼那样，水不断更新，生命从来不曾衰竭。坛子里咕咕噜噜酝酿的声响伴随了我爸爸的童年。

郧县家家都会酿酒，早年住在郧县城关镇的时候，爷爷奶奶拿木桶酿酒。存放得越久，香味越醇正。那是70年代的事情了，大人们从来无畏辛苦，弯着腰在大木桶前忙来忙去。把糯米蒸熟，有时还可以撒一些糯粟米、玉米进去。一件历时半个月的工程，值得郧县老百姓四季都浸渍在热情的忙碌中。

夏天就晾冷拌曲，冬天就趁热拌曲。总之曲块是关键。

可这难不倒郧县的家庭妇女。制作黄酒曲的主要原料是全麦面，或者麸皮及花色草。道理都懂，可酒曲的制作过程偏偏难倒了奶奶。我爸从来没有看过她做酒曲子，大概是因为懒吧，她直接从刘洞老家抓一些酒曲带回来，还对外宣称这是一套世袭相传的独特技艺。

奶奶个头儿小小的，性格也乐观豁达。每当爷爷在前面咋咋呼呼的时候，奶奶就跳起来，迅速站队。两人集中了烈性和醇厚的成分，一高一矮，无论如何都要双剑合璧。

懒归懒，总算是参与了劳动的。

做好郧县黄酒，倒是相当讲究的，连爷爷这个粗枝大叶的人都要耐下性子做。这是让感官都快乐的事。酒曲子的量刚刚好，糯米的比例刚刚好。得精工细作，将砖曲砸碎，放入净水中浸泡数小时，过滤后用曲水拌料。这时再倒入木桶里，封口，半月后开桶，酒香四溢。

大概是因为投入了大量的耐心，所以这一桶桶黄酒，是没有儿子们的份的。醅饮固然畅快，但是后劲儿毕竟大。儿子们都未成年，一起耍起酒疯来可得了啊。儿子们是他们的假想敌。

有时候酒曲子暂时没有，中间就有那么一段段空档期。等酒喝的日子不那么好熬，前面一段都是黑暗，嚼什么都没有气力，好像断了筋脉。

没有办法顺流而下，因为酿酒的整个过程需要十几天的时间，他们心甘情愿一桶接一桶酿。没完没了的遡流。黯然普通的糯米，一旦和酒曲反应，就熠熠生辉。楼道里总弥漫着黄酒的浓郁醇烈。整个屋子更像酒鬼的家，木桶以绝对性数量取胜……生活真是又辛苦又有力量，在等待的半个月里，他们时不时弯着腰，撅着屁股跑到木桶面前嗅一嗅，五体通泰，恨不得跳进去痛饮。一组寻常往复的动作，在我爸眼里成了特写。他总在嘲笑他们这副酒鬼模样。

那是缓慢的日子……

好在多年后，爷爷和奶奶如愿以偿，闻着零星黄酒味长大的儿子们，一个爱喝啤酒，一个爱喝白酒。总之，没有人太惦记黄酒。

可是又过了很多年，我爸和我小叔又破戒喝起了黄酒，郧县黄酒、房县黄酒，提起哪壶喝哪壶。倒不是因为黄酒变了口味，而是奶奶再也找不到对饮对酌的人了。家庭聚会上那一大碗一大碗黄酒，觥筹交错，也许酒曲子失去了某种神秘的世袭后，口感早已丧失了醇正，但它给予了这个大家庭绵绵的力量，陪奶奶度过了一轮又一轮枯萎的四季。

日子平常了。1979 年的夏天，我爸带来一个好消息，他的女朋友要到家里拜访。那是从大武汉来的姑娘，第一次登门见未来的公婆。爷爷和奶奶眼里全是星辰，又焦灼不安，连夜开始准备起来。

准备什么呢？除了几盘奢侈的肉，当然还有郧县黄酒。能够用自酿的黄酒招待客人的，是酝酿了顶级的欢喜。比星空还要璀璨绚丽。满屋子的酒坛，数量超过了家具，这就是确凿的证据。热情引导着他们，让他们一时间想不到，武汉姑娘是喝米酒长大的，瘦弱得令人担心，哪里经受得住黄酒的苦涩和劲道。

餐桌边的言谈里，武汉姑娘听不懂郧县话，连猜带蒙，在一浪赛过一浪的声响里，扎扎实实地喝下了一碗满斟的黄酒。她为此也付出了代价，整整晕眩了好几天。——满口的苦涩粘在喉咙里，喝了无数杯水，还是感觉余味不散，遑论上瘾？

奶奶才不承认，"米酒有个啥意思。哪有房县黄酒好喝，劲足！"

劝酒成了奶奶的执念。她毫无隔阂，坚持不懈地改造我妈："我们郧县人就是喝黄酒长大的，一顿不喝就心慌。"改造令她感到十分有成就感。

鄂西北小城。高耸的山群，汽车制造厂的城市。大山里的火车站台，光芒交织，壅塞的进山道路里，总有一批批外地人奔走和留下。而喝米酒却是武汉姑娘思念家乡的安慰。她无法克服。她被十堰各地的方言包围着，穿过层层面孔和嘴巴，每天都生活在缥缈的失落和迷茫中。

十堰人钟情黄酒，郧县、房县出产的都爱。黄酒香气甘醇梅酸，混杂在饮酒人的未来里，望梅止渴一样。爷爷和奶奶的人生里，掺杂了太多难以消化的无助，如果黄酒能一解百忧，他们甘愿上瘾。这是琼浆美酒，日子在酒香里徐徐绽放，像点亮一盏通透的琉璃灯。从黎明驶向白昼。

就这样，在汉江的上游逆流而上，开始，未来开始走了过来。一碗碗地举起和放下，几十年的温情脉脉。武汉姑娘就是我妈。我妈终于习惯了黄酒。她被大山的遒劲和韧性融化了。

绵绵不绝的酒香，从郧县县城涌进了邮电街。人们热爱稳定的一切，不会厌倦。入居便有舒适的酒香，家的意味更加浓重。

外贸局家属楼的邻居们，也不是个个都矜持的。刚搬过去没多久，就有邻居兴冲冲地敲门拜访。邻居和家庭成员们一一点点头后，开门见山就说："这酒咋这么香？我上楼都闻到了。"

爷爷忙把儿子们赶回屋子，又从厨房拿出个大碗，嘴里高兴地嘟嚷："来，来，喝点，喝点。"

能不高兴吗？爷爷家的黄酒总是新鲜醇烈，以酒会邻居，朴实无华，把感情藏进酒里。已经来了好几波邻居了。新家的大酒坛子高贵锃亮，酒香外溢，装满了一肚子新生活的希望。最重要的是，"老王家的酒酿得最好，比外面的都好喝"这件事，估计早就传开了。这是极其有价值的，想想就让人大发感慨。你们尽情来赞美吧。

好吧。外扩的酒香压不住，总不能天天关着窗户严防死守。不知不觉，总有邻居来喝酒。外面明明买得到的酒，偏偏要来蹭酒喝。"不知不觉"这四个字，是后来才惊觉的，家里米饭量消耗得巨大。大家喝着喝着就坐了下来，自然而然地拿起了筷子。简陋点没关系，夹点花生米，夹点酸菜，再来一碗白米饭，一顿饭就解决了。无穷的热情，一点都不萧条，这才是新生活。

90 年代，爷爷家又搬到了老虎沟。我最初的记忆，也是从这里开始的。长长的一条路，上学和放学，我被爷爷牵着手走，我从来没有记住那条路上空厚厚的云层，也从来没有记住秋日天际金橙色的夕阳，却记住了外贸局有个坏人叫某某某。——瞧，连我都记住了。这个读音模糊的名字总跳跃在酒间话题里。像小学生作文里描述的坏人一样，某某某不是什么好人，讲坏话，瞎捣乱，搞破坏。他是个小官，紧绷着脸，不善言笑，背地里布局着阴谋诡计。

有时爷爷和奶奶正在家嘀咕这个人，这个人就恰好来串门了。不为别的，就是寻觅那口酒。

进门是自来熟的老同事模样，找点话题，只言片语间就踱着方步到了酒坛子边上。一瞧，黄酒在坛子里不慌不忙地酝酿着，就满脸笑容。

再四平八稳地走到餐桌边，拉张椅子坐下，端起大碗，生活充满了该吟唱的颂歌。该大笑的时候一起大笑，该叹气的时候一起叹气，一唱一和之间，一碗酒就充实地下肚了。当然，一定是要再讨一双筷子夹花生米的，一颗一颗油亮的香炸花生米，赶着脆点吃最好，咯嘣咯嘣嚼着，一口一口的米饭，旧仇新恨就那么囫囵下肚了。

放下大碗，一顿饭差不多解决了一半。他站起身，一抹嘴，头也不回就告辞了。门关上没一会儿，就传来他吹出的小曲儿，欢快跳跃的，看来心情是极好的。也许，一碗馋人的黄酒让他无法招架得了，暂时放弃了自尊，然后再变成有志之人。

爷爷不作声，继续嚼着花生米。奶奶去厨房端出菜来，清炒大白菜，萝卜片炒五花肉和酸菜炒粉条。我们三人吃着吃着，奶奶忍不住了，"这家伙回去还是会搞我们的坏事。"爷爷闷闷不乐，"哪次不是这样。"

两人沉默一会儿，又对笑起来。我不解。他们竟然是满脸红润的光芒。值得值得！这一坛坛朴实的黄酒，教会他们热情奔放，让没有味道的人生大放异彩。

爷爷和奶奶一年四季都喝着黄酒。这种激情充实丰满。可他们从来不承认自己是酒鬼。无论是明亮的中午，还是薄暮的时分，两人都会雷打不动地出现在坛子边，弯着腰打酒。一人一大碗，郑重地端到餐桌上，像盛米饭一样自然。不是咕噜咕噜一口气下肚的，一定得佐伴着花生米才可以锦上添花。酒香爱抚着，两人静静地围在一起喝酒，大碗里的黄酒色泽明亮黄糯，闻起来醇香可口。我很馋，便跑到酒坛子边去大口大口地闻。奶奶想拉走我，爷爷说："小娃子咋不可以喝，这就是饮料。"他拿筷子蘸了一点黄酒，让我嘬一嘬。我张开大嘴。啊！又酸又苦，我的五官都要扭曲了，眼泪挤了出来。爷爷借着酒劲儿兴高采烈，"给你喝浪费了。"

边看电视边喝酒，酒快要喝完了，便要小口小口地嘬。爷爷夹花生米时，忽然手一抖，掉了一颗，他赶紧起身，好像奔跑在麦地里，追着在地上滚动的花生米。他捡起来吹了吹，又丢进嘴里，嘟囔着"不干不净吃了没病"。

爷爷和奶奶也不是永远锦瑟和弦，他们偶尔吵起一顿无名的架。也不知谁惹谁心烦了。爷爷垮着脸，眼袋外鼓着，声嘶力竭地吼着。奶奶腰板子一挺，装腔作势地迎战。

吵架后，就是冷战。我和奶奶说话，她就坐在床边上抹眼泪。爷爷埋着头扫地、拖地、做饭，迟钝麻木，不搭腔。

到了吃饭的时间了，冷战还在坚持。奶奶看没有人理她，擦干净眼泪，径直走到酒坛子边，舀了一碗酒，端到桌子上，摆在自己跟前。她假装未看见爷爷已经伸出来要接碗的手。

爷爷怒了，"饭都端跟前了，你给我拿碗酒咋啦？！"

奶奶红光满面，嘻嘻笑起来，高兴得又是拍手又是拍腿。——这老头子果然中计了。她欢快地转身，给爷爷打了一碗酒。我们仨围坐在一起，开始吃饭的吃饭，喝酒的喝酒。味觉是最让人快乐的感官，一碗酒让冷战喊停。

爷爷畅喝了黄酒后，好像周身就此洁净。一改平日的苍老黯淡，流露出活泼的一面。他把刚出生的小堂弟抱在怀里，摇啊摇，对着他的小胖脸亲个不停，一口一个"宝孙子啊儿娃子"的叫。亲了脸蛋，又要亲肚子，看到小堂弟咯咯咯地笑，他又捏着他的胳膊、拽着他的腿做起了广播操，"一二一，一二一，舒展舒展，运动运动"。

从刘洞来的神秘酒曲，充满了悲悯之心，治愈了爷爷的一生。

爷爷 1957 年被错误地划为"右派"，开除党籍，行政连降三级，从 19 级降为 22 级，工资也从 75 元降到 50 几元。五六十年代，他就从县委机关下放到了农村，几十年弹指一挥，十一届三中全会后才回到市里上班。而这一系列历史问题，影响了我爸的前途，他因为政审过不了关，连续三年都入不了党。日子泥沙俱下，爷爷内忧外患地抑郁了好多年，怕是黄酒才让他暮年的灵魂得到了升华。这是我成年后才模模糊糊拼凑出的真相。那些一醉方休的云烟缥缈，都是情有可原啊！

1993 年开始，儿子们有了自己的房子，渐渐离家，老虎沟的老房子空旷了下来。然而，空的地方没有摆上酒坛子了。短暂的人生又是甜又是苦。爷爷和奶奶把积攒下来的酒坛子都摞上了阳台。——舍不得丢弃，人生只有短短几十个春秋，拼了命追忆从前的那些快乐，总有一天还可以重新幸福似的。老两口算是半隐半退地离开了江湖。

爷爷更加沉默，他拢着袖子，坐在阳台的椅子上。天空碧蓝，有白色的云朵逍遥自在。万里晴空和他无关，他只是看着酒坛子，一片沉默，眼神被中药的气味一点一点地模糊住。"把酒坛子摔了算了。"我爸劝说。"你敢！"他忽然来劲儿，跳起来勃然大怒。丢掉酒坛子，并不等于丢掉"癌症晚期"四个字，那是掐断了他此后的希望啊。虽然两者之间并无关联。

厨房里堆满了中药罐子。

即使是最保守的治疗方法，也无法把攀附上身的癌症拖走。他和外公成了肩并肩的战友，晚期癌症的两个六十岁出头的老人，阴差阳错就住进了人民医院同一间病房。阳光照不到的地方，一切都不会复苏了。

1994 年的清明，外公陡然逝世。

爷爷决定住回家里，在那里等待慢慢走近的死神……我也被送回了爷爷家暂住，我问："爷爷，我爸爸妈妈都去干什么了？"爷爷看着我，慢慢溢出两行眼泪，眼神里的光芒一点一点熄灭了。我第一次看见成年男子落泪，也跟着他一起哭了起来。他安慰我："你外公不在了。他们去收拾屋子了。爷爷还在。不怕。"

又喝了一个夏天的中药。爷爷把中药罐子全都扔了出去。"爷爷可能快走了。"他露出了苦涩的笑容。那个秋天特别美，一点点的金色都会熠熠生辉。他专心致志地去阳台搬回了酒坛子。最大的那个。9月份是酝酿黄酒最好的日子，半个秋天开始酝酿黄酒，剩下的半个秋天再喝完。他和奶奶面对坐着，像好多年前那样，对饮对酌，聊天，吵架，发脾气，冷战，再喝酒。生活回归到酒鬼的周而复始。1994 年的初冬，他没有战胜癌症。

爷爷走了后，奶奶做黄酒的次数越来越少了，粗枝大叶，质量大不如前。从前骄傲的酒坛子也每况愈下，一个叠着一个，靠在墙角边，往日强壮有力的模样再也找寻不到了。越堆越多，最后又搬回了阳台，待在萧瑟的空气中，慢慢爬满了灰尘。

还是太懒了。这个时候，奶奶只愿意承认自己是懒惰驱使。

有那么一阵子，刘洞乡下的村里人到市区来采购，还是带了些酒曲子过来。奶奶眼睛一亮，又重新搬回酒坛子，端端正正地重新张罗起来。

天气温和，春天来补偿一切，有希望总比没有希望好。酒坛子擦得锃亮，被我围着反复摩挲。我拿了一张纸，大大地写上"老胡同志的酒坛一号！1996年5月"。贴在坛子上，再用透明胶一层一层覆盖上去，严严实实的。酒坛二号，酒坛三号，酒坛四号，一个个登台亮相。反正无聊也是无聊。

二十多年后，我在阳台上又看到了那些浩荡的酒坛子。极大的圆珠笔字迹，被灰尘模模糊糊地覆盖成灰色，在修长的走廊里。窒息。那个曾经贴纸条的小女孩长大了。她离开老虎沟的家很久很久了，甚至没有耐心再爬上楼到处看一看。那些慢慢拖出来的成长痕迹，总是回忆不起，又好像能回忆得起。那些字一颗一颗的，稚嫩得饱满，停留在黄黄的纸条上，等着再去翻开水色天光的童年。

奶奶很少给我打电话。但凡打电话，总逢一些在她看来是大事的日子，像每个人的生日，气温骤降，气温飙升，开学了，放假了……奶奶心灵博大，总在幸福地自嘲："我老太婆好得很，吃了睡，睡了吃。每个月还有几千块钱拿，国家对我们好得很。"——没有酒喝的日子，她更像个和蔼可亲的饮酒者，用平静抵抗寂寞。她在每一个重复的一天，都会勾着腰慢慢走到阳台边上，站在阳光能晒到的方块里，看着老虎沟路上二中学生们的明朗背影，一口一口喝着绿茶，久久不愿进屋。

听着青春而激动的喧哗，生活并没有凋残下去。

回武汉后，我总会惦记奶奶此时在干什么。是不是站在阳台，和酒坛子一起凝视远方看得见的山，然后陷入长时间的回忆？或者端着一杯茶水，慢吞吞地坐在床上看电视？

我在电话里问奶奶："奶奶，你在家干什么呢？"

奶奶带着欢笑的腔调说："我在看电视新闻——"

"有人来看你吗？"

"大家都忙得很，看我做啥子？"

放下电话，我意识到自己又蠢又笨，奶奶的腰已经快弯成了直角了，还能干什么？难道我不明白？那一问好像是在捅人心窝子一样。

她是明智的。看新闻，好像置身于整个世界中，体验搏动的生命，从不曾走散过，寂寞过。

再一想，我想是不是有点敏感了。奶奶生活里的平静，远远比我想象得更平和、更乐观。

有一天，我走出大山，想去看看更远的地方，那里到处都是平原地区新鲜的面孔和口音。我总以为我分辨清了家乡的一切。我骄傲地说，我们老家的黄酒很好喝。有时，我会网购一大壶黄酒送给外地的朋友。网页里写得很清楚：小曲黄酒是房县黄酒，入口清甜，口感细腻；大曲黄酒是郧县黄酒，略显苦涩，后劲更大。

都怪我没有再认真一点。事实上，我从来都忘记问，"奶奶到底喝的是什么酒"，就那样凭借愚蠢的本能，统统归类为黄酒。回十堰的日子，我频频提着黄酒去看望她，她总高兴地眯眼笑，神清气爽。

尽管那是随机买到的黄酒，奶奶却说："我孙娃子给我的，我都喜欢。"她给过我无数的机会，而我却一无所知。

后来我才知道，从前，奶奶只喝郧县黄酒。而感情慢慢开始倾斜，到底是为什么，只有她自己最清楚。如今，似乎也没有哪一种酒能让她再痴迷。

大山在慢慢被掏空，里面深藏的珍宝，层峦的荫翳，落进城市的怀抱里。尽管它们轮廓依旧，甚至比从前更显绿光油油的生机，却是毋庸置疑的单调。一部分人埋进了大山，不再是大山的主人；一部分人留守在城市，平静地衰老下去。本来就闭塞的交通，在一代又一代人的告别中，失去了最坚定的力量。它们沉默不语，陪伴着大山里平静苍老的主人们，渐渐腐朽。比如，那据说是祖传秘方的黄酒大曲，被人主动遗忘了。

2014 年后，奶奶不再喝黄酒了。黄酒从没有丧失它的醇厚苦涩，只是，她的舌头渐渐衰老了。疾病在应时而至。她的世界越来越小，她要休息的时间越来越多。床头柜边摆了一排降血压的小药罐，它们装着一肚子的药丸，像一颗又一颗珍珠，修复着苍老蜷缩的身体，并迅速取代了黄酒，甚至绿茶。

奶奶在一场差点发生的大病里苏醒，也存活了下来。她倒不曾悒悒，依旧乐观亲切。医生说，只要坚持吃药，老人就是平安的。

我又一次回十堰去看望她。那是她戒酒后的第一次见面。我买下一壶真正的郧县黄酒，带给她。演技拙劣地想弥补从前每一次的失误。奶奶，我终于懂了，用大曲发酵的是郧县黄酒，用小曲发酵的是房县黄酒。

关于生病和康复的话，我们互相说得轻描淡写，很短的几句就一带而过。我钻进到处是霉斑的厨房，找来两个碗，把酒斟进碗里，混沌在下沉，醇厚和甘洌的气味冒上来。要是甜一点就好了。我端起碗的那一刻，再也忍不住，静静地哭了，一滴一滴的眼泪掉进了碗里。我在心里大喊着，奶奶！一定不要走！不要离开我！

从前一起喝黄酒的那些旧人，一个一个都走散了。也许一直走到了生命的边缘。我再也没有看见过他们。我忽然想，奶奶也许真的不爱黄酒了。这一路，她把行李越丢越轻，无比安宁，甘愿没有惦念地继续走啊走。黄酒只是她晚年渐渐模糊的一个选项。

举起大碗，摇晃着金色的汁液。"来，干杯！"我们假装在喝。其实只是闻了一闻。我们聊一阵天，我就说一声"干杯"。装酒的大碗碰撞，浇灌了一年一年的香樟树，那是家乡的树，它们长在心里，长在身体里，长在十堰的记忆里，郁郁葱葱，结满了甜如蜜的果实。糯米散发出的清苦气味，又在房间里消散不去，久久的。老人眼神水亮，皮肤红润，皮肤泛着清醒的光泽。黄酒汁水有了自己的呼吸，呼唤着老人的名字，它们把记忆激活了。老郧县黄酒就是奶奶的记忆。她的目光在酒水的深处明亮着。黄酒把奶奶捎带回了二十多年前，甚至更远。像讲述一个长篇故事。这些年，她独自一人，颤颤巍巍地走着，内心却又苍翠如青松，攀爬上了整座山脉的记忆。

我沉默着伸出手，用指尖触摸她枯老的手背，和她的双手重叠，好像这段记忆也属于了我。

江苏路3号

老房子到底叫什么，我从来都不知道。我只叫它"老虎沟"。

老房子只是站立在老虎沟的地盘上而已。那是1981年的老房子。奶白色的优雅外墙皮，温润柔和地泛着光泽，最高贵的中心位置，住着爷爷和奶奶。一栋长长的楼，四个单元连在一起，构成牢固可靠的关系，像是给予了主人持续的恩泽。只是据说，爷爷参与了当年房子的建设，他是十堰商务局的科长。理想的老虎沟，万物都充满情趣的老虎沟。那是黄金时代。

后来，他在科长的位置一路干到退休，闲于寂寞中，总得想点骄傲的事吧。千丝万缕，那就是老房子了。家里来客人了，他如春风拂面，绿叶飘香，大夸特夸老房子是自己的作品。夸得跟真的一样，恨不得吟诗作对。

客人不信。爷爷应景地摆出大惊小怪的表情，"这房子我们费了很多心思啊……"

客人又笑说："你又不是搞这一行的。"

他沉默，又急着想终止话题，"不信算了……"

有点理亏，又依依不舍不甘心认输，可他真的没有下面的内容了。当然，坎坷了半辈子，总得有点提精气神的事吧。哪怕是空想。

江苏路3号，是老房子的官方名字。20世纪80年代的它，还正当青年，风雅地矗立在老虎沟的路口，花鸟风月，风度翩翩的，任我们一众住在郊区的子女们簇拥着。老房子习惯于含咀着溢美之词，它有标准的大三室两厅的真髓，间间方正，宽阔轩敞。

过完这个生日，住在老房子的老主人就要 87 岁了。

——可是老主人的老房子，时光却早已在那里停驻。它又清寒又倔强，保护着自己的乾坤。尽管张扬的高楼大厦在大行其道，而从 1990 年开始，它的墙，它的地，它的一砖一瓦，就渐渐停滞了下来。它的灵魂适应了主人的容貌、气味和脾气，再也没有改变过了。

那是五堰通往六堰的一条经典老路，老虎沟最繁华的地段。从人民北路直走，转弯，通往江苏路，很快就看到它了。

这么多年来，即使周围的建筑拆了又修，修了又建，它始终安然地存活着，做着合乎自己性情的选择。刚建的时候看不出来，经年累月，白墙已然平静，深灰色的底色蔓延得肆无忌惮。通往单元门的那条小路，瘦长微暗，被几步之遥的江苏路越压越紧迫，它安静蹲伏着，蜿蜿蜒蜒，闻得到一股沙土的味道。暗薄的阳光下，明显落后于时代的老房子，显得恓恓惶惶。

可破败归破败，岁月久了，时光的回声反而出来了。虽然肌理磨损严重，但轮廓反而柔和起来，我看到它，总会有踏实的怀念。那是属于 90 年代的一切。我所有的记事，也从 90 年代开始的。它们在几十年的空气中凝聚，从来都没有消散过。所向披靡。

我和幼儿园老师摆摆手，和爷爷走在夕阳的光辉下。有花瓣散落在地上的清香。时光飞渡，好多年的光影就这样聚散在夕阳里，穿过香樟树的枝叶照进眼眸。老虎沟沟口的商业体，闪烁着微光，淡淡的，一轮一轮地更新着。

小时候它叫百货公司，我踩着七彩的瓷砖地板跳跃进去，几个柜台围成迷宫，南侧是卖手绢的位置，我直奔那个角落。打过浆的新手绢硬阔阔的，最适合叠手绢。我心醉神迷，总动着各种心思，缠着爷爷买手绢。背面的柜台有膨化零食卜卜星卖，包装带上有个勾鼻子戴眼镜的外国老爷爷，喜气洋洋地看着你，绿色的包装袋是我的最爱。

百货公司又更名了，叫作时新商场。其实它一点也不新，门面邋邋遢遢的，搅动不起什么波澜，就那样昏眠了好多年。让人困惑的是，这么好的地段，总遇不上强劲的商人。后来，十堰的大山被挖啊挖，肌体越来越成熟，市区更大了，大家都醉入醺醺的花花世界里，没有人太关注它变成了什么。

是的。它只要在，并且不动声色地安眠在那里，就叫回忆。去奶奶家时，我要从那里走过，只知道绕过一个转弯就到了。"又见到你了，老虎沟。"

八九十年代，人们开始掌舵潮流的大船，不停地划桨，向着更远的海浪里。浪潮里的老虎沟五楼，是有简素灵魂的房子。

沙发是PU弹簧的，深棕色的纹理。组合柜有飒飒的喜气，酱红色，体脂油亮油亮的。它们都是当年最红的组合。冰箱是清新薄荷绿，电视是哑光银灰色，它们披上白色蕾丝钩边的罩子，梦幻似的明净。每一处，我都记得那么清楚，因为直到30多年后，它们还生活在贫瘠的光线中，黯淡柔和。

按照现在的审美欣赏，墙壁充满了复古气息。清风拂面的绿配白，甘美之春。一米左右高的位置，全部被刷成浅绿的墙裙，绫罗一样闪着纤弱的光泽。为什么要设计成这样？没有大人认真回答过我。大家都见怪不怪，这是当年最流行的风格啊。好多年后，我才从网上搜到，这叫"卫生墙"，为了防止墙面弄脏而设计出来的。80年代，卫生墙在家庭、学校、医院里随处可见，常常以绿白相间的形式，在经常会接触到的区域刷一半漆，留一半白底。

我的问题真多。

我问爷爷："老虎沟里真的有老虎吗？"

爷爷说，以前有，现在躲进山沟里了。要是看到有小孩在外面乱跑，又会跑出来把小孩抓走。

我一想到商业局幼儿园就在老虎沟里，猝然陷入深深的恐慌中。十堰啊，全是山的十堰啊！

很多很多年后，我才听到一个正儿八经的官方说法，老虎沟和老虎一点关系都没有。那里就是一条山沟，叫老户沟，沟里有个村，叫李家岗村三组，组里大多数是李姓人家，大家分家单居，每逢过节、祝寿，就会回到老户所居住的山沟里。1949年前，航拍实地登记地名时，老户沟被人误写成了老虎沟。根据茅箭区史志办工作人员推测，十堰本地方言中，"户"的读音和普通话中"虎"的读音相近，所以才有了这个误会。

我想起爷爷当年一本正经的表情，很想大声笑着说："爷爷你是个大骗子！根本就没有老虎！"老户沟，老虎沟，我尝试用蹩脚的郧县方言念了好几遍，不得要领。

那一年，爷爷指了指绿色墙皮上的一个气泡鼓包，问我："是什么啊？"我无法捉摸清楚，鼓包巴掌大小，敲了敲，有清脆的砰砰响。爷爷又问我："是不是有小兔子在里面睡觉啊？"

我大惊，慌忙拍打着鼓包，想把小兔子叫醒。

爷爷一阵大笑。

没过几年，爷爷就离开了。他没有带走回忆，没有带走烙印，卧室墙面的那个鼓包还在。1994年之后，我又神经质地敲敲拍拍了好多年，明知是徒然。

楼梯的走道从来都是深灰色的。它远避着日光，静寂、无力。我每年爬上楼梯看奶奶，都要放慢步伐，仔细地看着，看看它艰难维持了几十年的残留。楼梯逼仄，三五步就可以跨越半层楼。墙壁霉迹斑驳，涂鸦者爬满了小广告。撕了贴，贴了又撕，反反复复不知多少来回。楼道的朦胧暗淡，和奶奶家的格调相互守望，它们在时间里都走得很慢，很慢。

真好，只要迈腿爬上去，还有奶奶等着我！

天黑了，外面霓虹灯的光影在跳动，楼道却黑得令人生疑。我一跺脚，声控灯突的亮了。竟然还安了声控灯！

踩下去的那一瞬间，我很担心单薄的楼会被踩碎。

楼道纹丝不动，静静地看着回忆。回忆延续，又剥开了我想回到的童年。

从幼儿园回家时，我和爷爷一边爬上楼道，一边穿梭在层层的蜂窝煤丛。爷爷狡黠，总要考考我的算数，让我数数每一层到底有多少块蜂窝煤。幸好我技高一筹，从来不上当。那时的人都单纯，自己的家底就这样大大方方敞在外面。楼道里堆满了蜂窝煤，整整齐齐码着。

爷爷和奶奶手头宽裕点时，会大量囤蜂窝煤。每隔一阵子，他们会喊上来一个老师傅，买下了一板车的蜂窝煤。

亲切的生活啊，没有人嫌弃随处张扬的黑色灰尘，所有人都在囤积着生活的力量，以及那些浸染到日子里的安稳。

又过了几年，每层楼道的垃圾门都被封住了，楼道更是有了宽敞的借口，老邻居们把它当成了货物贮存间。来不及丢的、犹豫丢的、舍不得丢的，大物小物，都堆成废墟。越来越多的杂物，和越来越少的蜂窝煤大眼瞪小眼，老楼渐渐有了粗糙的平民气质。

1988 年开始，我们在郊区夏家店的家，一点一点挪进老虎沟，停留在靠近阳台的那间卧室。实在是没有办法，没有人腾得出时间接送孩子，这是所有双职工家庭都避免不了的矛盾。那年我 3 岁多，顺势就进了老虎沟里的商业局机关幼儿园。

老房子的安宁就此消泯了。

1989 年的春天，叔叔婶婶也住了进来。他们是两个更年轻的人，在十堰制动蹄厂当工人。微喇的西裤，高跟尖头皮鞋，卷毛刘海，时髦在作怪，搭配市区里的热闹恰到好处。闹腾的叔叔婶婶，外加上下蹿跃的我，大家嘶吼着《一无所有》，和录音机里的摇滚乐一起摇头摆脑。恰恰蹦恰恰，老虎沟的热情高指云天。

90 年代的冬天，三代人都窝在大房子里，三组家庭，三间大卧室。生活置身于幽微的明光中，冬寒里，竟然忘记今夕何年。没有人过得厌倦，大家乐此不疲，清贫又温暖。我在客厅蹦跳着，拉着大人帮我用粉笔在每间屋子的门口写着：小白兔的家，老兔奶奶的家，大灰狼的家。童话里的黑暗变成了一块大白兔奶糖。大人围簇在客厅的铁皮炉子旁，一边嗑瓜子，一边烤火。蜂窝煤一明一灭，总有什么架在上面煮啊煮。那些生活细碎的趣味，全在炉子上不紧不慢地熬着。奢侈的用心。在我无所事事的童年里，我可以盯着它们观察很久很久，看见火光渐弱，蜂窝煤呈现浅粉色，就要拿起火钳换成新的煤块。铁皮炉虽然小，却支在客厅最宽敞的那一块地方，烟囱向上，直角又延伸到客厅外面的封闭阳台，再继续攀岩到窗边。客厅很干爽，最美好的童年莫过于此。大人们的脸映得红红的。爷爷用水果刀把苹果划成无数个"井"字的方格子，挑出，一块一块喂给我吃，我很爱那种暖和而冰凉的情味。

这是黄金一样的童年，如果可以恒久发光，我快要幸福得进入梦幻了。我爸妈又给我报了电子琴兴趣班。他们目光炯炯地把电子琴搬上了卧室的书桌。《北京喜讯到边寨》《跑马溜溜的山上》《可爱的蓝精灵》，我在弹琴，手指尖尖弹跳着，指法日益娴熟，我爸妈激动得要翩翩起舞了。

可是，并不是所有人都爱青春活力的面孔，爷爷更愿意潜伏在平静的退休生活里。他时时刻刻都感到胸闷心慌，夜里大把大把的时间都在睁着眼睛煎熬。谁都不知道病魔是什么时候纠缠上他的。

矛盾不可饶恕了，当快乐的意味丧失了一大半，爷爷借着酒劲开始咆哮。

爷爷指向大门口，"你们全家都给我滚出去！天天在家吃吃喝喝，闹得不能休息！"

奶奶随声附和："你们的娃子，凭啥让我们来管！"

爷爷拍着桌子，"谁家的娃子谁自己带。"

……

1991 年的夏天，我们又被赶回了夏家店。

1994 年的冬天，全家又重聚回老房子里。铁皮炉子在雪夜里吐着气泡。烧水壶咕嘟咕嘟响。可是爷爷，却永远困在了那个寒冷的初冬。

1994 年，我爸我妈陆续失去了各自的父亲。他们在病房守护了几年，老人们还是被癌症吞了进去。1994 年的冬天，所有人的生活，既涌动着悲伤，又有着病魔远去的解脱。

9 岁的我，带着叔叔婶婶的孩子——我那 4 岁的小堂弟，在卧室里你追我赶，假扮成地球超人，妄想拯救地球。那是"聪明屋"里最火的动画片。我是苏联的 Linka，金头发女孩，拥有风的威力；堂弟是北美的 Wheeler，橘色头发男孩，拥有火的威力。

我们一起振臂高呼："把地球污染全部清除 / 联合力量威力无穷 / 为保卫整个星球奋勇斗争。"我又弹起了《溜冰圆舞曲》。在抑扬顿挫的琴声里，叔叔婶婶又开始吵架、闹离婚、和好。

"闹闹怪好的！"奶奶改了口。

奶奶最爱的，其实还是热闹。一屋子的人齐齐整整糅合成一个麻将组。我爸，我叔叔，我婶婶，加上一向性情温和的奶奶，陷入了麻将堆里便如痴如醉。麻将桌支在客厅中央。铁炉子在一旁，全家人又围成一个小圆圈，各自身边放一个小凳子，摆着茶杯、小零食、香烟、烟灰缸，微小，又足以和寒冷对峙。无聊的漫长冬季。哗啦啦的麻将声里，全世界的情感都饱和了。

唯独有一个房间，成了我的禁区。

奶奶卧室的五斗柜上，立着爷爷的遗像，黑白分明。爷爷在笑，他只活了 63 年，还远远没有活够。这时的他终于心平气和下来，不再厌恶累赘的嘈杂，还是期待都蓬勃地活着吧！

大卧室光线很暗，阳光全部洒进更靠近窗户的套间，只把微光留给了五斗柜。那幅遗像黑得更分明，像无底的深洞。我不敢多看，害怕自己被吸进去。那是我第一次体验到死亡的神秘和可怖。

第二年，五斗柜上的遗像没有了，留下的是一个大酱色相框，里面拼着几个家庭的合影和指甲盖大小的老照片。

其实，奶奶看出来了，我害怕。

可明明，好多年后，我还忘不了一切。几十年过去了，9 岁那年的枝枝叶叶都还在我大脑的最底层储存着，他拢着袖子一言不发，相片里的他笑容温暖欲言欲止，我清晰地记得他的脸皮一点点塌陷了下去，记得他坐着的那个角落，记得他那身磨白藏青色的中山装，和那只夹在口袋上的旧钢笔。我总在想他。在我每一次踏进老房子那刻起。

再后来，奶奶的子女们，每年都会像冬眠的熊，到了春天又陆陆续续搬离。

总会分离吧——

二十多年后，回十堰探亲的每次告别，奶奶都要吃力地从床上爬起来送别，我不忍心看她站起来，她的背已经驼成了一个直角。我想扶住她，可伸出双手，又显得笨拙无措。她像一个刚刚学会走路的婴孩，轻飘飘的，一碰就会倒下去。我终于扶住了她，她又一点点把背挺直了。她坚持要送我出门，我们搀扶着来到大门口。直到我走下了一层层台阶，回头，她还趴在门框边看着我。

我说："奶奶，快进去。"

奶奶说："好，好，你下楼了我就进去。"

我说："我马上就下去啦。"

奶奶说："好，好，我马上关门。"

我们就在这种对话中僵持着。我等着她关门再下楼，她等着我下楼再关门。

我是自私的，我不忍心看到一个老人用尽全身力气，仅仅是目送我下楼。所以我拼命地想把这一幕合上。我真的好残忍，拒绝了一个老人对我盛大的爱意。她的世界里，剩下的只有回忆了，她在老房子里一年一年地孤独等待，她用尽全力的倚靠，如在风中摇摆的蜡烛，一点点弯下腰，只是为了每年相见的这一刻。

可我还是输了，我留不住我的眼泪，我也拒绝不了她的坚持。

我趁着眼泪掉下来前，赶紧飞奔下楼了。

——她赢了。

香港回归那一年，郧县梅铺同乡找到了奶奶，说女儿考上老虎沟里面的十堰市二中，又不愿意住校。奶奶主动提出，让女孩住到她那里去。

那几年真好，夜晚只有她和女孩守着老房子，两个人努力夯实温度，踏实和温暖糅合在一起，互相陪伴。

那年我刚读初中。数学学得抓心挠肝的吃力，她耐心地教我怎么读题，怎么运用公式，拿着铅笔在草稿纸上划来划去，每一道题都分解出详细的步骤。她告诉我要牢背公式，死记核心，反反复复地做题，即使死读书也总有一天会开窍，更何况我是个聪明的孩子。

奶奶跟大家说，这娃子单纯得很，每天要去上早自习，六点就摸索着起床了。怕吵到我，她就摸着黑穿衣服，摸着黑洗漱，外面乌漆漆就出门了。

2003 年，我刚到武汉上大学，曾经在失眠的凌晨，到天台仰望着没有褪尽的星空，看星星能不能照亮西北的方向。

想象着 1997 年的某个夜晚，梅铺太远，家太杳渺，大山又太厚重，那个 15 岁的少女走出来求学，也曾孤独恐惧过，生怕一不留神就迷失在大山之外了。

她在奶奶家读完了高中三年。

后来她考上了陕西师范大学，成了全村的骄傲，"学霸屋"成了奶奶四处炫耀的资本。

一楼的家家户户，在不动声色中一点点搬走了。每一次去老虎沟，我都会看见一楼新开业的小店门面，本本分分地就开张了，俗套得花里胡哨，又像是巧合般，充满了 90 年代的烟火气，和老房子的气质浑然一体。房屋中介所、理发店、修鞋铺、包子铺、老面馆、算命当铺、杂货店，此起彼伏，这些小老板和小店员们的生意升升腾腾，也就顺势就住进了江苏路 3 号，成为业主或者租户。一点时间的摩擦感都没有，他们和老房子一起热火朝天地停留在了 90 年代，遥望彼此，忘记了这是繁华的市中心。

稳稳接招的，还有停留在 20 世纪 90 年代的奶奶。

奶奶虽然弓着腰，身体还算灵活，头脑更是灵光，只恨找不到施展之地。无数次单调的上楼下楼之间，无数次和和气气的点头招呼氛围里，她忽然挖掘出生活的根脉。原来一楼的那些孩子们，都是从农村出来漂泊的年轻人啊！他们蜗居在老虎沟被遗忘的月光之下，遍体蒙纱，过得安逸又平和。

多么像她自己！

不容冷静，她火速开始布局。

首先就是背叛了子女。她把亲戚们送的礼物们一叠一叠垒在一起，牛奶、苹果、保健品、糕点……在麻将瘾犯了的时候，就一次一次吃力地提起它们，弓着腰下到一楼，心里盘算着拿这一批作为交换，可以和哪家老商铺玩几圈麻将。

子女们被她瞒了好久好久，她一直在麻将桌上玩得酣畅淋漓，七八十岁的人露出了贪玩的本来面目。电话里都是麻将哗啦啦的撞击声。她说："我好得很，有麻友陪我打麻将玩。"子女们只好半信半疑地挂下了电话。

任凭江苏路和老虎沟的路边如何翻新面孔，老房子总在一次次的拆迁准备中，被无情地剔除出去。它逐渐成为孤老。

2000 年以后，老房子的墙皮就斑驳成一个病人，包围了里面留守的老人们和租户们。那些全盛时代的住户们，已经谋划着搬走了。每一间阴暗潮湿的空房子，都被房主一道一道租出去。没什么稀罕的，租给什么人都无所谓。反正它一直在摇摇欲坠。

奶奶找楼下的麻友们帮忙招租房子，不曾想到，一次次受挫。老房子实在是太破旧了，早就招不到什么正经单纯的学生了。

客厅外面的封闭阳台，原本是作为饭厅的。现在被胡乱塞上一张床，就假扮成一间卧室。连简陋都藏匿不住的地方，却依旧招来了一个租户。价钱也不如意，一个月200元，包水电费和暖气费。

家里人感慨："那还不如不招啊！"

整个周末都见不到那人的人影。她是谁？长得什么样？身份证复印了吗？我们一概不知道。

我们再三追问，奶奶再三掩护。

最后，迫不得所有人的一再盘问，她只好讪讪地说："是个年轻女孩子，好像是做那个的。不要问她，不要问她。"

租户里有一对郧西夫妇，40岁上下，住在最大的卧室里。他们一整个冬天都在大卧室和更里面的套房里转来转去，穿着粗线针织毛衣，脸蛋红彤彤的。暖气燃烧的热浪在大卧室里弥漫，廉价的烟味从门缝里钻出来，电视机里大声放着流水线的家庭剧，凶猛可恶。不过，他们更像自来熟，遇上老主人就阿姨长阿姨短地打招呼，嘘寒问暖。到了春天，气温升上来了，他们打开大门，依旧穿着粗线大毛衣，大大方方地到厨房做饭、切水果，趿着拖鞋去窗边晒太阳。

"他们是做什么生意的？"

奶奶说："不知道，就是做点小生意。我们不问，尊重别人。"

"房租是多少？"

奶奶不作声，神神秘秘地摆弄了下手指，示意着，一个月900元。

好吧，还可以，就当是找了个伴吧！

我们敲敲门，跟郇西夫妇热情地招呼着，言谈间流露着请他们帮忙照看下奶奶的想法。

奶奶忙插话："他们好着呢，没事，没事。"

就这样相安无事过了三年。

有一天，全家人去看望奶奶，奶奶忽然说起了一件事。

去年到现在，一个冬天走到第二个冬天了，郇西夫妇都没有再交房租了。一提起这事，他们就哭穷，说生意太难做了，等生意好了一定补交，一定补交。

"居然僵持了整整一年！"听了差点跳起来。

"哎呀，奶奶你真憋得住气啊，900乘以12，一万多儿呢！"

奶奶小心翼翼地说："没那么多，也就4000多。"

我爸理解错了，没太在意，说："4000多就再等等，别催人家。"

亏得我妈察言观色，逮着问："到底每个月的房租是多少钱？"

奶奶嗫嗫嚅嚅，"……400元。"

"那么少！"我们所有人都惊呼，再细问，"那水电暖气怎么分摊呢？"

"水电暖气费……我都给人家包干了。这些孩子们不容易啊，从农村出来，连个家都没有，可怜得很！"

我眼前又播放起郇西夫妇穿着粗线毛衣的镜头。

我爸快要咆哮出来了："妈！我给你钱，你不要租出去了！"

奶奶这下又不高兴了，"400元不是钱？我这个房子，能租多少钱，我心里清楚。我就是想要个伴儿。"

我们家都是斯文人，吵架势必理亏。何况他们和奶奶朝夕相对，谁敢跑去说狠话呢。叔叔倒是脾气挺暴躁的，我们又怕他把事情搞砸了伤害到奶奶。

毫无办法，我爸和几个表哥商量后，找了两个面相凶猛的表哥上门探望奶奶，顺便敲门去给郇西夫妇施施压。

郇西夫妻补交了几百块钱，继续死撑着不肯搬走。他们把卧室的门关得更紧了。谁搬走谁是傻子。附丽于温暖又和善的气氛，老人当他们是家人呢。他们一个二个躲在里屋咬牙坚持，敌不动我也不动，不到撕破脸皮决不撤退。

其实，真要谈判的话，还是很困难的。他们一向自来熟的神态，表面上客客气气地表态要交租，背地里又不知会做什么行为。我们更担心奶奶的安危。拖延至此，家里所有人都放弃了这几年的房租，只求他们快点搬走。

阿弥陀佛！早不早晚不晚的，他们又住了一轮冬天终于搬走了。

——谁都不想去过问，房租到底交清了没有。

况且，奶奶又硬气起来，极力狡辩，"他们不交清房租，我咋可能放他们走？"

说归说。却再也不想这样提心吊胆了。

再破的房子也是自己的家，怎么忍心被外人这样糟蹋。

奶奶把波纹一样皱起来的墙刷白了，碍手碍脚的位置又修补了一番，厕所的门被封了，又砸开了另一个门。找小工把洗衣机从厕所里抬了出来。也有些无法割舍的地方，地面还是磨得锃亮的水泥地，电线搅成一团，在墙上到处垂落着。尽管她有好几千的退休金，却不愿意花出来。大概是想努力留住从前的模样，不让回忆有偏差。

老房子的古老，是天、地、人堆积出来的。也只有和那个年代蹚过的人在一起，才会珍藏住古老的一切。

奶奶说服我们，更是说服自己，"这个房子随时都会被拆了，我也随时会找你爷爷去了，装啥子装！"

入户的大门更是敷衍了事，嫌铁皮防盗门太碍事，直接拆了，露出里面梨子皮似的木头门，竟然仍然不愿意换。木头门轻轻敲一敲，到处都在抖动，我总会想着港剧里坏人一脚踹开大门的恐怖场景。

总之，是苦心挽留的八九十年代风格。

奶奶说："怕个啥，小偷都看不上。"

后来，这个房子也的的确确被小偷惦记了一次，幸好那天奶奶外出打麻将，沉迷了几个小时。回家后，连警都懒得报了。因为除了大门被踹坏以外，屋里没什么变化。可能是小偷正准备摩拳擦掌时，忽然有了领悟——这确实是在浪费时间啊！

除了偶尔去几十米远的寿康永乐超市买菜之外，奶奶放弃了四处闲逛的爱好。我们也实在怕她到处跑。她称自己是路人都要躲得远远的老太婆。她的背已经快弯到了九十度，又坚持不拄拐杖。白发苍苍，身材越缩越小了。即使挺直了腰站起来，也只刚到我的肩膀头。像琉璃一样易碎。

我买的小电饭锅，成全了奶奶的三顿饭。早上热馒头和鸡蛋，中午蒸米饭和青菜，晚上煮一碗剩菜面条。想吃肉了，就到楼下买个肉包子过渡一下。她患难般活着。

"谁知道那些包子里面是什么肉啊……"我妈对奶奶的沦陷表示不满意。

我爸生气地打断她，"我妈最好的一点就是从来不愿意麻烦子女，你没看出来吗？"

她把钱全部攒了起来，一笔一笔的退休金，即使只有三四千，一点点攒，小雪球变大雪球，复利的作用下也是一笔大数目。这一笔笔钱，就分配到每个细碎的节日里，找着借口送到她的儿女们手中。

独居，平静而纯净。我在武汉，堂弟在广州，她生活中所有的力气，就剩下牵挂，牵挂着近在咫尺又远在天边的儿女子孙们，牵挂着太多无用的牵挂。她坐在窗边，喝着绿茶，汲取着大自然的能量。江苏路和老虎沟路上的车流声两面夹击，把空档的房间填满。就像大山里吹来了松风。

她每天大部分的时间是在看电视，拢在被子里坐着。不像我外婆，爱看韩剧。奶奶一点都不浪漫，俨然老干部姿态，看《早间新闻》，看《午间新闻》，看《焦点访谈》，看《新闻联播》，看《今日说法》。最后追两集战争片，就蜷进被窝里睡觉。

我爸说："上头还有个妈在，就觉得自己不算老。能喊声妈是福气啊。"

一直到——

一场高血压飙升的意外，差一点吞噬了她。

……

2015 年之后，我爸妈作为带孙子的主力军，开着车往返于大山和平原之间。他们像 50 年前的移民一样，从外而来，又不停地在往外走。他们告别了大山料峭的冬日，下一次归来，又是墨绿色的雨季。

有了高血压症状的奶奶，和老房子一起垂暮。也许，从很久很久以前开始，老房子的时间就停了下来，剩下的一年一年，不过是在等着变老。时间在每一个房间都不愿意再挪动。奶奶的背弯到了九十度。

而我们的生活，在季节的交错间，却无法安静下来。

我无力去思考奶奶的养老问题……难言的词语，折成眼泪。我一直在逃避，我始终无能为力。我的懦弱和自私，让奶奶的大儿子背井离乡。我把这个问题又抛回我爸。

是子女照顾，还是请护工照顾，抑或是找一家好的养老院，人生有时根本做不出选择题。剩下的时间，我只能选择无法回头地往外走。

可我明明心尖在不断滴着鲜血。

——能喊声奶奶，还有人答应，是福气啊……

奶奶 80 岁那年，几番折腾下，把老房子过户给了堂弟，她希望叔叔婶婶可以陪陪自己。

后来，她在叔叔的新家和老房子之间挪腾了几次，最终决定还是搬回老虎沟。和叔叔家崭新的商品房相比，只有在陈旧得炸裂的环境中，才得以心安和充沛。她和老房子一样孤独，一粥一饭应付得浑浑噩噩。但她一生随性而为，善良至性，从不愿意麻烦子女。如今她又比谁都惧怕死亡。她第一次这样固执，用一套房子为筹码，让子女搬回了老房，固守着清贫执拗的日子。她微小的身躯，和白发一样脆弱、抖索、无助。

　　我总在冬天去看她。她总是坐在被窝里看电视。这大概是 70 岁以后生活最舒服的方式。暖气微微的，被窝里还得放一个暖水袋才舒服。她把腿面上的被子掀起，非要站起来迎接我。我忙弯腰又把她扶回床上。把床头立起的枕头再一次码整齐，让她继续靠在枕头里面。每一次都在重复这些动作——她总在快乐地咧嘴笑着，从来不觉得自己的生活摧枯拉朽。桌上的温开水在慢慢变凉，她全神贯注地听着我的话，舍不出腾出时间喝水。

　　我们说起爷爷，1994 年就离开了的爷爷，63 岁就步入了尘土。她没有把死亡这件事当作忌讳，笑嘻嘻的，像是在说一个老朋友："你爷爷划不来，我懒是懒，但是我这个老太婆幸福得很，我们国家越来越好，啥都不用我操心，我就是惦记着你们。"她头脑清醒得像个年轻人，我们聊聊国家大事，聊聊生活琐碎事——其实聊不到太多，我们的交集只有那么普普通通几个亲戚，大家都过得不好不坏，没有大波澜大故事。

　　聊到无话可说时，我们就坐着一起看看新闻。她时不时跟着内容感慨两句，全是对生活的感恩。就这样撑住几十分钟，我再起身告辞。

　　一年，就这样过去了。

　　我在一年又一年的穿梭间，带着挂历回到老房子。网购一幅挂历，是奶奶对我唯一的要求。一年又一年，每摘下一幅旧挂历，我就忍不住颤抖，40 年倏地没了。我把它挂在两扇卧室门间的墙壁，像在记录着什么，世界翻过一页，世界又在挂历之外剧烈翻转，老房子依然沉睡在八九十年代的灰烬里。

暮色的老房子，过得没有风波。每一间房都保留着最精简的生活必备品，剩余的，完全没有铺排开来，全部被打包好了，像是在临时搭伙过日子。花花的床单下面，到底裹了什么，只有主人们知道。一件一件地整理旧物，不庸人自扰，保留生活最基础的物资。直到有一天安然离去，像来时那样赤条条。我安慰自己，这就是生活最初始的模样吧。

奶奶、叔叔、婶婶三个人，加起来快有两百岁的三个人，看电视、做饭、玩手机，用老人的口吻交流着，清清淡淡地重复着日历的日子，静候着老，和更老。

老房子和我已然无关。可老房子的主人们仍和我血脉相连，我无数次离它而去，又一遍遍无法割舍。没了铠甲，只能伸出双手，搀扶着它和它的主人们，一同走进更遥远的大山中。

告 别

2001 年一个周日的下午，我们一家住进了香港街的新家，成了机关家属院第一家住户。离开沿河路的住宅来到新地方，携带着几件杂乱的衣物和我的书本，我那时在附近的十堰市一中读高一，母亲着急搬进来，希望我早上可以多睡 20 分钟。

这是我住过的最大的房子。整整有 120 平方米。从人民北路和邮电街口的交叉路口往坡上走，便是五堰步行街，这是十堰城区的新地标，最繁华的综合性商业步行街。母亲说，搬过来之前，这里还是几条泥巴路，到处都是拥挤不堪的地摊，街道黑漆漆的，人和车混杂在一起，走过，就深深陷了进去，好似遇了劫。为此，他们差点放弃掉这里的大房子。我努力回溯那时候的记忆，关于泥泞路的描述，磕磕绊绊的，所有的情绪、欢笑、痛苦杂糅在一起，已经完全没有任何印象了。这一段记忆空白萧瑟，天知道我那时脑子里在想些什么。在我们搬进来之前，政府做了一项大决定，硬化路面，拆除违章，打通整条香港街。持续改造的日子，商业体又开始了大开发，可谓不破不立，香港街、五堰南街、五堰北街、九龙巷这几个街区，两公里的路，地基坚实，成了市区商业氛围最浓的地段。

香港街 6 号。搬进去的第一晚，我失眠了。我趴在五楼的卧室窗台上，遥望远方盈满的月。整座大院四四方方，前面是机关楼，后面是花园，左右两面各是家属楼。深不可测的陌生世界，四面守着不明。房子刷得雪白，油漆的气味让我窒息，我陷在五楼的半空中，心情惆怅而孤单。那一晚，天空像穹顶一样笼罩着这座城市，几十米外是一个小花园，喷泉，草坪，庭院，玲珑秀气。花园的背面是山坡。市区里随处都有高高低低的山坡。山坡上的高楼投下了玄妙的影子，没有一丝杂音，人们都进入了睡眠中。

一切都暗淡下来了，一切又如此浓烈，我们进入了灵魂栖居的地方。

这世间多么美好。

上小学的时候，我家的房子也对着一座山岗。1992年的朝阳路，同样是在父亲单位的机关大院家属楼。

二楼。客厅窗户的斜下方便是一个防空洞的洞口。我小时候见过很多防空洞，它们是从大山的腹地挖空的，合乎情理地存在着。身处喧嚣的市区中，它们庄严而沉静，像一段神秘的历史，永远沉睡下去。也有例外，人民路的地宫商场曾经就是防空洞，洞非常深，一进去全是阶梯式的柜台，每个柜台一米多高，起初是卖小百货的，后来更多的则是卖服装的。

我们家属院的防空洞早已废弃了。小小的防空洞，身处一片宁静中，发出深沉的低鸣。石头缝里有清亮的水渗出来，洞口爬满了青苔，我们的脚踩在光溜溜的石板上，一走一打滑。夏日的暮色一降临，我就趴在窗口张望，看见有人，便扛着小板凳兴高采烈地下楼，饶有兴趣地听他们聊天。70年代全国开始了防空备战运动，挖掘防空洞和防空地道，这里面曾经储备了大量的物资。这些全是闲坐在洞口纳凉时听到的。

防空洞的故事在老人们的唇齿间闪烁着，那些对话充斥着枪炮的火光，人间悲喜，像是来自另一个时空。可哪怕是再沉重再严肃的存在，在小孩子看来，洞里面散发的是更隐秘莫测的光芒。我从未想过挖空一座大山需要花费多大的力气，我们这些孩子被和平年代小心翼翼地捧着，脑子里装满理想和梦幻，只想知道防空洞到底通向哪里。

终于，趁洞口的铁栅栏打开时，十几个家属院的孩子相约着进去探险。明明外面还是橘红色的阳光，走进防空洞几米就觉得温度陡然下降，慌慌张张地摸索前行，只有一个手电筒，胆子最大的男孩走在前面。洞里的薄雾朦朦胧胧，不知道哪里是真实，哪里是虚幻。明明以为是一条通道，越往里走，越是星罗棋布，也不知是不是附近的几个小型防空洞互相挖通了。

一束暗淡的光线里，山洞的墙壁上出现幻影，我在一个拐弯的位置开始绝望地尖叫。所有人跟着我一起尖叫起来，现场荒诞而混乱，大家一哄而散，拼尽全力往回跑。

唯一的一次探险结束了。

深秋开始，父母就搭起了蜂窝煤炉子，在朝北那间窄小潮湿的小房间里。一米高的正方形盒子，中间放着圆柱形的煤球。银灰色的铁皮烟囱高高耸立，穿过透明的玻璃窗，通向后山排放一氧化碳。一整个冬天，我们都盘腿坐在小卧室的床上，烤火，看书，吃饭，看电视。炉子上坐着一壶开水，丝丝冒着热气。蜂窝煤变成了肉粉色，母亲拿着剪刀一样的火钳子，两个尖插进煤球的眼里，把煤球夹出来。煤球堆放在楼梯拐角的地方，那是家家户户的矿藏。

又过了几年，蜂窝煤炉子撤掉了，那间房子便成了我的卧室。有一天，我在卧室窗户外的后山上发现了一个坟包。坟包隐藏在山间小道的凹处，是椭圆形的，四周灌满了枯黄的野草和灰黑的树枝，如果不是那一天阳光太强烈，恐怕根本辨识不出来。想到它安静地站在这里这么多年，我没有惊恐到大哭，只是趴在窗户口，像一个狙击手，谨慎而好奇地盯着它。它已进入耄耋之年，看起来苍老不堪。它平视着我们家二楼的窗户，我的眼神在窗台边躲躲闪闪，我们只有十几米远的距离。

有一天早上，父亲带我去六堰爬山。我们是从公园路边一个山口上的山，整个十堰城的市区，都有起起伏伏的路，还有不少山冈，山冈的背后，又是城市的另一部分。从前我以为每一座城市都是这样的，直到长大后我看到了平原，才知道原来世界这么辽阔。那天我和父亲没有往山顶爬，而是始终环绕着半山腰散步。山和山的模样都是一样的，同样的景色。山边缠绕着高低错落的朴素楼房，我们甚至可以看到某一家的人正在房子里做什么。连续地行走，像是在徘徊兜圈子。一直到正午时分，太阳升起来了，笼罩万物，我看到了我们家的那一栋房子、那一扇窗户。

站在这个角度看清楚，千真万确，真的是一座坟墓。此时，它近在咫尺，在知了声的包围里，祥和平静。我像第一次见到它一样，大为惊慌，又为它震撼。父亲扭头看了看，从容淡定地对我说，那是水表，供水用的，别怕，没什么，走吧。说完，他继续往前走。我站在原地不动，惶惶悚悚，强忍着不敢出一口气。父亲一路走，一路回头催促我。我忍住了倾身察看碑文的冲动，垂下眼睑，就像是害怕坟包也在窥视我。

父亲越走越远了，我当然什么也没看，就慌慌张张地跑开了。

后来，我胆子大了些，经常在阳台晒衣服时有意去看它。阳光敞亮时，会隐约看到碑文上密密麻麻写着什么，阴阳之交，一个人的一生铺在那里，面貌，形骸，爱恨，思想，最后融化、消解、化成泥土。

那个神秘的幻影一直在我脑中挥之不去，甚至是一辈子。

长大后，我和父母闲聊，谈论起这件事，对于后山的秘密，他们已经没有什么印象了。而唯独神奇的是，当年他们意志最消沉的时候，恰是住在这里的几年。

我们家的楼下，是一块空白的水泥场地。场地的两侧，本来有两个篮球架的，偶尔，会有穿着统一队服的年轻人来打场篮球赛。更多的时候，场地上总会停着几辆东风卡车，车型各异。它们横在场地的中间，把整块场地挤成了迷宫。东风卡车崭新隆重，不知道是从哪里来的，也不知道它要去向何方。作为鄂西北工业重镇长大的孩子，看到这种粗犷野性的中重卡车那一瞬，我们没有丝毫害怕，只有兴奋。

我们抚摸着车头上的DONGFENG，又触摸着车标上的双飞燕，它们价值不菲，但威武雄壮的气场在我们面前荡然无存。时光是一代人的，在宽厚和安静里，它们心甘情愿地等待我们。

大一点的孩子踩在车厢的轮胎上，双手抓住车厢的边缘，三五下就爬了上去。大孩子又去拉中等个头的孩子攀爬上去，再小一点的孩子纯粹就是靠托举的工夫连滚带爬地进了车厢。总之，大大小小的孩子们都开始在敞放的车厢翻腾跳跃，笑着闹着，捉迷藏，摸瞎子，快乐无与伦比。

有时候我们会踩上踏板，趴在驾驶室边的门板上，透过车窗往里面看,幻想自己从驾驶员的第一视角,正英姿飒爽地在公路上风驰电掣。

无比荣幸,快乐从来不会在傍晚消失。大人们表情清澈,除了在窗户口大声呼喊吃饭或者回家睡觉,从来没有一个大人迁怒于我们。每一个人,都在汽车城的子宫里成长,早已生根成长为安稳的植物。

这不是隐喻。

纵使我们再年不更事,也都知道东风汽车公司——那是鼎盛时期的东风汽车公司。在这座城市,有些词语视为寻常,人民路那条城区的主干道上,总有司机在大声吆喝,"四一、四一""红卫、红卫"。人们就在这些词语的牵引下登上车,寻找自己的目的地。

很多年后,一个无意的机会,我才在网上查询清楚。

41厂,是东风商用车有限公司原车架厂的代号,位于车城路,离艳湖公园不远。

红卫,隶属张湾区,汇集了许多东风汽车集团有限公司的老专业厂,20厂(通用铸锻厂)、24厂(动力设备制造厂)、21厂(专用设备制造厂)等都在这里扎根。

两条线路,几乎涵盖了二汽建设初期最早一批专业厂。

很多年后,我搜到它们时,早已过而立之年,好多往事都消失得无影无踪。越是有怅然若失的亡失感时,情感就越是浓烈。那些喊叫的声音就那样束缚住我的身体,越来越紧,倾尽全力。

1997年是风平浪静的一年。香港回归后没有多久,我们一家受到了上天的眷顾，搬到了朝阳中路对面的朝阳小区。和旧家仅仅一条马路之隔。两室一厅换成了三室一厅，顶楼，五楼，最前一排。我贪婪地从客厅跑向阳台，阳台没有封闭，三面敞亮。再也没有遮天蔽日的山冈，或者树篱中隐蔽的荒野。阳台上的流光让我幸福到晕眩，我的视野第一次那么开阔，沿河路，邮电街，老虎沟，五堰，六堰，朝阳中路。它们都住在百二河的身体里，一直往前延伸。那是我有生以来第一次把它们串接起来。这个城市变化似流沙，报纸把它称为"东方芝加哥"，而我第一次牢牢把它们抓在手里。临风而上，那是一种高耸入云的空旷，身体在云端起伏荡漾。一切都在蔚蓝色的天空里安居。

远离了从前的房子，宿命似的，父母早出晚归，工作渐入佳境，进入了黄金岁月。

我等待自己长大，迫不及待，即便是剧烈成长，肆意疯长。

那是从童年到少年的沟壑，孤独却自由。一个初中女生，独自坐在靠背椅子上。我把腿盘在椅子上，在阳台上仰头听王菲的《天空》。流金在歌喉中涌动，我坐在敞亮的阳台里，又像是藏匿在房间的暗处。那些潜伏在我身体里的敏感多情、寂寞孤独，忽然就被召唤了出来。与其说是在打发孤独的时光，不如说，我的内心被丰饶的情感燃烧得要发疯。复读机里不光是英文磁带，还有港台明星的一笑一颦。我的内心是残缺的，该死的青春期！它们踏浪而来，填满了少女的胸腔。

三室一厅。有一间房无处可用。沙发，圆形茶几，电视机，书桌，五斗柜，舍不得丢的，全摆放在这里。它竟然成了更小的起居室。一个人独处时，这个房间成了我抗衡孤独和黑暗的地方。父亲那时有黑色的大哥大，竖在五斗柜上。我用家里的无绳电话拨打大哥大的号码。

又用大哥大拨打家里的座机电话。喂喂喂，你在哪里？你在干什么？我自己对自己说话，又沉默，花很长的时间，然后静静听自己的呼吸声。

我厌倦初中的学校。

一个郝姓的老教师，我们的班主任，总用方言粗声呵斥我们。

她执迷于换座位，就像有强迫症一样，用挪动课桌的方式，对某一个阶段做总结。她威武地站在讲台上，双手背在身后，眉头紧蹙。

"成绩差的学生继续往后坐，成绩好的学生继续往前调。"

大家无声无息，把自尊心藏得严严实实，生怕说出话就会被传染上流行感冒。当然，自尊心同样也会激发一个人的极限斗志，郝老师的总结大法对我们这些天真清澈的青少年无比奏效。

那句话没有吓破我的胆子，却蚕食一样让我丧失了所有的勇气。我熬夜看《学习的革命》，那本黄色封皮的厚书，接受"头脑风暴"。最流行的我都在学习。我的表情无所畏惧，在嬉笑中不断往后拖动课桌，郝老师越是暴怒，我的眼泪藏得越深，一直到她彻底抛弃了我。

傍晚，一家人围着小起居室的圆茶几，一边吃晚饭，一边看湖北卫视。新闻里正在滚动播放抗洪救灾的大事件。1998年长江特大洪水，大堤，老百姓，解放军，活在长江中下游翻滚的人世间里。人生无常，就像变换初中生的座位一样，永远在幻灭和希望中。

爱与恨都需要情感，我情愿对着电视机放肆地滚滚落泪，也不愿意和父母详谈我的校园生活。也许，父母会雷霆大怒地冲进学校，或者喋喋不休地指责我上课走神或沉迷港台明星。疲惫和绝望，哪一种都不是我想要的结果。

更多的时候，我一个人站在阳台上，拿着书本，俯身往远处看，那是一种茫茫无依的感觉。不远的百二河河道里，已经架起了烧烤摊位。炭火点燃了，我站在一团烟雾里，想象着明天用什么样的表情踏进教室，接受所有人的审视，一直往后排走，一直走。或者，该穿一件破旧的灰色衣服，低调朴实地缩在最后一排，老鼠那样，这样谁都发现不了。

天空是恒久蔚蓝色的，人群是灰色的。那三年，我穿遍了一生中最旧的衣服，一直穿到要吐。母亲大声叹气，说人人都夸她会打扮，知性优雅，气质若女明星潘虹，偏偏女儿不爱穿裙子；女儿的胳膊和腿那么瘦弱，走起路来弯腰驼背，活生生的假小子。女孩子的青春发育期应该是最美好的呀。真是叛逆！

没有人能够理解。

同样，也没有人能够阻止得了，我和夏兰成了好朋友。

夏兰不似我。

无论她坐在哪一排，永远都会穿着考究的连衣裙和小皮鞋。上课时，我远远看向她，她小巧玲珑，眼神明亮，挺直了腰板坐在桌子前，铺排显赫，劲劲的乖巧表情。我暗自发笑。当然我嘲笑她是没有理由的。和母亲总是带我去六堰的地宫商场买衣服相比，她的衣服全都是她妈妈在人民商场二楼的精品专柜买的。当季的，没有折扣的，华丽而高贵。她的红色芭蕾舞羊皮鞋踏着愉悦有力的步伐，而我穿着破旧的 PU 皮白色旅游鞋，那是母亲淘汰下来的，被我捡回来日复一日地穿。我好像是在惩戒自己。

夏兰的家也在朝阳小区，我们家是第一排，她们家是第五排。她妈妈中年得女，每天牵着她的小手上下学，大小袋鼠一样。她烦不胜烦，逮着机会就逃离，约我和她一起回家。

我们一起往家的方向走，我嗅到了她身上温暖的牛奶香气。也许是奇异的默契。同样是金牛座，我感性，她理性，我敏感多情，她钝感天真。她搅乱了我的宇宙，我们也许天生就是互补的人。

走到第一排房子楼下，我们的女生闲话还没聊完，便偷偷蹲在花坛附近，一边用小石头在地上画画，一边继续聊。直到天快黑了，我们才站起身来，用卫生纸擦了擦手，若无其事地回家去了。

第五排的房子，如今仍然在朝阳中路的朝阳小区中，无数次说要拆迁，后面都未遂，变成了遥遥无期。如今它身处几棵茂盛的银杏树中，整面外墙攀附着常青藤，散发着草木的清香气息。我在沿河路的落日里给夏兰拍照，拍出朝阳小区的全貌，后面是青山，那是一座山城的天际线。当年肆意盛开的东西，如今成了悲喜边缘的回忆，成了无法触摸的成长岁月。

只是夏兰很难回到家乡了。她父母十年前就已搬去武汉，和她同住。

她的父母都是异乡人。他们是从北方来鄂西北的知青，没有根。除了在十堰领取一份退休金之外，他们和十堰无牵无挂。她家朝阳路的房子出现了蟑螂，后来又钻进了老鼠，无论多么混乱失控，她年迈的父母都已无暇过问了。

她曾无数次想回十堰，从头翻新那间小房，却被工作和家庭所困困，无法心无旁骛。她不准备出租，也不准备卖掉这间小房子，只有它存在着，才会时刻提醒自己，她的根、她的童年都在这里。

有一次她对我说，她现在的生活就像是患了口腔溃疡，不是一处溃烂，是满嘴百孔千疮，依旧要面带轻松，嚼下大把大把的盐。

我们都有了各自人生中的痛楚，我们其实都很失意。

我定居在武汉的第二年，回了一趟十堰，把香港街卧室里的零碎都丢掉了。塞在各个抽屉和夹缝里的磁带，复读机，CD 唱片，MP3，光碟，U 盘，日记本，书本，旧衣服，明星画报，歌迷杂志，雅思教材，英语笔记本，等等。属于青春的，全部丢掉了。最后我又沿着步行街来回走了一遍。夕阳化成了星辰，沿街的路灯开始窥探人间，商铺的喇叭陆续噤声，小商贩们的麻辣烫锅、烧烤炉子架了出来。烟雾蒙蒙中，一中的学生从五堰北街的半山坡往出涌动。我匆匆忙忙想走，快要看不清更远的群山了，记不起树林上空的天宇。

我走向了未来的时间简史，崩溃又重建。

我以为这就是告别。

汉江水

火炉擦得光亮，细微的噼里啪啦声，煤块就快成灰白色的了，茶水、黄酒、白开水摆在桌子上。厨房小小的，饭锅油亮亮的，凝聚着酸香的烹饪气味，午饭是红薯，酸菜面条，一人一大碗。20世纪60年代七月的一天，星期日，奶奶从郧县（2014年后撤县，改设为十堰郧阳区）百货公司的战场撤退，暂时回归家庭。七月的一天，除了太阳持续火辣，又是无所事事的一天。儿子们毛手毛脚，奶奶一边呵斥，一边忙着刷锅、洗碗、拆床单，拆被单。

天色明亮。七月的光，把满房间都照亮了。远处有号子声，抑扬顿挫，那是汉江上的木船方向。奶奶把脏被罩床单塞进大篮子里，挎在胳膊上，又敦促我父亲和我叔叔拿好洗衣用具，三个人提着大大小小的篮子就往城门出发了。

洗衣服是一件快乐的事。家在小南门的街上，出门往左拐，走一百多米就出了小南门。从城门穿过，过一个小而窄的马路，一台阶一台阶地下到河堤上。步入沙滩是最兴奋的事，大步跑过去，两三分钟就到汉江边了。当然，有时候也会先和大人去买点东西。沿途熙攘，家附近就是郧县城最热闹的路。虽然短短不到一公里，却是府城街道的心肺。广货铺、绸缎铺、布店、黄酒铺……人群往城隍庙涌，人群往菜市场涌，阳性体质的小男孩哪里还有心思闲逛，他们像鱼，游刃有余，伶俐地穿梭在人丛中间。汉江水啊，一想到清澈的江水，就觉得那是眼前要铺开的全世界，阳光在柔软的水里荡漾，亮晶晶的，鱼儿游来游去。

从岸边往江边走，是一层层台阶。台阶是青石板一块一块拼出来的，太阳炙烤着，火辣辣的烫。潮起潮落，台阶有时长，有时短。我父亲才十岁，长得太快，蹿得快要和我奶奶一样高了。他一手牵着四岁的弟弟，一手提着大水桶，数着台阶往下走。

四周是起伏的小山坡，中间是汉江，又窄又深的江水，顺着山边向东流淌着，清透，天真，没有什么秘密可以藏着。仰躺着，是最舒服的方式，让人想叹诵"两岸猿声啼不住"。仰躺在透明的江水上，闭上眼睛，四肢舒展，肚皮发烫，指尖冰凉，随着江水飘啊飘。渔船、江鱼、游泳的孩子。这是男孩子们最爱玩的游戏。阳光很炽热，江鱼瞪亮了眼睛，在他们身体下面小心地穿行。他们在水里摇啊摇，安睡在踏实的梦里。

有小伙伴在的话，更加辛辣兴奋。一群难驯服的猴子，互相大喊大笑的。前进，后退，把湿润的沙子捏成雪球，哗啦啦到处扔。见到人就扔。扔完了就钻到水里销毁证据。课堂时间是漫长的，好在江水微醺，黄酒一样在引诱人，总有可盼地等着。

奶奶和十几个妇女蹲成一排，埋头认真搓洗着衣服。我叔叔趴在青石板上呼呼大睡，我父亲一边帮奶奶干活，一边偷偷望着江水，有几个小伙伴正朝他挤眉弄眼，他的想法忽然就自由了。他趁着大人不注意，偷偷猫进水里，一路潜到了十几米远的江面上。时隐时现的湿衣服远了，肥皂吹起的白泡沫远了，奶奶絮絮叨叨的声音也远了。钻进水里就由不得谁了，任奶奶在岸边跳起来又喊又叫，棍子飞舞，他都假装看不见。

跃起来，一头扎进江水里，游得更远。江边长大的孩子，和水有天生的亲昵。潜游了一会儿，他的心渐渐平稳下来，四野在江水的倒影中，成了纯净的素色，是大自然的平静。他又望见了汉江南面的那座塔。

塔远远看上去只有十几米高，将军一样挺立在古城城南赤壁左边的极星塔山上。听老人们说，古塔在五百年前的明宣德年间就有了，比郧阳府的开府时间还要早五十年。老人们还说，清朝年间就叫它镇江塔了。我父亲仍然很好奇，塔像李天王手里托着的那个塔，他无数次地想上去探险一番，看看有什么不一样。这一刻，他蹬着水，漫无目的地游，忽然决定试一试，直接游到河对岸去。父亲舒展胳膊，正准备游出几米远的时候，边上有人在喊：

"喂！你快回来！"

父亲从水里又露出脑袋，"去看看那个塔。你去不去？"

对方是个皮肤黑黑的男青年，一咧嘴满口大白牙。"你一个小孩子游过去多麻烦，自己从岸边走上去看。"

父亲看到男青年朝他这边游了过来，于是又问："你去过？啥样的？"

男青年笑着说："去边上看过。这个塔重新修了好几次，风水好，是辟邪的。"

父亲正在动脑筋，男青年又催道："下次你去看看。你家里人呢？

快回去！"

父亲发现自己已经游到了江心，男青年紧紧跟着他，把他往岸边驱赶。他知道自己不能再往深处游了。

回头，往远远的岸边看，一排洗衣服的妇女们都变成鱼类，嘴巴一张一合地笑着，听不到一点声音。

没一会儿，还是听到奶奶的尖音在喊："给我回来！看我不打死你！"

父亲滑溜溜地游来游去。等玩够了，把衣服拧干，大不了回家被棍子敲几下。

——沧海桑田。一回头就游走了。

十岁的一九六七年，全家人搬到了十堰二汽（现在的十堰城区）。同样的一九六七年，镇江塔被炸药摧毁！五百年的古塔没有了，没有继续见证郧阳府的兴衰，没有继续担当汉水文化的地标，十岁的孩子未曾走近过，就那么消失了，一代人心中的圣塔。

也有差点把腿打断的时候。那是更早。

一九五七年开始，爷爷在郧县县委会当秘书，生活绷得紧紧的。奶奶一个人忙不过来，只能把兄弟俩寄养在城关的一个保姆妈妈家里。他们叫她姆妈。姆妈是一个读书人家的大家闺秀，知书达理。姆妈有个女儿，十四岁，兄弟俩叫她小姐姐。小姐姐和姆妈一样，有凝脂白润的皮肤，紧凑秀丽的五官，头发干净顺亮，举止优雅，性格温和得像兔子。生活多是艰辛，姆妈给人当了好多年保姆，粗旧的布衣并没有损耗灵气。

姆妈会做衣服，针啊线啊剪刀啊送到她手里，就不再是冰冷的工具。她低下头，素净或者花样的布块翻转着。用尺子丈量，一厘米一厘米。裁剪，钉缝，熨烫。生活被她烫柔软了。奶奶实在是不容易，一个人粗枝大叶地拽着两个孩子，大的捣蛋，小的不懂事，百货公司的工作又丢弃不下。

"交给我吧。"

姆妈摸了摸兄弟俩的脑袋，朝他们微笑。小姐姐递过来一个馒头。我父亲忽然害羞起来，他把衣服角往下抻了抻，低头接过馒头。他发现自己和弟弟的裤子都短了。两个人都露出脏兮兮的脚脖子。他把脚往后面缩了缩。姆妈不作声，掏出尺子，肩膀，胳膊，腿，一一量了。父亲嗅到了她稳稳的呼吸声，这让他心安。她终于稳稳地接住了这个不安的家庭。

在姆妈家生活，最珍贵的莫过于温暖的氛围。大炉子上冒出了热气，奶白色的米水在煮饭。姆妈站在窗边认真地择青菜叶子。红薯没有去皮，褐红褐红的，一个一个在炉子边摆好，准备拿去烘烤。小姐姐在对面写作业，顺便帮忙给他们检查作业。童年就在清贫的深处消磨下去了。

到了初夏，姆妈带着兄弟俩去汉江边洗衣服。跳下崖子，光是青石板就让两兄弟兴奋了半天。江水一浪一浪地慢慢淌过来，清亮清亮的，缓缓冲卷着岸边叠放的脏衣服。脱掉了鞋子，我父亲牵着我叔叔沿着江边跳着。鞋子在他们手里摇啊摇，蓝蓝的，是姆妈才纳好的。江水开始有点沁凉，阳光照久了，变得像温水一样舒服。

他们盯着阳光里的水面，闪闪烁烁地拨动着鞋子，波浪往大山深处涌动去，那里更开阔。我叔叔问："哥，水是从哪里来的？要去哪里？"

小孩子分不清楚哪里是上游，哪里是下游，模模糊糊间，只记得在一边在陕西，一边在武汉。碧绿的江面上忽然跃起一条鱼，鳞片白皙清透——只是那么一闪而过。"好大的鱼啊！"兄弟俩很快忘记了之前的一问一答。他们雀跃着，把鞋子朝天空中一抛，开始往江中心跑去。

"哥！抓住它！"

姆妈听见远处一阵嬉闹声，忍不住抬眼张望。——那一片江水依旧安然流淌在蔚然的山坡下。这回她只看到了鞋子，蓝色的，飘在江水里。

姆妈赶紧丢下衣服，慌里慌张地往江边跑，边跑边哭喊着孩子们的名字，歇斯底里。

"姆妈！姆妈！"

她一回头，看见我叔叔站在几米远的地方，举着小树枝蹦着，兴高采烈的。

"哥哥呢！啊？你哥哥呢？他不会游泳啊！"

"哥哥在那儿！"我叔叔兴奋地指了指江水，眼睛里全是崇拜的星星。

姆妈看见一个光溜溜的影子在江水中间，细下一看，忽然又无影无踪了，江水里的金光把她的眼睛刺得生疼。

她哭嚎着往江中间蹚。刚蹚了一半，父亲忽然笑嘻嘻地钻出了水面。

姆妈的衣服已经完全湿透，她的脸上也湿透了，眼泪和江水一起往下流。一口气刚刚抽上来，她就夺过叔叔手里的小树枝，开始抽打父亲。过了一会儿，她又丢下树枝，剧烈摇晃着父亲的肩膀，一遍遍地问："疯够了没有！你们疯够了没有！你们让姆妈还怎么活！"

这件事还是传到了奶奶那里，奶奶捶胸顿足地大哭一番，给两个儿子一人赏了一个耳光，接着提溜着父亲的耳朵，奋力拖到了汉江边。

"小兔崽子，今天就把你丢到江里！"

然而，我父亲在水里扑腾了几下，起起伏伏做了几个狗刨的动作，像一只小兽。接着，他忽然就学会游泳了。

"我要把你们丢到江里！"大人们每次都这样威胁。

都是些皮实的孩子，抽打得再狠，一扭身伤疤就不痛了，反而兴奋得摩拳擦掌。兄弟俩躲在小房间里，笑花了脸，跟青蛙一样腾空划来划去，满屋子灰尘。

姆妈和奶奶一家继续稳稳地相处。从郧县到十堰，孩子们被梦的寒气惊扰，一次次醒来，总看见那个安逸的背影在忙碌，缝衣服，纳鞋底，烤红薯。窗外全是脆脆的冰，屋内的炉火是温暖平和的。他们想起了嬉戏的那条江，它已经远在几十公里开外，虚无缥缈，但它还在等候夏天的太阳。孩子们像穿上软绵绵的衣服，全身温暖。

他们彼此温暖了五年之久，终于分开。

1985 年，力量还没有耗尽，年近七旬的姆妈又找出了老花镜。她的眼睛没有浑浊，黑亮亮的，一针一线缝制了两套婴儿棉衣裤。整个十堰城都没有婴儿衣服卖。我太幸运，从胎衣出来，就欢喜地穿上了小棉衣。只是不太合身——姆妈没料到我是个 6.5 斤的壮实小姑娘。姆妈在四月的春风中笑着，又把老视镜架在鼻子上，一点一点地拆布，一寸一寸地缝布。

姆妈又住回了汉江边，吉祥平安地活到了七十七岁。

父亲每天放学，都要沿着汉江走一段。整座郧县城拢在四四方方的院墙之内，像被一个盒子扣住，东南西面各自有大门来把守，北面靠着大山。

父亲从学校走到郧县城门，再往家走。家在县委大院里，小南门的附近，离家不到二十分钟的路程，就是汉江边上。涨水了，汉江河就在眼前，退潮了，又好像遥不可及。

父亲回家喝口水，和做针线的姆妈打个招呼，再往江边溜达。马路边总有柴火垛积着，捆得整整齐齐。不知道谁家在腌酸菜，鲜酸鲜酸的。满城都是青石板的地面，缝隙的边缘长满了荒草。父亲百思不得其解，地面上怎么能长出这样整齐的石头，还刚刚好铺满整个县城呢？他弯腰，青石板上薄薄的小石头落入他的掌心，边走边数青石板，一，二，三，四，五……沿着江边，一边走着，一边打飞镖。看薄石片在水面上连续弹跳着。这是父亲的夕阳。如果没有汉江，就不是童年的夕阳。

童年的回忆是一个人的。独一无二的汉江水，透彻的，全是清得要命的水。还有油画状的山脉，翠绿的，橙红的，灰白的，高高低低连成一片。大小木头渔船永远在忙碌着。父亲模模糊糊想起一个刚学到的成语——百舸争流。暝色中的船帆和桅杆，被灯火点缀着，倒映在水底。船上住着人家，衣食住行的物件摆得周全，用粗绳子撂紧家当，远处也能看到"屋子"的布局。船夫们皮肤黝黑，相貌粗糙，又总会快乐地站在船头唱着歌。常年不着地也不上岸，他们像江鱼一样，和水浪依偎在一起。

竟然还有人住在水上！

听老人们说，船是最方便的交通工具。外地人要来十堰，就得坐船摇晃着来。船只停留在"黄金码头"，船只来来回回走在"黄金水道"里，快乐得有了生命。船夫们站在木船上，双臂展开，有力地划动着桨。湖北湖南重庆陕西，和汉江有关的地方，和水有关的地方。龙须草、药材、木材、矿石、布匹，都在这里相聚分离。

在百花齐放的汉江面前，坐着一个满心好奇的男孩，他以为，这就是世界的全部模样。

"你们能带我去武汉吗？"是一种什么力量，让父亲对武汉充满了神往。

船舱上的人在哈哈大笑，"过去要一个星期。你怕不？"

"哪个怕！不怕！我会游泳的。"

"我考考你，往哪边走是武汉？"

"那边！"

父亲和水流一起看向那边。那边有泱泱的水气，直沁心脾。神秘的武汉，长江和汉江交汇的武汉。光芒在乌溜溜的眼睛里发着光，父亲要乘风破浪。江风庇佑着他，他已经等不及了。

"你怎么知道？"

"我在书上看到的，我们在上游，武汉在下游。汉江是长江最大的支流。"

武汉是梅花鹿的头，1532公里的汉江如鹿角一样，枝枝杈杈地延伸在荆楚的水草气之间。陕西宁强县的冢山，穿越秦巴山地，流入丹江口水库，再继续往东南流，涌向平原，聚集在那个离他最近的大城市。

"我想去大城市看看。"

2014年的晴天，父亲和三个老太太约好，开车带她们去郧县看汉江。我奶奶、我外婆、我姑奶奶（我们叫惯了的称呼，是母亲的姑姑），三个平均年龄超过八十岁的老太太。老太太们快活得像小学生春游，一人提着一杯茶慌忙就出发了。车子在郧十一级公路上奔驰。春天了，广播里放着气氛不搭的流行歌曲。调子忧伤，起伏陡烈，循环在拥挤的车厢里。我外婆和我姑奶奶陷入了喜悦的嘈杂中。大连话绵软，武汉话醇厚，郧县话劲道。方言完整又清晰，没有一丝一毫的变调。说累了，她们一口一口喝茶。只有我奶奶不作声，端坐在副驾座上，安静得如同路过的青山。流行歌曲后来换成了《春江花月夜》，古筝调拨着，琵琶解乡愁，高山流水啊，潮起潮落的人生啊。

老会计也在心里摸弄算盘，弹拨着，四十五年颤颤地滑动开了。

奶奶忽然问父亲："老城里的小西关街还在不在？"

"妈，去年被填到江底下了。"

"唉——"

漫长的。

好像已经过了一个世纪。明明只有四十五年。

小西关街是四十多年里最后的一点念想。

1969年。奶奶全家从郧县老城搬去十堰城区后的1969年。丹江口水利枢纽工程合龙，截流蓄水，淹没了郧县老城。从明成化年间开始的一座城，被水封锁了。城墙1000余丈，高2丈4尺。500年的遥远和喧嚣，经过长长的风吹，七十余条大街小巷，东西大街商贾云集，钟鼓楼、府学宫、会馆、戏楼、寺庙、庵堂等，一众明清古建筑，再也捕捉不到痕迹了。

那个郧县老城的家，也一同沉没在安静的江水里。

只剩下一处遗址——江北山上的老城一角小西关街。它默默不作声，又驻守了四十多年，终于在 2013 年，南水北调中线工程修建汉江堤坝，被彻底回填地下。

无力气再多说告别的话，风肆意，不在乎把汉江的上空染成什么颜色。

茶水斟好，下了车，父亲听见老太太们明朗的笑声。三种方言聊得热闹。即使几十年都待在十堰，老太太们也都驻留在自己的小地盘里，那是家乡。她们并肩坐在堤坝边，风把白发吹得跳舞。

要走的路还远。沿着江漫步，四个人到处找几十年前的痕迹。外婆和姑奶奶气质犹存，挎着小坤包昂着头走在前面。奶奶又恢复了快乐。她驼着背，舒坦地蜷缩着，拎着大茶杯摇摇晃晃。她怎么都不愿意拄拐杖，撒娇让儿子牵着她走。奶奶又提议："老太婆们加把劲儿，爬到郧县汉江大桥上看看。"

那是汉江上最雅量的网红桥，1994 年的"人"字扇形斜拉索，在当时的同类桥梁中，堪称亚洲第一、全国之冠。

江风吹散干净的白发，三个老太太赶在正午前爬上了郧县汉江大桥。

奶奶把手搭在桥栏杆上。栏杆有力地支撑着她，二十年了。舒适的角度让驼着的背也挺立了起来。她很早之前就不再染头发，任由它明亮地白下去。奶奶和她们活泼地笑着，茶水也跟着摇晃。谷雨的武当道茶每年她都盼着，汤色很好看，比清明刚出来时香气更加浑厚。

这是顺着她的口味冲泡好的。茶杯是水果罐头瓶,瘦瘦稳稳的,和老人们一样,又一次有了平实的生命力。她高高地向天空扬起了下巴,皱纹在发光。老城在她的脚下,桥身下的老城在水中回应着她,郧史里的"鄂之屏障,豫之门户,陕之咽喉,蜀之外局",古老的,现代的,有了感应,都在轻轻抖动着。那些被历史留下来的,也是奶奶的青春。没有期限的。

奶奶的记忆,好像从万水千山里跋涉回来的。想起来,好多事都还有余温。

又向北眺望,只有天空。

"天主堂还在不在?"

"妈,去年也拆了。南水北调中线需要加高丹江口大坝,拆了,又在柳陂镇原封不动复建了。"

"好!好!南水北调,北方的老百姓可以一直喝我们汉江的水。"

说起小关西街一起消失的百年天主教堂,老郧县人的记忆不会有太大差别:消失的老城,曾经风水甚是好,南面临江,北面靠山。天主教堂就在汉江北面的伏牛山上,老郧县人都叫它天主堂。

东西长,南北窄。郧阳老城除了横纵的几扇城门,也和大多数的县城一样,热闹又闭塞。只是,几条街上几家有用的店铺,满城考究的青石板路,天亮,天黑,老城人民徜徉在无尽的生活中。像大多数五六十年代的县城人一样,居高临下的钟声可以证明一切,能瞭望全城的天主堂可以证明一切。当当当,没有钟表的普通人家,靠天主堂清晰的钟声判断日子分毫的存在;当当当,浑厚踏实的钟声像柴火香气一样，沉浸在一呼一吸间；当当当，当当当当，哪家着了火，大钟像长者，警惕地发出告诫，在城东就响三下，在城西就响四下。老郧县人都知道，东三西四。

50年代某个七月的正午，天主堂的钟声耐心地撞击了十二下后，父亲应景地出生了。爷爷奶奶欢天喜地的。这句话后来每逢过生日都要被提起，给男孩加油鼓劲，慢慢地长大。

"接生的医生护士都说，这孩子将来一定有福气。"

然后，我们又一次站在了历史里。疫情蔓延的一个冬天，汉水流域的老百姓把自己牢牢封锁在家中，保护着可以保护的生命。疫情好转的一个春天，又托汉江水捎去祝福的力量。十堰是我的家乡，武汉是我孩子的家乡。

"妈妈，这是长江吗？"

"这是汉江，长江最大的支流。它流向武汉，于是有了武汉三镇。"

"我想武汉了。"

水气蜇人的清咸，江滩的沙砾松软了，我们踩出一个一个脚印。

漫游的人

一 岔 路

我想购置一套房子有很长时间了。

无论从哪一条岔路走出去,最后一定能到达黄孝河路。2008 年,每一条岔路都显得人潮涌动,那是主城区的背街小巷。这些分岔路平庸且无趣,街上到处都是吆喝的小老板,捡塑料瓶的老年人,脏污的绿色垃圾桶,橱窗门口摆放着手写的牛皮硬纸招牌,七零八碎的商品什么都有,价格低廉得令人惊喜。一些店铺稍显体面,玻璃橱窗外,会蹲着身无长物手指发黑的中年打工人,他们挨个儿坐在一起等着接活,眼神怯懦迷茫。

我在老汉口的岔路缓慢行走,甚至和流浪狗齐步。沿途是老旧的社区,灰白色的外墙上糊满黑色油污,劣迹斑斑,陡峭的逃生通道和电线拧成一股,一团糟。各种嘈杂声从木头门窗里倾泻而出,有孩童恣意欢快的嬉闹声,有男人女人近乎吵架的说话声,还有锅碗瓢盆剧烈碰撞的响动。我沿着行人道穿梭在人群中,去上班或者去下班。对于我们这些异乡人,难以想象它们曾经是老汉口腹地的荣耀。

我爬进陡峭的楼梯,阳光被关在了墙外。五楼的一整层有五家住户,我租住在走廊的尽头,隔壁家一扇窗户正对着我的玄关。那扇窗户永远关不拢，经过玄关会闻到可怖的气味，混揉在一股苦药气味里。窗台和锈迹斑驳的窗格上塞着装饼干的罐子、五颜六色的保健品包装盒、一团团黑色塑料袋，以及一个浸满灰尘的收音机，偶尔会发出模糊的声响。我想起了十堰大山里的防空洞。

我听见"防空洞"中有大声的响动，干燥的咳嗽，吃饭的吧唧嘴声，还有湿润的吐痰声，我屏住呼吸，一次又一次钻进出租屋。出租屋小小的，简单得要命。一室一厅的房间，一厅是摆设。卧室里一张床，一张书桌，一扇衣柜。阳台和卧室之间用一块厚重的墨绿窗帘隔开。房东太太在阳台的一隅堆满了带不走又丢不掉的垃圾，反复叮咛我不要去碰触。我每天回屋便会去厨房拿上菜刀，疑神疑鬼到处看，小心地挑起窗帘，看下面会不会露出一个人的脚。还好，一切平安。我从来不做晚饭，因为卫生间没有洗手池，我总在厨房的洗碗池里洗头发。没有锅，没有碗，只有一个粉红色的塑料盆，所以我难以定义到底是厨房还是卫生间。

一天午夜，我如厕，卫生间的窗帘被夜风卷起，屋里屋外空气一样冷，窗外路灯幽暗。我知道楼下亮灯的地方摆着一个灵堂。其实那一年我在岔路的小区里见识了无数次生离死别，比我成长的故乡十堰还要多。那一夜再也没有亲人的庇护，总觉得有一双哀伤洞察的眼睛直视着我。准备离开卫生间的那一刻，半空中忽然奏响了一声哀乐，颤颤巍巍却刺破了长空的唢呐声，那是最后的道别。无数人抬着灵柩在午夜游行，我惊悚到魂飞魄散。

于是我选择下班便瘫在床上，那一年，我二十三岁，我用 CD 机追下了一系列《壹号皇庭》《欲望都市》《绝望主妇》《越狱》《刑事侦缉档案》，或者熬夜恶补读书时漏下的剧集。几百部恢宏浩瀚的电影、电视剧，恶补到天昏地暗。当然，如果我愿意租更久的房子，我也可以百无聊赖地看到2012年，世界末日，更甚至，把我的二十岁消耗到地老天荒。只有我荒凉地知道，我正在度过焦灼迷茫的二十几岁。

房东太太把我递上去的房租装进口袋里，抱怨说世道艰难，租客一个比一个刁难，来武汉的外地人比往年多了不少，遍地开花的都成了普通话，武汉方言好像绝迹了一样。她体恤地问我是不是北方人，普通话竟然如此的标准，又在哪里工作，每月的工资有多少，是否够花。没过几个月，她便开始站在单位门口等我交房租，我递给她两千元，她穿着繁花丝绸连衣裙，露出满口洁白的牙齿，好似我们有好多年的交情。

有一天，我终于看到总猫在防空洞里的老年男人。让我吃惊的是，那是一个穿着松垮灰白背心的中年人。那天，我在玄关处有意放缓脚步，听见他在"防空洞"里唱起歌来。浑浑噩噩的声喉，像喝醉了酒，唱出类似黄梅戏的唱腔。我轻轻关上房门，歌声渐渐弱了，也渐渐完美起来，成了雍容华贵的唱腔。我在客厅里来回旋转，试图揣测这些优渥的本地人的心情。

有房，有房的本地人。因为有家，他们稳稳的，家收容了他们所有的落魄和寂寥，所以活得心平气和。

就在我攒着钱，准备交次年的房租时，忽然发生了一件事，把我的头脑全部打开了。我母亲的十堰好友，给他的女儿买下武汉新城区的一套房子。九十多平方米的大两房。房子紧邻一片天然湖，在那栋楼的最高一层。他女儿请大家去新宅吃晚饭。饭后，带着微醺的饱意，我们盘腿坐在大阳台的地板上，一杯拿铁咖啡喝空。秋意渐浓，蜡烛散发出浓郁的荔枝香气，我眺望着武汉城，空寂的大马路，湖泊，街道。

而这里不是我的家。

出租屋里的墨绿色窗帘一直懒于拉开，这一季，我没有攒够房租，没有攒够年轻人的快乐，没有攒够冬日的阳光，甚至浑浑噩噩，懒于提着菜刀去寻找窗帘后面的陌生人。我没有男朋友，更谈不上缥缈遥远的结婚。我无比自尊，无比自傲，又无比敏感和忧郁，房子和婚姻可以画等号吗？

那时候我还读不懂伍尔夫的金玉良言，那本《一间只属于自己的房间》，我在湖北大学的图书馆看到昏昏欲睡。我还太年轻。

这一天，我忽然从混沌里走了出来，豁然开朗，原来一个未婚的女孩，可以拥有属于自己的独立空间。

出租屋的洗手池上方开始漏水，天花板墙壁渗透了星星点点的霉渍。不得不承认，我对生活氛围感有着神经质的敏感。我在霉渍下洗头发的时候，长发大把大把脱落，深感厄运就要降临。我嗖地拉开墨绿色窗帘，远处瓦片屋檐上睡觉的流浪猫吓得跳了起来。它很自由，只是和我一样没有归宿。

我不可能再熬下去了。

房东太太表情凝重，不再露齿微笑。这项工程太艰巨了，她和楼上的住户进行了几番电话交涉，双方都大发雷霆，无果，谁也不愿意掏钱去妥协。她比我还要烦躁不安。

最后，房东太太希望我能够妥协，只要不抬头，就不用看星空，毕竟我是一个租客，只要睁一只眼闭一只眼，过眼云烟，一年又可以相安无事地过去。而她拿到我一整年的租金，再可以不慌不忙、理直气壮决定怎样和楼上住户进行下一轮谈判。

她精明世故，扮猪吃老虎。这让我沉默不语。我没有办法回答"可以"，或者"不可以"，对于一个租客来说，这里不是我的家乡，而我再也回不了家乡。

挂下房东太太的电话，我拔脚出门。夕阳泛着金光，我在去房产中介公司的路上，又遇到了那只流浪猫，它匍匐在幽长的窄巷里，冷眼盯着我看。我们互相对视着。后来它高傲地转身，纵身一跃，消失不见了。我的心脏忽然裂开，内心空空荡荡的。我混在人群中，继续闪闪烁烁地走着，汲着夹脚拖鞋，弯腰驼背，长发随意盘成一坨，耸立在头顶。再走几步路，就到了黄孝河路，我停住了脚。就在那么一瞬间，我的心情忽然发生了变化，充满了百般不甘。如果我继续无所事事地堕落下去，没有驱动力，没有指向性地生活着，几年后，我很快就会成为又懒又馋的中年女人。

这一条分岔路上，命运推搡着我，不让我沿着直线走，真的把我逼到了无路可走。

终于可以悲怆地下定决心了，不用再空想了，我要买房子，有一套属于自己的房子。

深秋，父亲专程从十堰来了一趟武汉，交给了我一张银行卡。里面存了三十五万元的巨款。活期储蓄。我们在解放公园路的川菜馆吃了一顿晚饭，好久不见，我看到他的鬓角有了灰白的颜色。父亲没有说太多的话，整个过程既简朴又庄重。

真是不可思议。

大四那一年，我收到了纽卡斯尔大学和曼彻斯特大学的研究生录取通知书。2007 年，英镑兑人民币税率达到了一比十，高汇率伴随着大学本科毕业的钟声到来。来得刚刚好，俨然高贵的皇后，触不可及。钟声敲响，意味着我要开始爬上更高的台阶，开始另一种危险刺激的冒险了。

三十五万人民币，仅仅是研究生一年的学杂费，却是我们家的全部积蓄。

若是无法顺利毕业，英国人不会给我太多的时间停留。

母亲的嗓音沙哑，她认为，这是一场可怕的快乐，可怕的牵挂，可怕的捉襟见肘，而我在地球的另一端。不光是在他乡，更是在异国。

她收回了这三十五万元，说服我彻底忘掉这件事，反反复复。

我反反复复地斟酌，倦怠又焦躁，最后我把通知书装进牛皮纸收纳袋里，塞进抽屉的最下层，发誓此生再也不碰。

后来的日子里，每当我陷在那块墨绿色的窗帘布里，唢呐的哀乐吹起，我的心脏就会扭曲的痛楚，不无讽刺地觉得——这是一场梦想的巨大幻灭。此生再也无机会，意难平。我自愿从那级台阶上爬了下来，我痛悔，我没有办法放过我自己。

无比软弱的自己。悲痛的剧情。

而今，剧情天翻地覆。

泪水滂沱中，我接下了银行卡，哆哆嗦嗦的，虔诚感激命运的用心良苦。某年我葬送掉了一段青春，某某年它以另一种方式偿还给我。

感谢我开明清醒的父母。世界上有两种房子，一种是他买给她住，另一种是她自己买给自己住。有人还顽强活在农耕社会里，"忠"言逆耳，苦口婆心。彩礼，三金，房子，车子，样样不能少。前者被祝福艳羡，有人没有什么筹码，却把别人的财物视作理所应当。后者却总被说服和嘲讽。

二十四岁那年，我们一家人装聋作哑，未婚女性自给自足，独立买房，我成了亲朋好友暗自讥笑的谈资。在流言蜚语中，我越挫越勇，刚烈如巾帼英雄。

再读伍尔夫《一间只属于自己的房间》，里面说"我希望你们能尽己所能，想方设法给自己挣到足够的钱，好去旅游，好去无所事事，去思考世界的未来和过去，去看书，去做梦，或者在街头游荡。"我在遍体鳞伤中读懂了，所以我似乎成了有故事的人。

那个炎热的上午，以及中午回家的公交车上，我一直沉浸在人生的巨大转折和不远不近的过往之中。空气芳香、热烈，长江边徘徊着桂花香气，我一个人坐在靠车窗的位置，紧紧抱住单肩包。酱红色的户口本就在单肩包里，户主是我的名字，下面是一排铅印的地址，尚未干透。地址很长，烦琐到滑稽，是连出租车司机都不知道的地方吧？如此，可每一个字都让我心醉神迷，心脏怦怦乱跳。它就在那里，无声无息地存在着，全部的三十五万元，二环线上，小小的两居室，让我掩饰不住地笑出了声，又笑出了眼泪。

浩瀚无际的大武汉三镇，有大江有大河，还有了我自己的家。

二十四岁，我成了这里的常住居民，有了我的家乡。

二 蜘蛛网

二十七岁未到。

经过漫长的异地恋，我和大刘经受住了重重考验，决定要结婚了。2012 年本是世界末日才对，而我竟然选择要去结婚。

一个吉日，我们两个人各自拿着单位的证明信，到解放公园路附近的民政局登记结婚。千钧一发之际，大刘的证明信里糊里糊涂少了一个章子，这一来一回又要耗去一两天的工夫，我勃然大怒，几乎就要拽住他的衣服打架。

那天我们还是顺利地拿到了小红本，大刘把他的那个小红本递给了我，一路疾跑和我告别。他只有几个小时的假，我们甚至来不及当面说起买婚房的事情。

我们一个向东走，一个向西走。兵分两路。他踏上长途客车回到部队，我回单位继续上班。

我已经有自己的房子三年了。

小两居，十楼，在二环内热闹的中心。房子被更高的居民楼包围。可以清晰看见远处工厂高高耸起的烟囱。这里没有山。太阳永远从楼丛中升起，露出线条一样的天际线。阳台外是闪着路灯的二环线，清风在猎猎作响，漫长的高架桥浸没在彩虹的车流里，新邮票一样的城市。

不可否认，前任的美女房主留下了一间美丽的屋子。阳台花园的植物打理得很新鲜，家具排放整齐，纱窗玻璃维护得当。室内是深棕色的全实木地板，六种色彩交错搭配的墙布。前房主说，每一样东西，都是她一趟趟挑选出来的。柔软的荷兰天鹅绒紫色沙发罩，哈萨克斯

101

坦进口的地毯，从丹麦海淘回来的玻璃镜，还有全屋德国进口灯具。若不是她要前往上海工作，她不可能卖掉它。她把钥匙交给我时，像是交付了灵魂，恋恋不舍。

独居生活充满了温暖和铿锵，我作为房子的新主人翁，形成了生活的特定模式。如何做饭，如何梳妆打扮，如何收拾房间，如何维护异地恋，如何独处。

岁月始终无法安详。两年后，发生了一件事，让我束手无措。那一天开始，我的生活慢慢脱离了方向。

那日凌晨五点多从火车站归家，我发现阳台上出现了几根熄灭的烟头，短短的，被踩得扁扁的。我无数次在梦里遇见的场景，好像终于发生了。梦里，有人曾经站在这里吸烟，沉思，瞭望远方。梦外的那一天，外面下着毛毛雨，玻璃推拉门上出现了一层雾气，楼下的霓虹灯广告牌还没来得及熄灭，我恍恍惚惚的，趴在阳台上往下看，高架桥上有车辆驶过。我忽然想起几年前的出租屋，隔壁家的那扇窗户面对着我，永远不知道里面的主人坐在哪个角落。只闻得见黑暗中散发出的中药霉味。像很多年前那样，我习惯坐一整夜的绿皮火车往返十堰和汉口，这样不光省钱，还可以省下一个白天的时间。每回从窄小的十堰火车站出来，父亲和母亲总会站在出站口等待我。我隐入人群中往前走，母亲大喊我的名字，我循声寻找她。孩子，想家吗？一个人习惯吗？一路顺利吗？

过了好久，我才察觉自己全身都在发抖，我从麻木中清醒过来，哆哆嗦嗦掏出手机，给物业打电话，同时，立刻报警。

等待他们到来的时候，我打开灯坐回了客厅，耳鸣得很厉害。从沙发上的某个角度看，我可以透过窗户，望见隔壁家的客厅。整个小区的户型都古怪得匪夷所思，总有一两个房间的窗户伸进天井里，供邻居一百八十度围观。

不过，如果把窗帘都拉紧，什么也不要看见，我还是能忍受回到假装完美的生活中。

那天立春还没到，天气比平日还要冷，晨光慢慢出来了，天空变成了淡淡的灰蓝色，我嗅到隔壁厨房里漫出的排骨藕汤香气，楼上厨房的大锅里也许正在炸蓬松的油条，房间很快变得温暖起来。

屋里什么都没有变，紫色和灰色条纹的墙布，实木大床前铺着月光白的土耳其地垫，一切都完美无损。炉子上热水壶在升温，丝丝的响声证明这是寻常的清晨。外面的立交桥上，车海渐渐掀起了波涛。

每一回的这个钟点，我的意志都在饱受摧残，这是我最不愿意面对的时刻。

我习惯坐夜里十点钟的绿皮火车，次日五点二十分到站。为了省钱，又是为了拖延时间等到日出，我总是最晚一个出站。然后慢慢地在汉口火车站流浪几圈，总之拖延着，再坐最早一班公交车回到家里。

从家乡回到一个人待着的角落，除了这间富丽沉闷的房子，这座城市其实和我没有什么关联。打开防盗铁门的那一刹那，我不知道等待我的是什么，到底应该屏住呼吸，还是应该制造出巨大的噪声。有几次，我在屋里看到了横行穿行的蟑螂。还有一次，一觉醒来，地板上铺满了透明的水气。新闻里说，一个独居女性，被破门而入的歹人杀掉灭口……

此时，我坐在沙发上等待警察和物业到来，一场风来，一场梦去，我的头发干燥蓬乱,眼袋是暗淡的青紫色,嘴唇发甘,只有三个小时的渣质量睡眠,哈欠接连,不停地作深呼吸。我打电话给大刘,他大概训练去了,无人接听。

警察和物业的结论合乎想象,因为房间里没有任何撬动过的痕迹,更没有分毫财务损失。当然,绝不可能是有人攀爬上十楼的阳台,吸一场恶作剧的烟。说到这里,他们轻松地笑了笑,试图缓解我的焦躁不安。

他们分析说,昨夜一场大风,楼上正在吸烟的某人吸了无数根烟,吸罢,在脚下踩了又踩,再捡起来撒到了楼下。顺势,有几根烟头就精准地掉进了我家的阳台。谜一般的分析。他们认为祸首是楼上或者再楼上的某一位,于是一起上楼敲门警示,随意丢烟头会殃及无辜,甚至引起火灾。

当然楼上没有人承认,也没有人否认。

我没有办法和哪位住户理论出是非对错,我的一口普通话会出卖我的所有身份。母亲着急,找来她的小学同学帮忙,小学同学和她老公又假扮成了我的父母,上楼敲门,用武汉方言大声和吸烟者对话,保持最低限度的警告。

后来我才清楚,这栋楼里都是小户型的房型。一半是租户,一半是业主自住。我会看见衣冠楚楚的白领族,低眉低眼的中年男女,也会看见清晨归来的微醺浓艳女郎。

小区的背面远没有春风拂面,没有花园,仅仅只有一条狭窄的通道。沿着这条通道几步就出大门,走上二环线。通道的边缘已经被车胎磨损了,有些地方被雨水风霜侵蚀,长出了丝绒一样的黑绿苔藓。不知情的司机经常在会车时发生争执，路太窄，到最后谁都没办法通过。

我时不时会在窄道拥堵时，躲闪到一边等候。置身于瓦砾堆里，我参禅似的凝望门栋里出没的人群，黄昏归家时，他们的身体镶上了金边，眼神却寂寥空旷，警惕而慌张，匆匆走进单元门，从不发出任何声音。他们没有家人。游离在城市和荒野中，他们对这座城市若有所求，各得其所，所以无法抽身离开。我曾以为自己置身于历史的宏大叙事中，侥幸岁月静好，如今我终于感伤地发现，我和他们一样，都是没有根的异乡人。

一年之后，2012 年，我结了婚。

大刘在另一座城市，调动手续搁浅在岸边，晒得干干的，咸鱼一样，再也没有动静。归根到底，我还没到二十七岁，也好，我们有的是饱满的生命力。

结婚后，我们都感觉生活已经改变了，只是不知道该如何是好。我依旧是一个人回家。从电梯出来，走几步，左拐，再左拐，要穿过一段幽暗无人的长走廊，整层楼悄无声息，走廊的两侧被住户们闷得满满的，如同密不透风的蜘蛛网。

如果不触碰泛着绿光的开关，走廊上永远不会有灯亮起。雾气笼罩在那面阴郁的蜘蛛网里，我家就在走廊的最尽头。我素来情绪丰富，处在无光的恐惧中时，会惊悚战栗，常在梦境和真实交错中难以抽离。

夜里归家，从二环线的灯火沸腾切换回走廊里，就陷入深邃的静谧中，我屏住呼吸往前走。就在这时，电梯间的另一头忽然传来拖鞋走路的声音，踏——踏——踏——踏，慢慢走着，越来越近。远处没有灯亮起来，那个拐角的位置，除了那个缓慢恐怖的声音，一片漆黑。我慌不择路地往前快步走，实际上除了往走廊的尽头奔跑，我没有任何选择。

脚步声越来越近，马上就要走到拐角，然后它会出现在我身后的那条走廊上……触摸灯又暗了，我双腿瘫软，一只手撑住了墙，就快要哭出声来，脑子里快速思考着，到底是掏出手机报警快，还是掏出钥匙打开房门快。

可是我的手在剧烈颤抖着，伸手处，空无一物。

脚步声忽然停顿了，接着又响动了两下，同样在迟疑。

就在这时，我身后的灯光亮了，光亮和脚步声的停止合二为一。眩晕中，我斗胆回头看过去，一张老头的脸从墙角那头探出来，继而，他露出了整个身子。那是个穿着灰白格睡衣在走道上散步的老人。他大声咳嗽了一下，回头走开了，粗糙虚弱的声音越走越远。

后来的一阵子，我经常看见他在楼道里散步，趿着厚重的冬季拖鞋，表情很悲苦。迫不得已时，我们擦肩而过，彼此目不斜视，不知是我吓到了他，还是他吓到了我。他走远时，我又偷偷回过头看，他的脚步越来越踽踽，越来越沉重。又过了几周，我就再也没有看见他了。

我给大刘说起了这件事。后来，我和大刘都流下了眼泪，为自己哭，也为对方哭，为无能为力的人生哭。

我察觉到应该要改变了。如果我的生活再这样无关紧要地过着，或者毫无趣味地荒废着，我终会溺死在蜘蛛网里。

过完那个新年，我和盘托出更换新房的计划，父母强烈反对。他们很生气，他们用询问式的话劝解我，认为我一个单身贵族就该这样无拘无束下去，没有月供，自得其乐。他们要求我缓一缓，等一切尘埃落定再说，至少等大刘调回武汉再提上日程。

父亲鬓角上丝丝缕缕的灰白更多了。他们猜不出我在想什么，面对一个做作而神经质的人，一个没耐心不知足的人，一个声称没有故乡的人。

我斩钉截铁的样子十分坚决，他们没有争过我。

房子很快卖掉了。大概比买时多拿到十几万。我给父亲买了一辆车，后来他开了整整八年才换了新车。

从十楼完全搬空，已经是斑驳的黄昏时分。为了显示出我迅速离开的决心，我给新任房主留下了全部的家电和家具。所以我根本没有多少家当了。没有叫搬家公司，我的行李全部塞进了夏兰的红色雪铁龙里。

夏兰说，我会永远记住这个黄昏的，我们两个弱小的女子，竟然搬空了一个完整的家。她又说，要告别了，你好好再回头看一次。

我想起多年前在公交车上又哭又笑的剧目，那天，满城飘摇着清冷的桂花香。我问自己以后还会不会想起这个家，二十四岁到二十八岁，它接纳了孤独漂泊的人。蓝灰色系的建筑外墙，透明的阳台落地窗，一扇扇紧挨着的拱形窗台。暗夜透过二环线的路灯到来，高架桥上的嘈杂声永远没有间断，不间歇的喇叭声刺破了所有的梦想。

这么多年，我依然没有根。

我说，无论怎么回头，都不会不记得。

只不过，忽然失去了房子，生活一时间无法归档，我竟然生出了微近中年的紧迫感。到这个时候，我才发现，我对房子有一种顽固的不可救药的执念。

三　馈　赠

我又在从前那条分岔路口租了一间小房子。

小公寓在 22 楼，高耸入云，我在下班的路上走，抬头仰望，在光与暗的交界时分，大厦立在绯色的天空里。

公寓被房东重新翻修过，添了深色的地板和淡蓝色的乳胶漆，客厅放电视柜的位置，有一张很大的书桌，房东留下一幅字在一侧，写着"饱腹诗书气自华"。一整个秋天，我都独自坐在书桌前看书、吃东西。一直到第二个秋天，我仍然没有把行李袋完全打开，甚至懒于将日常物品完全铺开。闲置之物一件不留。事实上，我并没有享受到什么清闲和消遣。房租占据了我大半个月的工资，这是短期可以忍受的。无法和自己和解的是，那一整年我的情绪都很消沉，游魂似的，又陷入青春期灰色单调的状态中，恶性循环中。一整年的四季，我都躲在自己的世界里，只保持最轻简的几件衣服，反复搭配。其实根本没有搭配一说，只是胡乱穿而已。

有一回参加一个活动，明知该很隆重，我依然无力把行李袋打开一件一件翻出衣服。事实上那天我穿了一件黑白条纹裙，是在睡衣店里随意买的。那天我穿在身上，脸上火辣辣了一整天。

二十多岁的人，体重牢固，怎么都降不下来，排斥年轻人的生活，有了老年人的心态，我为自己无比难过。大刘的调动就像焊住了，永远没有风吹草动。想要过正常人的生活显然毫无希望。希望越是急切，就越是容易落空。在等一个等不到的结果，凌乱的生活滚成了线团，我找不到线头在哪里。

那时候我和大刘已经选好了新房。我们把他家给的钱和我卖房的钱凑了凑，付了首付，毫无意外地当上了房奴。新房在二三环线的中间。期房。即使还在搭建中，我也有了将珍宝拥在怀里的安稳感。小社区四四方方的，灰色的楼房一点点增高，织毛衣一样。我情绪困顿时，会坐着公交车到这里来，漫步在尘土飞散的小区外围，走在坚实的水泥路上，路边野草疯长，所有的色彩都变得浓重，全世界的美都在我眼前。想到那是属于自己的房子，我的心态便如炼金，有了喜悦的耐心。

就在这样忽明忽暗的循环状态中，意外收获了人生最美好的馈赠，我有了身孕。这种改变忽然把时间雕饰得妍美婀娜，我母亲和大刘的母亲轮流到汉口照顾我，小公寓里终于有了铁锅和勺子碰撞的声音，我不再有大把的时间承受世界的虚空。我的体型一日日在发生丰富美妙的变化，未来值得眺望了，不再漫漶看不清了。

公寓外面没有完整的散步环境，楼群淹没在岔路中，只有碎片化的生活享受。后来我又挖掘出一件快乐的事情。

和公寓仅仅相隔两站公交车的距离，是一所军事院校。大刘有一次进院校里办事，把我顺便带进家属区里散步。我们过客般行走在笔直的小路上，走到一半，我饿了。我们坐在石板凳上，我拿出五香牛肉慢慢吃。一会儿，远处传来了悠扬的号角声，声音让我忍不住想哭，大刘说这是休息号。我暗地里羡慕生活在里面的人，传统生活没有被抛弃，这是他们的归属，而我们只是过客。那天我沿着小路行走，呼吸着湿漉漉的芬芳空气，想象着肚子里的小朋友像一匹小马驹在奔跑。

希望有时得和幻想并存，才可以走得更远。

一个多月后，我又坐着公共汽车进去漫游。从东往西长长的路，我走得全身筋骨酸疼，但还是默默往前走，想往尽头走。未来不再干枯，我能从这浓郁的憧憬中捕捉到神赐的幸福。

我慢慢走，一直到我再也走不动那么远的路。

大刘回家探亲几次，五月的一天，他的假期到了，要再回到工作的城市。他出门没有多久，我就闻到了浓浓的烟味，空气在滚滚发烫，房间里弥漫开了水汽。大刘给我打来电话，紧张地说我们楼上失火了，楼下停满消防车。他让我赶紧把贵重物品收拾下，他上来接我出门。

也许是黄昏时的光线照不进来，或许是滚烫的空气压在了窗户上——抑或是我肚子沉甸甸地压迫着五脏六腑，放下电话的那一刻，我无法动弹，内心无比空荡。

我没有什么贵重的物品，除了几本毕业证书和学位证书。它们统一放在一个透明的盒子里。我浑浑噩噩地把透明盒子塞进双肩包里的时候，大刘把门打开了。

走道里已经烟雾弥漫，几个消防员正在挨家挨户敲门。门里面走出来很多人，有的似睡似醒，有的腾云驾雾般恍惚，有的纠缠着愤怒和无助。

大刘背着双肩包，搀扶着我，我们一级一级踩着楼梯往下走，22楼，楼道里像是在经历了一场扫荡。我的肚子在剧烈起伏，我揪心胎儿会不会吸入有害的气体，牵着大刘的手指开始发紧，腿怎么都迈不开步伐了。没有毛巾捂鼻子，甚至连纸巾也忘记带了，我忽然有一种终极的绝望。海面掀起海浪，我们像踩在扁舟上独自漂流，不知道要去哪里的彼岸。明天怎么办？后天怎么办？未来呢……我们会不会重新过上游荡的生活。

因为大火损坏了电梯，后来的三四天，电梯迟迟没有修好，我挺着三十周的大肚子，在蜿蜒曲折的楼梯间攀爬。大刘又回到另一座城市上班了，他的母亲扶着我，六十多岁的老人也跟着一起爬楼梯。

25楼的一个租户因为在床上抽烟，不慎点燃了整间房子；烂尾了的楼盘，物业无法有什么大作为；身怀六甲，像乌龟一样迟缓的孕妇。

我还以为我终于有了满意的房子后，这个临时的歇脚处会让我得到休憩。然而这一次，所有小概率的事件都被我遇上了。我感觉我的命运在摇摇晃晃，像是要看到不愿意看到的判决。我震颤，我想挣扎，但是我卷入了其中，挣脱不出来。

电梯终于修好了一部。"货运电梯"的牌子摘掉了，换成"客用电梯"。全栋楼一千多家住户就排着长长的队伍开始侯梯。电梯的曳引钢丝绳咯吱咯吱响，电梯如负重的耕牛，吭吭唧唧往上升，日夜不息。在电梯里，我全心全意地闭眼祈祷，可每一次微小的震颤都会让我心惊肉跳。有一次，电梯发出了间歇性的轰隆声音，我扶住肚子，嘴唇发白，感觉一块冰在身体里化开了，五月天全身的毛孔都冻得立了起来。每一次的惊骇，都会让我的肚子出现宫缩，紧绷，再继续紧绷，没办法挪动脚步。我开始感受到酷刑的痛苦，粉身碎骨的撕裂感。

在 22 楼的虚空里，我开始整夜的失眠，没有辗转反侧的机会，哪种姿势入眠都让我难受。小腹部位发紧发硬越来越频繁，妊娠纹疯长。我还有两个月才到预产期，可我没有办法对这样的生活受之泰然。我已经不再是从前的我，我变成了行动不便的庞然大物，我没有办法控制我自己了，我想逃走。

我向领导提前申请了产假，退掉了小公寓。

回十堰的那天，在路边，我看着父亲把几个大号无纺布行李袋抬起，放进了轿车尾部。一两年过去了，它们如同水中月亮，依旧没有打捞上岸。后车厢关上了，我人生的某一个阶段戛然而止。回十堰的高速公路上，我靠在车后座里，喝着母亲递给我的全脂牛奶，沉默地咬着吸管，像在吮吸乳汁的婴儿。车子安静地开过平原，摇晃着，往西北的深山里走，远远离开了我深不可测的未来。漂泊、孤独……无法承受的一切，我逃走了。从生活的枝杈中挣脱开来，把数十年的时间痕迹擦得干干净净，回到我最初降临的起点。

临近待产期的一日，忽然很馋蛋糕，母亲帮我去六堰的星巴克买了纽约芝士蛋糕，满满的卡路里。医生告诫我不能再增长体重，不然胎儿个头会过大。我没有忍住，小心翼翼地吃掉了蛋糕的尖尖，嘴里瞬间有了绵密的芝士和奶油芳香，回忆里大片的童年笼罩了过来。

忽然顿悟，我正在让我最安稳的城市啊，我感到无比的满足和快乐，有一种起死回生的幸福，这一切未尝不是命运送我的另一种馈赠。

四 繁花

三十岁，大刘终于回到了武汉。

静止平静的生活里，养育孩子，上班，五个人，拥挤的小三房。

每逢过周末，五个人挤在一个空间里，每一个人都被密切观察着，生活开始新的磨合。开始我也捉摸不透是怎么回事，后来我才恍然大悟，是房子太小了。

我提出建议，希望父母有机会可以买一套房子，享受自己的周末，也从此就在武汉定居下来。这些话说完，我很愧疚，因为几年下来忙于生存，囊中羞涩，没有攒下一分钱孝顺父母。我父母没有作声，只是坐在自己的床边往窗外眺望，若有所思。23楼的高空，只能看泛着亮灰色的天空。次卧仅能容纳放下一张一米五的床和一个大衣柜。他们的活动空间只剩下一条L型的走道。一切都变得虚妄失落。

那个四月跟盛暑一样炎热。那天是我的生日，父母破例答应了我的请求，驾车去武汉的南部看一看。我们像春游那样准备好了，带着三明治、半边鸡腿肉、纯酸奶、蓝莓出发。小车行驶在绕城高速路上。沌口是新汽车城，十堰人，来自东汽公司的家乡人，都定居在那里。

我们按图索骥地往前走。

一路我都保持无声无息的姿态。母亲提前就告诫了我，不可能再买房子了，因为她和父亲一定会回十堰养老。他们的朋友圈和社交圈全部在十堰，他们即将垂垂老去，没有多余的精力和体力背井离乡。母亲矫情地用上了"背井离乡"四个字，那一瞬间，把"定居"能达到的语言高度用到了极致，无比悲壮，好像忘记了她才是土生土长的武汉人。

父亲嫌导航吵闹，直接调为静音。我在强烈阳光的照射下昏昏欲睡，这场短途旅行让我觉得疲惫乏力。

然而，就在我对这次沉默的行程没有任何幻想的时候，高速公路交通标志牌上忽然出现了"十堰"二字，一时间，车里的感情忽然灼热起来。事实上，在十堰以外的任何一个地方，只要看到这两个字，我们都会很兴奋，大声重复好几次。

这种情感就像一道光，近在咫尺，思乡之情弥漫开来，恍恍惚惚里，小车就顺着那条路追踪不舍。

当然不可能任性地开到十堰。导航也成了哑巴，陷入迷茫。车子在高速上匆匆兜圈子，城市和荒野中，我们迷路了。

后来，终于在一个出口下了高速公路。这个小小的出口把我们带到了一个陌生璀璨的地方。那是武汉的远城区。车子沿着一片湖泊走，阳光亮得耀眼，我们走进了时间，一分一秒出神入化，在浩瀚的宇宙里遨游。

这不是一段插曲。那天父亲很庄重地在湖边漫步，大地潮湿，树林在阳光下半隐半明。他的皮肤被春天的阳光晒得金灿灿的，眼睛里有了金光和笑意。清风拂面，没有噪声的大肆喧哗，他在这里找到了诱惑的年华。

这个地方像圣地。

他立刻决定了，买一间 100 平方米的毛坯房，在湖水穿过的小区里定居下来。不离不弃。

湖边房子距离我们家驾车只有十几公里，甚好的距离。顺从天意的安排，在价格的洼地买入，和房价的屠杀擦身而过，有惊无险。自此，我们全家扎根了下来。像重新破壳而出的幼苗，我漂泊的心，终于安静下来了。

我愿意用文字表达生命里的所有繁花。

客厅装了一排索菲亚定制的收纳柜，里面藏着父亲的理想主义精神寄托。任何一件天南海北来的吃食，父亲都要收纳进自己的空间。他无事便去宜家，推着小购物车东张西望，什么都好奇，什么都想买，六十岁的人像孩子一样。买来小玻璃容器，红茶、绿茶、黑茶、生普、熟普、葡萄干、瓜子、无花果、桑葚，统统装进去密封好。明亮干净的玻璃容器，款式极尽个人风格，一件件摆进柜子里。从前，他从未做过如此用心细腻的事。第一层摆茶具、酒杯，第二层放玻璃收纳瓶，第三层放葡萄酒和白酒。

父亲又去湖边捡了不少树枝，码好放在阳台上，总幻想有一天会搭起一个葡萄架。他每次回十堰，总会开四十分钟的车，去汉江边捡几块石头带回来。十几颗大小不一的石头被洗得干干净净，堆在"葡萄架"旁。后来他动了脑筋，买了一个大口径的透明漂流桶，一米多高，摆在阳台上，把石头攒了进去。

一楼的南阳台旁有两株茂盛的桂花树，坐在阳台侧的书房里，像是身处隐居的花房。北侧的墙壁上倒挂着油亮肥厚的花叶，隔壁家的几条玫瑰花藤快要蔓延过来，散发出怡人的清香。鸟群在露台和瓦沿上跳跃。白色的小车就停在北阳台的栅栏旁，父亲打理完车，转身就可以进家门。

湖边的书房还有一张宽大的实木书桌。那是父亲花大部分精力在家具店找到的，厚重，稳稳当当的，他深深迷信这张书桌会给他的异乡退休生活带来强烈的幸运。父亲把窗户推开，让阳光和空气进来，然后端坐在桌前的光线里。光线清冷纯净，从沏一壶茶开始，进入一天有节奏的自由生活。暮鼓晨钟。他用钢笔一个字一个字抄写古诗，或者在笔记本电脑上看电视剧、下棋。有时吃完晚饭，他又进书房合上窗帘继续独处。夜晚像是进入另外的世界，古老而安静，父亲会燃灯读《史记》，用火柴棍摆成各种形状，钻研数字游戏。

政府双手接过了大自然的馈赠，湖边除了建公园就是建公园，甚至小区的一墙之隔也有了一大片湿地公园。父母整日闲来无事，就花数小时的时间沿着湖边散步、骑自行车、看别人搭帐篷露营烧烤，再回到家里晒晒花草、煮点陈皮普洱茶、烤酥脆的肉馅饼，坐在阳台边看落日和湖端的天际线。从白昼到黑夜，无牵无挂。

但我不及嘲笑这一番热烈香浓的隐居情景。我们自己家的每一间房都会塞着一张床，床上还立着厚厚的床垫，满满当当。乳胶床垫会时时刻刻让人倦眼昏昏。当年装修时太过于仓促，没有过脑子，才会让心灵没有空白的休憩地方。几年后，我们家楼下的断头路终于打通了，是一条延伸到三环线的车道，喇叭无时不在尖叫。母亲说，父亲偶尔在我们家住的那两三天，都在极力地忍耐。他必须凝神静气，才能读下几页书。

天空闷热，整日宿居在 23 楼的高空中，白云苍白飘浮，早晨和薄暮都让人无法心动。没有什么可以触摸，没有收纳柜，没有实木书桌，他们已经完全过不惯这种生活了。

我也同样没有书桌。

我过了而立之年，渐渐才有终生学习的意识，再读杜拉斯的《物质生活》、萧红的《呼兰河传》，终于懂了。萧红在乱世里只想有一张安静的书桌，静下心来写自己想写的东西。我忍不住叹息，我也同样没有书桌。

家里竟然没有一处清闲位置，可以重新摆下一张书桌。总过着苦行僧的生活。我承认历经沧桑后，原来我还在精神的贫瘠和初级阶段。我曾经尝试在床尾的梳妆台上工作。可台面太窄了，放了笔记本电脑就无法放书本，放下了书本又无法放笔记本电脑。床尾结结实实地抵住凳子，弯腰欠身时，双腿无法伸展，就这样，努力大打折扣，无数次想放弃离场。

儿童房有一张小书桌。唐突地设计成儿童尺寸。桌子低矮，像一个罩子，成人坐上一会儿又是脊背发麻。

于是，我只能选择在圆形的餐桌上摊开笔记本和书籍。这是一个艰涩的决定。吃饭时就要清场，吃完饭再用去油污纸认真擦拭桌面，桌面干透了，才能把笔记本和书籍搬回来。如此奢侈的角落，被父亲也看上了。他白天在餐桌一角抄写诗歌，晚上我又抱着笔记本坐在这里。就这样，他的书和我的书没有止境地轮流搬动着。

理想散落如灰尘，没有方寸读书之地，我们读书时带着忧郁和迷幻，陷入无穷尽的循环状态中。

后来，大刘调进了军校，为了孩子上学方便，我住回了军校大院。就是那个当年猫着身子悄悄走过的大院。房子不大，却有第三间房可以布置成书房。装修完第一件事就是买一张宽大的实木书桌。儿童房也添置了一张实木书桌，书柜在一侧，孩子写完作业从书架里随手便可抽出一本课外书来读，全神贯注的沉思。这是从童年就筑起了书的城堡。后来我才清晰意识到，这是在建立房子的内部秩序。

军校大院的房子去客厅化。没有传统意义的电视机、沙发和茶几。客厅狭小，只能容纳一个柜子和一张餐桌。我们待得最多的地方便是书房。这个没有尺度的小书房里，有半平方米的咖啡角，有摩卡壶，有手冲咖啡器具，有新购入的咖啡豆。都是慢慢购入的，这是人间烟火，我的精神新宠。

这些年，皮囊在老去，内心的荒凉感却渐渐消失了，风平浪静，和家人言笑晏晏，我愿意倾尽全力慢下来生活。

书桌正对着明亮的大窗户，窗外有几株高大茂密的广玉兰，对面是充满绿意的半圆形花园，花园一侧是卫生队，更远处是操场和教学区。楼底下是那条笔直的路。这条路属于时间。好多年前，我的眼里全是路。我战栗而沉默，一个人在这条路上走着，心里全是最浓密的孤寂，没有目的地。

五 童 年

一切都是背井离乡的错吗？

我不知父母怎么想，我从前很长一段时间，都会做相同的梦：我在五堰步行街行走，什么也没有做，我只看得见自己的双腿在走，只是行走。我俯视，从上往下俯视，路面如同水泥一样扎实，只是有一圈圈旋涡在我脚下。我在梦中心灰意冷的沮丧，明明知道这是梦。

每次会在这样的梦中戛然而止，接着我沉沉睡去。再次醒来的时候，我都会口干舌燥，自责莫名，回忆总是太迟了。

我的情感过于饱和，总是杞人忧天，担心这个梦带有警告的预兆，担心我最珍贵的人会随时走向人生的终点。

以前很长一段时间，我都活得战战兢兢，惆怅难言。那时候我的奶奶已经很老了，她的背弯得很厉害，几乎就要成为九十度。她咧着嘴，眯着眼睛朝我笑，喃喃喊着我的小名。我看见她的眼里泛着泪光，也看见她的门牙一颗颗在腐烂。

我回十堰看望奶奶，壁漆斑驳的老虎沟五楼，哪里都不肯修复。断壁残垣，其实全部都是过去的痕迹。老透了的房子，灰蒙蒙的大窗户，家具沾满了油脂的胞浆，枯凋的家人们，从一天的生活中望到黄昏的尽头。我坐在床边，小心翼翼地捧着奶奶的双手。奶奶的郧县话一点没有变，我们之间一问，一答。奶奶的思维依旧无比清晰。我自私地希望这就是永恒。

后来那个梦境渐次清晰明朗。

我生下孩子没有多久，很快就陷入一个两难的困境中。那时候，奶奶给我父亲打电话，哭说再也没有办法住在高高的五楼了。爬下去，再爬上来，两条腿已经失去了力气。

奶奶无比固执，不愿离开老虎沟；而我们要在武汉上班，父母要帮我照顾孩子，不能回到老虎沟。

无能为力的选择。

面对这个无限溺爱我的老人，我不敢有过多的想象力，我只能说着多注意身体小心身体之类的祝福话语，或者在无人的地方痛哭一场。其实这都是徒劳，这种虚空的抒情方式让人感到罪恶。

我们这些异乡人，虽然是欣欣旺盛的生命，但也如断了线的风筝，离家远去，无时无刻不在焦虑分离和死亡。我接到十堰的来电时总会感觉惊心动魄，生怕听到什么噩耗。不得不承认，人生的很多条分岔路口，是没有红绿灯犹豫的。亲人的生命像蜡烛一样慢慢融化，我不知道所有人的生活最后会停在哪一个画面上。我不可能把自己包装成钢铁侠，左和右，我不知道怎么办。我很痛苦，我找不到情绪的出口、生活的出口。

我在阴影中亲身经历着，小心翼翼地往前走，直到那些错综复杂成了往事。

近几年的冬天，父母都会回到步行街的老房子住很久，那里依旧有热水，也有暖气，空气中有饱含清香的水汽。午夜暖气管发出嘶嘶的声响，有贝壳里听海风吹拂的声音，所有人沉睡得格外踏实。一夜无梦。

厨房里没有暖气管。母亲披着一件家居袄子进去忙碌，烧水煮饭。她一个在武汉长大的人，做河南蒸面条很是内行，鲜面条在蒸笼里蒸熟，再加上豆角里脊肉大蒜二次蒸制。同样的烹制手法，在武汉吃就没有什么感觉。大快朵颐了两碗面，肚子饱了，情绪也饱满了，我们围坐在餐桌前，整个乡愁又忽然空虚地来了，难免大恸忧伤，如失去了一切。

我回十堰便是和时间赛跑。一天细化为多少件事，都成了庄重的仪式。同样的时空张力，我有不断切换的场景，看望奶奶，同学聚会，搭乘公共汽车在城区转一转，没有原则的大采购。最平凡的事情，回来就变成了急需解决的事。

奶奶已经有好几年没出过门了。幸好有叔叔和婶婶陪伴。老虎沟的房子过户给了叔叔，却还是她的栖息之地。她终日蜷在自己的房间里，看电视，听广播，吃饭，睡觉。我某年无意间买去的电热水袋还抱在怀里，十年前给她买的小电锅还在运作，只是操作人换到了婶婶的手里。奶奶的眼睛一直在冒出水样的分泌物，她揉着眼睛笑着说，下次再来也许她就看不清我了。听到这话，我一时间耳鸣得厉害，屏息静默，在心里精打细算，这一趟回家要来几趟老虎沟，到底是一天一趟，还是半天一趟？

婶婶上完老年大学的英语课，回家就钻进灰蒙蒙的小厨房包饺子。我们站在厨房里聊天，她抱怨每天为奶奶做一日三餐，哪里都去不了，继而又操心下顿饭要给奶奶做一些绿豆粥下火。

我没有办法再去市一中校园看望外婆。外婆八十七岁那年，自知已无法一个人生活，固执到大张旗鼓地卖掉了学校的老房子，到武汉和小姨住在一起了。我们怨她狠心抛弃了我们曾经生活的蛛丝马迹，后来我们发现这只是我们单方面的意愿，外婆的脑子糊涂一阵清醒一阵，她已经忘掉了人生里一半的事。

我会花很长的时间，在十堰任意一条街道流连忘返，带着凭吊感无意识游走。一年春天，我要采访郧阳的一个村庄，便一个人回来了。那一次我在十堰连续待了三天，贪得无厌地留住。那是第一次没有父母相伴的家，我只开辟了我自己的卧室，一张床。白天我就出去没有目的地到处游走。我有时会走到沿河路边，坐在朝阳小区第一排房子下的凳子上，抬头看着天空久久发呆。或者探险一样去看防空洞还在不在。有时候，为了喝到临近打烊的奶茶店里的茉香奶茶，即使洗漱完毕也一定要下楼跑一趟，大口吮吸着含有植脂末的饮料，心里交杂着少女的喜悦和中年人的悲哀。

一天我脚踩在五堰的街道上，忽然触电般全身燃烧，失去了现实感，这是在武汉从未有过的。继而终于意识到了，我甘愿如此浓烈地活在回忆里，因为这座城市支配了我全部的生命。

汉口。好像又回到了2008年分岔路口的开端。

90年代的军校大院家属楼。即使外墙翻新过一次，内里还残留着从前的痕迹。不可能抹掉的，是和年代年轮有关的印记。行走在楼道间，灯光昏暗，除了高低起伏的楼梯让人难以把控重心外，鼻腔里还有陈年酱油的酸腐气味，隐隐约约的。那是渗透进了墙壁、身体、腹腔的气息。每天傍晚能听到炒菜的声音，哐哐当当，锅和勺子碰撞的声音，刷碗的声音整栋楼都能听到。邻居家今天炖了红烧肉，楼下是酸辣土豆丝，一楼十有八九在做孜然粉研制的里脊肉。小孩子在辣椒油的喷发中放声大哭，母亲在辅导作业时发出焦灼的吼声，老太太牵着小狗四处溜达，老头子在楼道里大声咳嗽。小孩子们脖子上挂着钥匙，脱离了大人的束缚，在大院里成群结队地奔跑玩耍，自由自在。

我在温馨的熟悉感里，仔细回忆从前一心困顿的是什么，竟然想不起来了。时间日复一日地过去，很多东西已经湮灭不见了……

一日，我到体训场散步，看见一群孩子蹲在泥巴坑里，埋头用塑料小铲子刨泥坑。用铲子把沙子从这边挖到那边，再在沙堆上浇入水壶里的水，左右手在沙堆上拍来拍去。最后一座房子就建好了。再换一个地方，继续挖。头发上，脸上，脖子上，衣服上糊满了黄色的泥巴印，鞋子浸在沙子里，每一个孩子都肮脏不堪。蜻蜓飞来飞去，没有人管束他们，他们的表情全神贯注。

那是他们的童年。

想起来，也是我的童年。

我远远看见我的孩子站起身，东张西望一番，把两只小手在衣服上蹭了又蹭，仔细打开掌心看了看，再若无其事地往家的方向走去。

家的方向。那是回家。

还剩下些什么

朝阳中路

有一条路，长大后总出现在我的梦里。无论在这条路上做什么，梦到剧终，我总是迷茫地醒来，一身汗。奇怪的是，无论有多么迷茫，又总可以把梦的内容完完整整回放一次。

每次都是那条路，或长或短，根据梦境的内容来定，从蜿蜒的趋势和熟悉的氛围来看，就是那条路。——朴素的青瓦砖，一块一块的格子形状，遇上下雨的季节，无论我再怎么谨慎地避开，还是会弄一鞋子泥水。

从家到电影院，这短短的路是朝阳中路的最西端。再往西走，就是横向的人民中路。我从没有数过这段距离到底有多远，它随着我步伐的大小来定。做小学生的时候，觉得它好远，那时候完整地走下来，要下好大的决心，需要特意郑重地告诉全家人：我要出门了！

很多年后，再回过头走一遍，几步就到了头。或许四百米，又或许两百米？

这条路，若隐若现，一直出现在梦里的路，像是童年的支点，从来没有忘记，就一直存在着，一直在走着。

夜晚很黑，所以路总是黑的。夜灯也不管用，有一盏没一盏的，影影绰绰，更吓人。90年代的人淳朴，放任小孩子晚上也出门瞎跑。

但是即使和小朋友们并肩走在一起，我也害怕。走过家属区院子的大门没有几步，就是一条岔路，岔路通往一个小山坡，走上去，就是地税局的家属楼。一栋家属楼的侧面就在山坡边上，是完完整整的长方形，像一个树立的火柴盒。墙壁是灰色的，一展路灯照着墙壁，氤氲出暗黄色的光斑。就在那个时候，一个谣言在小朋友中间口口相传。据说，每天晚上，月亮露出脸时，那道侧面的墙就会出现鬼的影子，巨大的鬼影，最先出现的是一根很长很长的麻花辫。接着，整张侧脸占据了一面楼房的墙，一直垂吊到地面上。

"啊啊——"

小伙伴们就这样解散跑回家了，一路尖叫，惊悚和空间混合在一起。我发誓，流言传得再活色生香，我们也从来没有看到过。

还有人总在讲述鬼故事，深不见底，却令人上瘾。地税局院子的某一个角落，有一口两米高的大缸，里面填满了红色的颜料水。有一个长头发的女人掉了进去，大概颜料水像硫酸一样有腐蚀性吧，被人拉上来时，已经只剩下一堆骨架了，后来……她就变成了长发女鬼，专门等着有人路过大缸，她爬出来把人抓进去。我们都信了，信得很认真。走在那条路上，我们总担心会碰到那口大缸。当然，这都是孩子们的秘密，大人是不会懂的。

钟书社在六堰的公交总站旁边，古香古色，老板是一个年轻的姑娘，笑起来很柔软。她喜欢亦舒，所以她攒下了全套的亦舒作品，放在最显眼的位置。新华书店里找不到的课外书，在钟书社总可以找到。店铺有两间屋子，左一间，右一间，中间有一道门，小巧通透。外墙是用玻璃做的，明亮又不设防。周末走进去看书，连人都成了风景。

那时候我总是心事膨胀，背着沉重的书包，戴着大框眼镜，在朝阳中路走着。所有的心事，那些复杂的，困惑的，都在那条路上来来回回地游荡着，时间就这样走到了 2000 年。

小时候不喜欢新华书店，因为书店里总飘着严肃的印刷品气味，各类学习教材占据了半个书店。我在书店里穿行，眼花缭乱，分数就在眼前挥舞小鞭。钟书社不同，说不清楚到底是开放给读书人的，还是开给市场的。即使是教辅资料，也都是文学名著一类的书。每本书大概有三五本的存货，齐齐整整排在一起。

连色彩的搭配都有讲究。用书籍的封皮来搭配软装，再智慧不过了。2000 年搬家后，学业吃紧，我就很少再去朝阳中路了。那时候读高中，高中生该有高中生的模样。生活粗粝，喜怒哀乐在一个大锅里炖着，不明朗，模模糊糊的，总期待着关火的那一刻。后来钟书社搬走了，搬到六堰文化宫的边上，招牌在地面上树立着，书店却深入到了地下负一层。宽宽敞敞，明亮工整，却又中规中矩，早已没有了搭配的闲情逸致。我热情干枯。

再后来，我真的不愿意再去了。那时候，我还暗恋着一个男生。有一次我们聊天，同时提到了钟书社。他自顾自说，初中时，他总喜欢在钟书社里偷偷等一个人。墙壁是透明的，他伪装成一道风景，等一个隔壁班的女孩。女孩出现在透明玻璃外，他默默地看着她坐上公交车。

朝阳中路纤细而笔直，向西指去。90 年代后的数十年，那些日子，无数次向西走，都会走一趟京华超市。我只记得那一家超市，超市狭长寂寞，却从无店员盯梢。小孩子坦然地进进出出，待上十几分钟，像小仓鼠屯粮，一点点存储童年的贪婪。卜卜星，小浣熊方便面，太阳锅巴，大大口香糖，喔喔奶糖……

90年代的日子，朝阳西路，回想起来，好像随时可以再走回90年代。超市的第二个展示柜背面，永远排满了上好佳零食。我拽着手里的零钱，像是高傲的小地主，眼神从一包一包的零食间划过。最上一排到最下一排，每一个包装袋的长相都无比熟悉。

嗲得薯片。那个字我从来没有认真看过，从第一次吃，到十几年后停产，我都没有清晰地说出来过。但是无比清晰的是，最终我只会忠诚地选择它。墨绿配南瓜红的包装袋，配色经典。

后来我离开了家乡。再一趟趟回来，又一趟趟再出走，我在每一座陌生的城市都能看得到它，嗲得薯片。它还是旧有的配色模样。带着"见证者"的使命，诉说着"记忆从来没有过偏差"。还珍惜，还怀念。它明亮而清晰地站立，从不曾老去，等待我们笔直地走向它，痛哭一场，童年再也不复返。

我家一直订《武汉晚报》，我在第一时间读到了《泰坦尼克号》在十堰电影院上映的消息。后来我约闺蜜夏兰去朝阳中路的一家老国营电影院看电影，那家电影院功能身兼多职。我上天入地给夏兰宣传这部影片有多么好看，夏兰半信半疑。大电影院是个坡形的大会场，全是脑袋，似乎所有人都从《武汉晚报》获知了这个好消息。两个十二岁的孩子也混迹在里面，我们全程一动不动地看完了整部电影。

电影结束时，全场响起了掌声和抽泣声。

我也在哭。我站起身时，发现座位上浸了一摊血，鲜红的，像一张巴掌大的小地图。一个孩子还没有走完童年，就惶然地撞进了地图里，我在慌乱中忽然开始长大。那一天，在双重的忧伤中，我在朝阳中路上恐慌地大哭起来，一路跑回了家。

往事生猛，但由不得我们遗忘，它们一次又一次，把各种情节编排在梦里，让长大了的孩子回头去打捞。

也有很多好梦，再也没有疏离的感觉，一遍遍堆积着。某一天，一个梦趋于尾声了，我还在朝阳中路行走着，终于走到钟书社边上的公交站。已经分不清是真实还是幻想，那里已经改成了露天烧烤广场，汹涌的香气抓住了我。我在意识里被它捕获，默念，不要醒不要醒，继续把自己逼入更深层的睡眠里。梦又开始了，深层睡眠里，情节是一串串烤肉，孜然味的，椒盐味的，咖喱味的，好像我的味蕾持续在发掘。昏暗的灯光弥漫在一整片烧烤摊当中，和黑暗的月夜、黑暗的朝阳中路混沌成一体。童年的微光还在那里，柔软而沉醉。

江西路

当我回忆江西路的时候，怎么也想不出它从前叫什么名字，那是1997年之前的事了。

我问起了父母，又逐一联系了好几个十堰的新旧朋友，甚至是曾经住在这条路上的人——似乎全世界都擦去了二十多年前的记忆。武汉初冬的傍晚凉风瑟瑟的，行人急着从这人间暂时隐去。我站在路边踮足远望，公交车飘在远远的车海里。于是，我倏然转身，走向了二十年前十堰的那条路。

我的童年是在朝阳路一片度过的，每天和朝阳路边的十二生肖雕像、大草坪、百二河河道打交道。穿过朝阳路的马路，逐间走过，草坪，百二河道上的老虎沟桥，再不偏不倚地走上这条不知名的路，就到了实验小学。记忆芝麻样的，都被这条路填得满满当当。小时候，我认为这一带便是我的城市，至少它是我最眷恋的一部分城市。

天啊，我们太年轻，这条路上的日子是如此的平静，一年又一年，仿佛缠绕进了身体里一样熟悉，继而熟视无睹。连这条路到底叫什么也没有记住。

走在路上的时候总会碰到夏兰，她被她妈妈牵着手走着，偶尔也被她爸爸牵着走。他们在前面走，我跟在他们身后，他们不回头说话，我也不敢说话。夏兰是隔壁班的，算学校里的小红人，她总会穿人民商场最好看的衣服，甜美如洋娃娃，惹得我们普通女孩艳羡不已。第一天、第二天，直到第三天，她忽然回头冲我笑了下，"喝娃哈哈吗？甜甜的酸酸的。"她递给了我一瓶。我接住，快步走了几步，和她的家人并肩走在了一起。我们走过老虎沟桥，一同走进朝阳小区。我们住在同一个小区。

后来，我们成了好朋友，夏兰有时会一个人来，约我一起上学放学。我们走在人群杂沓的路上，她递给我一包洗干净的紫葡萄，认真地告诉我，多吃葡萄，眼睛会变大的，像我一样圆溜溜的。我一颗一颗嚼着，看着她黑亮的大眼睛，总觉得这句话哪里不对劲。

在那条路上，我们总能遇到一个女人。听说她脑子有点问题，这让我们害怕，谁知偏偏躲不开。她总伸展着腿，甩着胳膊在路中间横冲直撞。路边的小摊贩宽慰大家，别怕，她是个善良人，几年前，她的孩子在这条路上不见了，她没办法离开这里。小摊贩叹道，还没长乳牙的娃娃。再仔细看梦莲时，我们竟然敢直视她的脸了。她留着浓密蓬松的短发，肤色如白纸，逢人就垂下眼睑闪开。如果有人和她说话，她便停下脚步，手舞足蹈，呜咽着自说自话，又云烟似的走了。

1997 年，这条路终于有了名字——江西路。我告别了这条路上童年的盛宴，踏上了初中的路。依旧是在江西路。初一的隆冬时节，我在清晨出门上学，天是黑的，月光照亮斑驳的残雪。刚刚下到一楼的楼道，就感觉那里横亘着一个巨大的黑块头。接着，我闻到了一股从稀土里散发的腐朽味。楼道里昏暗的灯光倾泻，覆盖住了它，我看到了一块透明的塑料袋包裹着黑块头，还有一个白色的"奠"字。我害怕得大声尖叫起来，直觉让我拔腿就跑。我要快速跑到学校，快速跑到光明的地方去。

忽然间，我听见远处有脚步声，像是皮鞋的吧嗒吧嗒声，一路跟踪我而来。我四肢松软，几乎跑不动了，又不敢把脸扭到后面看。这时我听见父亲在喊我的名字，我转身看了半天，父亲穿着秋裤，披着一件棉袄，趿着拖鞋出现在了月光底下。他的身体蜷缩在棉袄里，满怀歉意地说："一楼的祝爷爷得癌症了，他们农村老家有个习俗，要提前准备好棺材。爸爸忘记告诉你了，把你吓到了。"他又问我，"爸爸要不要把你送到学校？"我恍恍惚惚地点了点头，又摇了摇头。

但是从第二天起，父亲便开始送我上学。

冬季的黑夜是凝固的，像云石一样。月亮照耀在江西路上，江西路最知名的是老虎沟集贸市场，尽头便是人民路的地下通道。通道到了傍晚时分，就会成为年轻人的溜冰场。父亲陪我在江西路上走，他穿着一件陈旧的大棉袄，一手牵着我。空气寒冷清澈，我的手冻得结结实实，他把我的手焐在自己的棉袄口袋里。

没想到，那口棺材在楼道足足待了好几年，因为一楼的祝爷爷安然无恙地多活了几年。我长大了，逐渐接受那便是一个人完整的归属，也从恐惧变成默声祈祷。只是，形成了习惯一样，初二和初三白昼短的冬天清晨，我和父亲会准时出现在江西路上。在月影里走着，我给父亲描述学习的苦闷，又讲校园的趣事。他被逗得大笑，我也大笑。父亲说，生活有甜也有苦，中考只是你人生的一小步，不要太紧张，也不要不紧张。走着走着，过了地下通道，像是穿过了漫长的黑暗，父亲便停住了脚步。老虎沟的轮廓已经清晰可见了，来往的学生渐渐多了起来。父亲总会叮嘱我说，路上注意安全。我和他挥手说再见，走了好远了，还感觉他在望着我。

我的青春期便被描画在这条路上。一路上，有人在说，又有人在听，我在成长，从此我就牢牢抓住了世界的宽厚。

高考后，我们都告别了江西路；包括夏兰，我们离开了十堰，都出了远门。又是很多年过去了，溜冰场倒闭了，老虎沟集贸市场被拆掉了，又重建了，老虎沟桥消失了，又换新装登场了。而我们，也过了而立之年。唯独江西路藏在闹市区里，依旧慢条斯理地酝酿着甜酒和苦酒，把健忘的人灌醉。

有一天，我对夏兰说："我们一起回十堰玩玩吧，去看看从前上学的地方。"夏兰以苦笑附和。电话那头，她的嗓音沙哑疲惫，她简单叙说着无休的工作，见缝插针的休息。

　　我说起从前上学走过的江西路，说起她从前是清澈的小公主，夏兰忽然打了个岔，像是置身在另一个行星上。她继续说起了一周要扛起父亲去医院做两次透析的处境。我想起了从前那个身材高大的男人，总牵着夏兰走在江西路上，只是那些轮廓慢慢模糊了。她的父亲老了，病了，瘦骨嶙峋，形神俱损，缩成一棵柳树。

　　我们都在成长，我们都在努力地记住从前，可是我们没能躲过遗忘。这是宿命。

　　除了梦莲。

　　没有想到，差不多隔了二十多年，我在江西路上又看到了梦莲。她还是那般低垂的神情，混匿着，无尽地在路间迂回。我像是碰见了熟人，久久地注视着她，她冲着我笑，神情和动作都很轻盈，除了两鬓斑白，面庞居然没有什么凄苦。她无法走出这条路的咒语，无法哀伤，无法快乐，也无法老去。她的半辈子就这样没了。我的内心翻滚。

　　"阿姨，你家住在哪里？"

　　"这儿！"

　　"哪里？"

　　"这里！"

　　"是江西路吗？"

　　她喃喃自语，像是在哭，又像是在笑："就是这条路。我和娃娃都住在这里。"

　　说罢，她像是得到了无尽的安慰，发出像海鸥一样的笑声，阳光就在她的大笑里化开了。

洗澡圆舞曲

90 年代的冬天，洗澡是人生的一件大事。我的故乡十堰虽是南方城市，但冬天却又湿又冷。小时候听大人们说，二汽有很多北方人，初来乍到都冻得龇牙咧嘴，于是自 20 世纪 80 年代开始，城市的供暖计划便开始蠢蠢欲动。严格来说，十堰地处秦岭淮河线以南，不在集中供暖的分界线内，但是因为有二汽的福祉，这座秦巴山脉深处的山城便享受到了暖气的优待。

很快，分布在城市不同位置的厂区利用制造产生的蒸汽余热和已有的城市供热管线，配合市政工程，让不少十堰人攀登上了舒适链的最顶端。

于是，在湖北省唯一集中供暖的南方城市里，冬天洗澡成了人生最幸福的事。

燕林小区的小屋子是小姨家的，姨父在二汽当工程师，所以小屋子也和暖气有了瓜葛。有暖气自然就有热水，有了热气的房子，就升腾出热闹和趣味。小姨没事便招呼娘家人冬天去她家洗澡。姨父是个轻快豁达的东北人。他掷地有声地打消了我们所有的顾虑："欢迎，天天来都欢迎！"

冬天洗澡要下大决心，往常家里人洗澡前会去操场跑步热身；小孩子洗澡过程更是烦琐，先把一个圆形塑料薄膜吊在铁丝上，下面罩在装满热水的洗澡盆外，先把热气烘出来。

所以姨父话音刚落，所有人点头，内心欢呼。

洗澡的时间定在每周六。下午五点刚过，各家将换洗衣服、毛巾装在一个大包里，然后坐上 4 路、5 路公共汽车，往燕林小区奔去。

小姨家在五楼，我们把口里的热气哈在手上，急急忙忙钻进楼道。楼道堆了不少邻居囤下的煤球，不甚敞亮。但当我踏踏上楼时，寒气消散了，心就沸腾了起来——一周一次的洗澡，约等于一周一次的家庭团聚。

一进小姨家，我们就忙着脱外套，屋子暖和明亮，奢侈得让人涕泪。两室一厅的小屋子里，我们肩并肩坐在沙发喝辛辣热乎的姜汤。

小姨问："你们谁先洗？"

我举手高喊："我我我！"

我妈拍拍我，"小孩子要懂礼貌，让外婆先洗。"

趁外婆进卫生间洗澡的档儿，小姨打开电视机，侧身从茶几的抽屉端出一盒一盒的零食。糖果盒围着茶几排成一溜，客厅方方小小的，零食的出现让它更加眼花缭乱。我们几个人穿着薄薄的毛衣，拥挤在沙发上，边吃边聊闲话。一周不见，大家都很兴奋，聊到高兴处脸蛋像绽放了玫瑰。我缩在角落一边嘴巴嚼不停，一边暗暗庆幸没有第一个去洗澡。话梅酸甜肉厚，瓜子饱满香脆，奶糖醇香甜腻，吃到德芙巧克力时，我激动得左右摇晃身子。温柔的人间……

我们一个接一个在卫生间进出，雾气里充满了檀香皂的气味。

我洗澡最费时间。左右阀门拧动，调到最舒服的热度，蒸汽拂过我的脸颊，我的皮肤柔软了，毛孔全部张开了。我想起了课文里的"春雨沙沙，春雨沙沙，细如牛毛，飘飘洒洒"。我闭上了眼睛，久久沉浸在春雨中，我妈在外面拍门，大声呼喊着："快出来！不要浪费水！大家都等着在！"

我妈洗澡时也会比谁都操心，比如她总会就着温热的淋浴，一道把我的脏内衣搓洗干净。一日，卫生间里流水哗哗，小姨忽然想起一件事，她快步走到卫生间外，隔着门大声喊："姐，香皂是进口的，很贵啊，千万别洗衣服糟蹋了！"说完她嘻嘻地笑。

我妈在哗哗水声中"哎哎"地回了两声，也不知道听清楚了没有。

所有人清洗完毕，大家又面色红润地坐在一起晾干头发，姥姥开始安排过年团聚的事宜，小姨打岔说："妈，不用那么复杂，像这样三三两两的亲人团聚，就是过年啊！"

当然，也有无法团聚的日子。有一年冬天，小姨闷闷不乐，她说姨父过完年便要到外地去轮岗，这一轮就有三年那么长。如此，备孕计划又要延后。孱弱女子要面对一切。苦涩的空房间，苦涩的独居生活。小姨拿出一瓶红酒，大家各自倒了一杯，围着茶几或叹气或沉默，把红酒一口一口慢慢吞下去。屋里昏昏沉沉的，分不清是暖气还是雾气，小姨掉下了眼泪。

我突然打破寂静，发自内心地说："小姨别哭了，我搬过来陪你吧，在这里过冬太暖和啦！"

大家都笑了起来。

就这样，90年代的冬天夜晚，公交车停运了，我们拎着一大袋子衣服沿着人民路回家。冻得直打哆嗦，大家便在凛冽的北风里大声唱歌，身心清朗。走着走着，鞭炮声越来越隆重，农历新年就要来了。

孤勇的人

一

"我们的家族会一代比一代强的。"我的外曾祖父在家书这么预言着。2000 年，外曾祖父去世将近四十年了，那封家书传到表舅的手里时，纸张已经失去了弹性，反复折压的痕迹让每一个字都变得灰黄暗淡。只有这一句话落笔在最后，得以完整地残留了下来。

半个世纪前，我母亲的家族——蓝家，有一部分人继续留在了故乡武汉，在长江中下游的黄鹤楼边生生不息，另一部分人则坐着绿皮火车来到了鄂西北的大山里——新的故乡，成为祖国三线建设的开拓者。我们这些嫡系子孙继续延绵，从此，整个家族的血缘关系变成了荆楚大地一张巨大而柔软的网。

然而，外曾祖父的预言只说对了一半，蓝家的后代无一不斯文，小富即是安，含羞草一般生存着。唯有表舅逆着人生的方向，成了那只蜘蛛，爬上网格去修补时间的破裂，对付人世间的悲欢。他把那句预言用力地刻在了脑袋里，狂妄地说："十堰这片大山不是我们的故乡，我一定要把蓝家重新带回武汉。"

"70 后"的年轻人，他是我们家族里最有野心和朝气的亲戚。这么多年，他挥斥方遒，一句一彩，原始的血性和野性让他杀气腾腾。

然而，万物生长，在盛大的悲喜交替中，他从来没有真正的告别。

二

大学时期，表舅仍然在深水中泅渡，弄不明白自己该何去何从。他在十堰读的大学，没有学术上的专攻，只在百无聊赖和混沌里度日如年。生活全凭偶然，走到哪里算哪里。大学毕业那年，他决定，等待那个女孩，再确认自己何去何从。

那个女孩后来成了我的表舅妈，她是表舅十三岁就喜欢的女生。他们彼此了解，仰慕对方的才华。表舅妈的父母同样来自武汉，她的童年是在十堰度过的，这和表舅的经历一模一样。至于学习，表舅妈和他有天壤之别，表舅的成绩一塌糊涂，看起来是雄心勃勃的演讲家和野心家，实际上是一棍子把知识全部敲碎了的人。学吉他，组建足球队，制作电路板，萃取碘水里的水，如果没人阻止，他可能下一步要把棍子伸向火药。这是另外一个故事了。

三生有幸，心高气傲的男孩子，遇到了目光清澈的女孩子。他们给予彼此希望和幻想。他们一个在普通学校混日子，一个以高分进入了外省一所医科大学。

毕业之后，表舅妈有两条路可以选：一条大道直飞加拿大；另一条是成为三甲医院的医生，医院在他们真正的家乡——武汉。

武汉啊！这是他的全部视野，这是本能，没有人可以抗拒。不可能抗拒得了。这是意义充盈的梦想。

就在表舅妈一只脚踏进三甲医院门槛的时候，远方密云变幻，忽然发生了一件大事。表舅的父亲，也就是我的小爷爷，患上了肾病。老人的脸干枯成麦子，他一手端着汤药，摇摇晃晃地从床上坐起来说："你们放心去武汉吧，别让我拖累了。"小爷爷的语句陷入了深沉的痛苦中。

尽管这么说，但去武汉不可能是十天半月的事情了。表舅试图让自己冷静下来，沉默片刻，把行李一件一件放回了原处。事实上，他还有很多事情要做。在那个多事之秋，一场大雨倾盆，他家的窗外遭遇了山体滑坡，泥巴爬上了洁白的墙壁。他们计划低价卖掉这套单位的福利房，拿出全部的积蓄，再东挪西凑，集齐一笔首付款，购买一套商品房。虽然他们一直缺钱。

时间到了 2002 年。

绝大多数十堰人不知商品房为何物。

表舅妈最终放弃了武汉的工作，和预料的一样，韶光年华，她坐上绿皮火车直接回十堰了。那个场景熟悉又陌生，火车穿过黑漆漆的隧道时，她看向窗外的自己，情绪焦灼。她曾经听过父辈们的故事。二十多年前，他们也是坐着绿皮火车，横穿长江大桥，一路向西，终于来到了大山里。他们把命运交给了大山，建设宏伟的第二汽车制造厂，从此不再离开。多年后，命运并没有天翻地覆，她把她的命运交给了表舅的命运，燕子回巢那样。关于何时再回武汉，之后，这件事便没有人再提过。在一起是最重要的，天长地久才是爱的衍生。反正春光总是一轮又一轮，迟早会有能回去的一天。

在那个晚秋的盛宴里，他们两个星球继续缓缓靠近。表舅一家和表舅妈一家在张湾相邻的小区买下了两套房子，遥遥相望，真正成了亲密无间的邻居。

总价低的房子卖空了，只剩下大户型了，表舅家一咬牙买下一套大房子，似乎要把一辈子的郁郁不得志寄托于房子。一百六十平方米的假复式，三房，每平方米一千七八的单价，总价格将近三十万元。山城封闭，举债买房是件极为冒险的事，偏偏被他们撞上了，偏偏他们又不得不买。又是贷款，又是借债，又是装修，重新置办一个新家谈何容易。每个月被按在地上摩擦，扒掉一层皮才可以继续生活。对他们来说，这是一笔不小的数字。

"借银行的钱整整三十年，熬到年过花甲还欠着外债……"小奶奶忧心忡忡。

为此，一家三口愁苦地围在餐桌前，拿起了计算器，其实也就寥寥几笔账，却还是要来来回回地算，分几年还，怎么还。两个老人的退休金加上表舅在小公司做事的收入，七七八八有一万多元，勉强可以应付每个月的房贷。

寻常的住家，满屋子清清爽爽，断舍离般的冷静，能不买的便不买，能进屋的必然得是深思熟虑的优品，一用好多年。当然还是因为没有钱。因为没有钱，在当年隆重冗杂的装修风格中，他们另类地选择了最朴素的色系：灰绸调乳胶漆墙壁，纯白色家具，暖黄色地板砖，极简的性冷淡色系。斥下巨资的，唯有一个单人沙发是猩红色的，花去了他一个月的工资。

每天清晨，小爷爷都仰靠在猩红色的单人沙发上，恬淡地瘫坐着。若是晴天，空气热热的，他就让家人把沙发推到太阳可以照到的大光圈下。小爷爷性格温和，很少流露出焦躁不安的神情。他眉头紧锁，眼睛眯缝着，嘴唇微微张开，发出轻微的鼾声。这种半梦半醒的状态，是最安详的。表舅的内心深处涌起一阵痛楚，小爷爷在工厂的车间里埋头耕耘了一辈子，不争不抢，随遇而安，所以一贫如洗。所以寥寥的存款挖空了。所以养老金每月还要挖出一个大窟窿。填不满了。

有时候，小爷爷忽然被自己的咳嗽声惊醒，京京，你在哪，我要喝水。他继续剧烈地咳嗽。小奶奶赶紧端着水，应声从厨房里跑出来。小爷爷又怯怯地问，儿子啊，钱还够用吗？爸爸的病是无底洞啊，爸爸不想耽误你啊……小爷爷为自己的喊叫掉下了眼泪，只是在那块柔软的阳光里，什么都无法言说，他改变不了任何事情。

有些夜晚，表舅看见小爷爷看着窗外，表情沉重。窗外，香樟叶片早已在日落前变成了金色，不知谁家的烧烤味四处飘荡。天色暗淡下来，月亮来了，明明花朵仍在月光下鲜烈，花和景仍然会发出叹息。一天的病痛和时间如潮水，滚滚而来，又滚滚而去。身体疼吗？梦想还能实现吗？表舅深感苍茫，一天一天。

对面的小区里，表舅妈一家住在顶层的复式楼里。那是真正的复式楼。250平的中式豪华装修，一百万人民币干净买单。表舅第一次走进复式楼时，忽然就想起了旧家墙上的泥巴。那一天，他坐在进口的乌金檀木家具中间，感到战战栗栗，他把手从裤袋里拿了出来，偷偷在衣服上蹭了又蹭。表舅妈慵懒地蜷在真皮沙发里，正在用抛光条打磨手指甲，茶几上摆了一盒子指甲油和美甲工具。像《蒂凡尼早餐》里娇小俏皮的赫本。她母亲穿着华丽的中式丝绸长裙，给他端来一杯清茶，他赶紧站起来双手接过，毕恭毕敬，就差鞠一个躬了。她抬头望着他笑，偷偷跟他使眼色，又伸出饱满光洁的手指头，向他展示巧克力色的美甲。他低下了头，脖子硬硬的，咽了一口茶水，茶是好茶，只是他下咽得很吃力。他的父母只是东汽公司的普通职工，而对方是汽车工程师，是美容院的经理。像是站在长满艳红果实的树下，并无多少喜悦，反而忧心果实会把他砸到晕厥。

她父亲清清朗朗地说："我女儿自幼身体不好，我们完全是富养大的。我和她妈妈不要求别的，只希望你永远对我女儿好。她什么都不缺，只希望你一直全心全意对待她。"

富养大的孩子，怎么能体会到世上的悲哀之事呢？她不需要做三班倒的住院部医生，不需要为评职称写论文伤筋痛骨，不需要浸泡在职场里察言观色。她只需要做小公主就是了。

你貌美我养家。二十年前，他非常认真地告诉她这番意思。她听了他的话（他们太年轻，所以任性得一塌糊涂。现实无论是否接受预言，这番话都令人恐惧）。

那天回家的路上，他极力保持警惕，不让脑袋一片空白——再这样无所事事下去会很危险。他惶恐地意识到，隔在他们俩中间的不是两栋楼的距离，是一个深不可测的防空洞。他在这头，而她在未知的那头。一个男人不可能一辈子深情款款地谈情说爱。对方在赞颂他，同时也在鞭策他，无论出于感情或者理性，他都得担负起一个男人养家糊口的责任。为此，他内心开始翻滚，思绪胶着，感到痛苦不安。从那刻开始，他不能玩物丧志，不能四顾踌躇，不然，自己和后代会继续囚禁于茫茫大山，陷入无谓的鼓噪歪缠间，最终心安理得地酣睡在这里。

若是他们永远离不开大山——他惊得几乎要奔跑起来，想点理性的东西，不能再荒废时光，怎么敢等到翌日。于是，他给小公司老板递上了辞职信。

进一家事业单位，这是最稳定的选择，在表舅看来，却也是最僵化、最循规蹈矩的选择。带着父母给的五千元钱，还有青春期还未消逝的冲动，他开始了创业。

创业是一生的全部命题，只为了回到真正的故乡。

三

最初表舅做了一些小生意，卖服装，做母婴店，做批发，做零售，也都停留在温饱甚至亏损阶段。煎熬了几年后，他在电脑资讯市场租下一个门面，那是市区的黄金地段、黄金旺铺。他成了电脑整机与零部件的经销商。新千年初期，高新技术产业风头正劲，天方夜谭里的互联网时代忽然到来了，IC 卡电话，BP 机，MP3，小灵通，蓝屏手机，彩屏手机，组装电脑。风起云涌，芝麻芝麻开门吧，不知今夕是何年。

店铺里有几个员工，二十岁出头的小虾姑娘，四十来岁、老公在异地上班的曹姐，还有刚从技工学校毕业的男孩子小鲁。他们三人分工有别，做销售售后和会计工作。还有几个技校毕业生。他们统一叫做 IT 从业人员。

行情一片大好，一台电脑赚两千块钱的甜头是有的，发财的念头不断闪现，表舅愈加如鱼得水。2007 年，表舅他们到武汉出差，开着越野车到湖北大学找我吃饭。上车时，我看见表舅妈手里拿着一个手机，那和我们沾沾自喜的彩屏手机完全不同。手机是高级的纯黑色，背后有一个苹果，被咬掉一口。一颗颗剔透的钻石镶满了苹果。我问这是什么。表舅妈说："苹果手机。"她又轻描淡写地说："我们刚到武昌去补了一颗钻。"表舅朗声说："几百块的价位肯定不行，一千多元的最好，一分价钱一分货，不会掉钻。你偏偏不听。"我还年轻，不懂人间日月，不懂人间柴米油盐，我只对那个阔大的屏幕有好奇心。

表舅妈说："我们托人从国外带回来的，苹果第一代手机，玩个新鲜。"
越野车驰骋在友谊大道上，武昌的风景扫过，表舅的头发梳得锃亮，
他们眼神慵懒，自信而又虚无，故乡全在谈笑风生中。

一切安好。可唯一坐立不安的人，是小奶奶。她愈思忖，愈觉得
心神不定，一焦急，就开始头疼。小奶奶怨声载道，连连跟我母亲抱
怨说，表舅向来凡事大包大揽，又爱硬撑能耐，他给三个员工都买了
社保，唯独没有给自己买。这还是很多年后，小奶奶无意间得知的，
她为此大为震惊。人生无常，世事难料，社保怎么能不交呢？吃喝玩
乐，游山玩水，千金散尽，不知节制，荒唐——这可是一辈子的大事啊！
小奶奶一个劲儿地叹气。

表舅安慰她："我以后缴满十五年就够了。现在这笔钱做什么不
好？有钱为什么不去投资？"

"人还是要稳定点，你一天不做生意，一天就没有钱，早点做打
算为好。别少年轻狂，中年慌张。"

表舅哈哈大笑，"妈，什么年代了，老调重弹的。你好好过你的日子，
不要整天瞎操心。"他又欢快地宽慰道，"放心吧，不会有那一天的。"

彼时，表舅满脸红光，他的 IT 生意蒸蒸日上。趁着这股东风，他
结婚了。在我定居武汉的那个冬天，表舅妈生下一个男孩儿，皮肤白皙，
手脚修长，充满了灵气。大家都说这个孩子以后会成为艺术家。

那几年的日子很舒坦，势头汹涌，前仆后继，他进入了一个新天地，
加上大脑无比灵活，小小赚到了几笔钱，并有将公司转移到武汉的计划。

可是好景不长，就在这个决定作出没过多久，小爷爷的病情急转
直下。三天两次的透析，人虚脱到晕厥。每次抬下楼梯，再背上楼梯，

来来回回的，让表舅离不开家，甚至无法离开十堰。屋漏偏逢连夜雨，小爷爷遇到了一个恶毒的护工，每天拿着两百元钱工资，还要明里暗里呵斥甚至殴打小爷爷。表舅的脾气也越来越糟糕，他在外面豁出了多少尊严，在家里脾气就有多大。他上去就是一挥拳头，直接把护工揍倒在地，扬言要把他打到残废。疾病继续张牙舞爪，慢慢渗透进小爷爷的身体。表舅背着小爷爷频繁往返武汉看病，在公司赚到的大部分钱，都一捆一捆地往医院投掷，一万，两万，十万，二十万……没有任何水花。

除了砸向医院，他赚到的钱也没有存下来。他的思想过于纯正，为人乐善好施，很有江湖习性，散财如同呼吸和吸气一般。一时间，经济压力全部原封不动地落在了他身上。

他就像带着脚刹开车的人，无论怎么奋力，都在做无用功。刹车盘加速磨损，他的内心日益疲倦。

在新千年进入第一个十年的伊始，电脑消费市场有了萎缩之势，后来越来越绝望，从人流汹涌到几乎无人问津。智能手机迅猛冲击了电脑市场，而更为便利的电商同样咄咄逼人，电脑市场至此清清冷冷。几乎就在一场大雪之后，电脑城的小老板们失去了拥有的一切。大洗牌开始了，新的时代也开始了。一家家倒闭的倒闭，搬离的搬离，包括表舅，一个浮夸盲目的乐观主义者，也未能在沉浮中坚守住。

时代的发展曾经给予了他们一切，他们还没来得及享受胜利的果实，时代又拿走了他们的一切。风卷残云，猝不及防。

所有的人都陷入了恐惧中，哀鸿遍野，像一群灰白色的鸽子。这一次，表舅没有愤世嫉俗。他已经深陷家庭的泥坑中多时，反而有了强烈的钝感力。他坚信稳定是一个过时的概念，只有不断去适应变化，才能跟得上变化。

那些年，他让舅妈注册了一家淘宝店，把实体生意慢慢往线上转移。他们俩既是老板，又是客服。橙色的软件叮叮咚咚，他们看不见摸不着，但是无比清晰地置身于大时代中。自从毕业后，舅妈就不再对医科的事情感兴趣。她不想面对生死，不想面对腐朽的器官，不想流眼泪，更不想变得麻木。她不再选择一眼望到底的跑道，而是同样选择了自由职业，期待有一天在弯道超车，过关斩将。

在这座让表舅充满希望与失望的城市里，在连火车都要坐一晚才能到的鄂西北，他们一单一单的小生意只算得上只鳞片爪。

乌云很快又笼罩了过来，一日，我在武汉接到了我母亲的消息，母亲说，若能请假，速速回。

四

我最后一次见小爷爷，是在人民南路的太和医院。

那一日，小爷爷坐在轮椅上，低垂着脑袋。我惊得一下子捂住了眼睛，也没有看清在做什么治疗。一会儿，只听护士在边上大声喊："好了好了，马上就好了，坚持住。"小爷爷已经失去了意识，完全没有反应。小奶奶在一旁站起了身，愣愣地撑住轮椅，神情麻木，见我们来了也无动于衷。倒是护士马上反应过来了，迅速拽过一条毯子盖在小爷爷身上。毯子搭得很草率，遮不住裸露的肌肤，在场的人谁也没有在意，仿佛这仅仅是一架瘦骨嶙峋的肉身，灵魂早已灰飞烟灭了。

消毒水的气味始终弥漫着，整个天地间只剩下我们几个人，我的内心被消毒水侵蚀透了，一点一点粉碎。毁灭，死亡，绝望，幻灭，这些可怕的词眼把我往外用力推——我转身往外奔跑。走廊空空荡荡的。我跟跟跄跄跑了几步，走廊里全是我剧烈的呼吸声。我不敢再往前跑，这里是不是重症监护室？我会看到那些游荡在这里、不知道自己已经死掉的老灵魂吗？我又哆哆嗦嗦往回走，回到病房门口，站在那里，双手不知道该干些什么，只有一个个声音一直在心里回响，小爷爷是不是要走了？人老了是不是都会变成这样？人没有了尊严是不是就真的死去了。我这么想着，某种分离感拉扯着疼痛涌了出来。

手机忽然响了一下，一条信息进来了。我的眼泪终于掉了下来，好在我哭了，好在我抓住了一根人世间的稻草。

我在门口偷偷擦眼泪的时候，表舅从走廊那头走了过来，远远的，迈着中年人的步伐，从阴影处走到白炽灯下，脸色苍白。他手里捧着几瓶药水，表情不悲不喜，更近乎麻木。他略带歉意地问我："你怕不怕？你等我，我马上送你回家。"

其实只有两条街的车程，从朝阳路右拐，上邮电街，不出几百米，就到人民路了。表舅坚持要送我回家。他没有右拐到邮电街，而是选择在朝阳路直行，走到尽头，再右转上公园路、人民路。事实上这条路绕远了，而且全是堵点。我没有纠正他。他把车窗开了一半，打开了广播，电台里正在放午间歌曲，那是市广播电台的王牌栏目《花信封》。主持人正在念一个男人的来信：

　　清清，我正在遥远的西藏，驻守祖国的边疆，不知你现在在何方。忘不了在十堰和你短暂的相识，也鼓不足勇气和你说天长地久。这座城市是我们的人生中转站，我们短暂地相逢，又永远地失去。来又如风，离又如风。而我，很懦弱的我，只能用电台寄托相思，希望你听到我的祝福，也希望你永远幸福。

电台里放出了王菲的《如风》："有一个人，曾让我知道，寄身于世上，原是那么好，他的一双臂弯，令我没苦恼……可惜他必须要走，剩我共身影，长夜里拥抱……"表舅兀自跟着哼起来，冷清的歌声。在等一个红灯时，他忽然停止了哼唱，点燃了一根烟，猛吸一口，说："我爸爸可能日子不多了。墓地我选好了，在六里坪，武当山脚下，远是远了点，但是有山有水……"我抬头看窗外的天空，蔚蓝，云裳有光泽的绵绸，车窗外有风，无边无际的，把这些话吹进了风中。天长地久，地久天长，这一场告别之后，这一世都不再相见。而人生要经历多少场浩劫才能落叶归根。落叶归根。表舅把烟叼在嘴里。烟味很苦，除了抽烟之外没有别的办法，他被呛得咳嗽了两声，又用嘶哑的嗓音继续哼起歌，摇头晃脑的，"来又如风，去亦匆匆……"可我明明我听见他在说："我没有把我爸爸带回武汉的爷爷奶奶身边。"

小爷爷去世的那个秋天，谁都没有哭到山崩地裂，所有人都消瘦了，但都轻松了下来，平静地安排好所有的后事。照片里的老人笑得好灿烂，九年前老人自己就选好了这张照片。这一场告别从九年前就开始了，开始缓慢，带着撕裂的痛彻；后来便是慢跑，负重而行，看遍所有风景，准备随时离去；到最后是加速度，形神俱损，短暂沉重。

我们站在武当山的山脉里，整条队伍蜿蜒漫长，乌压压的。人群把墓地围成一圈，集体做告别。告别逝者是最后一件事。烧纸，上香，祭拜，祈祷。侧柏树下，异乡人长眠在古老文明里，再见，此生再见，来世再见。吹着武当山的山风，所有人神情凝重，只有表舅在朗声大笑。他跪着清理坟头的杂草，拿纸巾仔细擦拭墓碑上的灰土，接着给男人们一根一根递烟，最后，他双手将一根烟插在了墓碑前，点燃。烟雾缭绕中，悲伤的气息越来越淡薄，我们说着仙山庇佑一路走好的话。眺望着远方，远方一片岑寂，稻浪溢满了秋色，大家身心松弛。武当山是最有力的庇护地。

就在所有人准备要下山的时候，表舅忽然神智开始恍惚，他让大家先走，他想回去再多待一会儿。他转身往回走，几乎是踉跄地奔回墓碑前，我们几个家人不放心，远远地跟着他。只见他挺直腰身站在墓碑前，没有风，墓园里的侧柏纹丝不动，四周一片岑寂。他双膝跪在地上，毫无征兆地用额头猛烈撞击大地，抬起头时，面色煞白，随后扑簌落泪。

我听表舅妈说，小时候，小爷爷小奶奶经常去武汉，只要一出远门，就把表舅寄养在亲戚家，他从小就觉得武汉才是真正的家。

表舅妈还告诉我，就在去世的前几个小时，小爷爷陡然清醒了过来，先是说想吃牛奶巧克力了，好馋；接着他忽然呜咽了起来，拉着表舅的手，不住地哀求说，救救我，我不想死，求你们救救我。

在这漫长煎熬的时空里，一个沉默等死的人，忽然涌起了对生的强烈渴望，留下了这样的遗言，动魄惊心。

小爷爷走了，像是带走了千军万马，残留下来的幸存者也伤痕累累。人生的一草一木，在人世间这样一蹉跎，二三十岁就没有了。表舅太可惜了，不停地向前进，又被不停地往后推。后来我们家私下里说，表舅这辈子，是来为父母还债的。他的一生，好像就是父母的一生。母亲神情暗淡："他是我们蓝家唯一的男孩，最后却被折磨成这样。九年啊，他做生意赚的钱全给他爸爸治病了，八九十万没了，人也没了——一分钱都没存下来，天道不公啊！"父亲喟叹着："他被耽误了快十年，年轻人到中年人，人生有几个十年？真是蹉跎时光啊。他已经尽最大努力了，他应该被体谅，他不需要有任何罪恶感。"

五

这件事"结束"了。

死亡带来无尽的思念，但也给所有人留下了看不见的礼物。那就是回到自我，重新抓住了生活的方向感。

小爷爷离世之后，表舅一家搬回了表舅妈家里，住在了两百多平的中式大宅里。看似日子平静，实际上如同踩在了半山腰，更是陷入在迷雾中。电商海浪一样兴起，实体店的经营更是艰辛，表舅已经不那么年轻了，一生太长，一生也太短，他得像闪电那样行动，用尽全力，用尽虚无，才能培植出新的果实。

他彻底关闭了电脑城的生意。过了一段居无定所的日子，那叫灵活就业人员，什么火爆卖什么，冬卖凉席夏卖被。像潮起潮落，没有征兆的起起伏伏。

流浪了几圈，他终于发现了生命中的新大陆。——和几个朋友合开一家清吧。在三堰最繁华的地段。

他不厌其烦地给我们科普什么是清吧，也就是优雅的休闲酒吧。以轻音乐为主的，比较安静，没有 DISCO，没有热舞，没有热艳女郎。

其实，我们觉得这个概念太过于前卫，对于十堰这样的山城。

后来，他开车到武汉出差，专程带着我们去东湖高新区游荡了几圈。那是 7 月份的尾巴，艳阳高照，我们穿梭在写字楼之间，电梯扶摇直上，高耸入云，通向清吧的武汉总部。大地滚烫，我们的衣服上被浸湿了一片，一切虚晃得不真实。从光谷回汉口的路上，车里的冷气燃着，摇滚乐鼓声撞击着每个人的心脏，崔健的《一无所有》，那是命运被再次唤醒的声音。表舅没有办法全神贯注地开车，他的双手时不时便脱离了方向盘，挥斥方遒，指点江山，有了政治家的风范。他的语调有些狂妄，他说："我经常站在电梯上，仔细观察进进出出的名牌学校毕业生，想象着，他们哪些会成为我的手下。"

车行驶在友谊大道时，我忽然想起多年前的那个夏天，和贴满了钻石的苹果手机。到了长江边，表舅终于安静了下来，重新掌控了舵。我从背后看着他，他的头顶有了轻微的谢顶，肌肤不再细腻白皙，而是蔓延成了古铜色的原野。我几乎忘记了一件事实，我们其实都慢慢走入中年了。只是，不知不觉中，表舅的那些奔放自由的思维，我已经没有了。在某一天开始，我失去了那种自由。

那天日落时分，阳光铺在长江上变成了橙黄色，好像远方有了金光大道。我们也看到了金光下的黄鹤楼。那是我们的故乡。夏天的空气撞击在窗户上，母亲把车窗打开了，温热的江风呼地吹了进来，灌满了整个车厢。我们都不再说话，每一个人都受到了这条大江的撞击，这股力量从哪里来，又往哪里去，我们浑然不知。

在那个金光灿烂的夏天，表舅又回到了十堰，继续在城市里踱步。更努力赚钱，然后毫不回头地离开这里——这个念想带给了他强烈的生机和力量。这是他的时光钟，他坚定这一次自己会一把翻身。

接下来他开始装修那家清吧。他经常整日都待在清吧里，全身上下都洒满了粉尘的气味。我休假回十堰时，他会邀请我们全家去施工现场看看。那是城区的腹地，我跟着人群一起涌动，透过清吧的玻璃窗，我看到表舅在冲我们招手。

我们小心翼翼地走了进去，空气里充溢着甲醛味，清吧雾气腾腾，已经有了神秘奢侈的模样。年轻的员工在摆放绿萝、吊兰、白掌。前台的女员工端坐在电脑前敲打键盘。吧台后的灯光把红酒瓶照得发亮。表舅在卵石纹路的走廊来回穿梭，意气风发，像是破解了一环环迷宫。母亲暗地告诉我，为了这家清吧，表舅向银行贷了一笔巨款。至于是多么庞大的巨款，也许是两百万，或者更多。母亲站在五百平方米的清吧中央，甲醛气味把她的眼睛熏得通红，她在操心这笔巨款该怎么还清，不免代入式地陷入了焦虑中。在这座小城市，这么前卫的理想会不会很难实现。一座靠工业支撑的鄂西北边陲城市，早已没有几十年前那般辉煌了。

没有人敢预见后来发生的一切。我们说着早日发财的话，那一笔巨款，让我们每个人都愿意说出真心真意的祝福。

那天，表舅的声音在颤抖，他说，如果我们拒绝被生活改变，那么我们活着有什么意义？

清吧正式营业的那一天，我们同时也收到了一个消息。表舅妈的父亲，也就是表舅的岳父，病情加重了。

据说是之前体检时发现的，轻度小脑萎缩。最初是走路不稳，颤颤巍巍，像一个醉汉。表舅的岳父好心而害羞，他不希望自己的病情拖慢所有人的脚步。直到有一天，他岳父从复式楼梯上摔下来，身体狠狠砸到了地上，手足震颤，一句话都喊不出来，所有人这才觉察到病魔又一次笼罩了他们。

命运没有向他倾斜。清吧风风火火经营了几个月，一股新鲜劲过去了，接下来就沉入一片沼泽中，整整几个月，顾客寥寥无几。只有顾客不断地充值，才能注入生机。可是，没有顾客。每天的开支一分钱都不少，可每一分钱都扎扎实实地砸了出去。表舅见到我们，苦涩地笑着，说自己像一块望夫石，又调侃自己待嫁闺中，每天望眼欲穿。十堰的消费动力不足，大家宁愿选择在大街上盲目地走来走去。

不到一年的时间，表舅的心境继续急转直下，形容枯槁，着急，头发一大把一大把地掉。他的思乡之情与日俱增，又眼见武汉房价一路攀升，最后竟然有了高不可攀的意思。在这些哀愁的情愫之下，他不再感慨"时不我待"，而是唏嘘"时过境迁"。

一年仅仅过半，表舅的岳父已经站立不起来了。他每时每刻都坐在轮椅上，神情呆滞地望着远方，说不出一句清晰的句子。他失去了所有的时间。

一天晚上，表舅一人在白浪的路边待了五个小时，为了等一个可以办团购券的潜在大客户。不幸的是，那个大客户因为和更大的客户有约，临时爽了约。表舅等来了这个消息后，便把车丢弃在白浪的停车场，随后，他到便利店买了五瓶啤酒。那一晚，他一路提着酒瓶，一边往肚子里灌酒，一边跟跟跄跄地往家走。酒精是慰藉，是雪中送炭的养料，它能安慰人，化腐朽为神奇，让心情持续在充满希望的亢奋中。他不知道几点到的家，进入二楼的客房倒头便睡。

那个夜晚成了一个开端，又不知什么时候，楼下传来巨大的响声，远远的，地板上有重击声。

表舅忽然从酣醉中醒来，他不知道自己在哪里，也不知道发生了什么，于是他再次陷入半睡半醒中。一切成了幻想。他感觉自己的身体正在大雨中，摇摇欲坠。雨水把他淋透了，他终于爬到了悬崖边，纵身一跳，跳进了海里。

有人在门外大声说话，大到像吵架的说话声。

差不多是半夜了，楼下的家人们尖叫了起来。

可他不想醒来。他没办法醒过来。此时，他正像旗鱼一样在海里超高时速穿行，浪花掀起金光灿烂的余晖，何等美好的画面。他游过了所有的时间。

大笑。

一直到表舅妈把他摇晃醒，他才在懵懵懂懂中，回到了人世间。他的岳父从床垫上掉了下来。

他的岳父仰面躺在地上，身上缠着厚厚的被子，没有办法翻身，他的身体在剧烈地发抖，头发乱蓬蓬的。疼——疼，要起来，他的岳父痛苦地喊着，脸上的沟壑扭曲着。表舅半蹲下来，揉了揉岳父的肩膀、胳膊，紧紧把他抱到了床垫上。他给岳父轻轻整理好被子，用手指为老人梳理好头发，因为他来得太迟了——一切都太迟了，他觉得无比愧疚。

岳父在呻唤中渐渐入睡，他示意家人都回屋睡觉，他想单独再待一会儿。窗外月光完美，院子里有狗在大声吠叫。他屏住呼吸，试着听听远处街道的声音，什么都听不到。他的耳朵里只有一片低频噪声，和自己带着腐蚀酒气的呼吸声。他面无表情地躺在地上，看着天花板，微弱的灯光里，天花板上那块破损的墙皮越来越大了，向他压迫下来，他再也起不来了，身体陷入了淤泥里。他睁着眼睛期待——有一个奇迹把他解救出来，哪怕是海市蜃楼。

没过多久，七夕就到了。本以为会掀起一番充值小高潮的，不想顾客依旧稀稀拉拉。表舅在没有顾客的场地里走来走去，神经焦躁，似乎有忙不完的应酬。最后他看到前台的男员工正在玩手机游戏，漫不经心。他像是击中了要害一样，走上前骂了几句脏话，男员工慌忙把手机扣在了桌上。表舅转回身，忽然拿起吧台上一个茶壶，直接往地上砸。茶壶破碎了，里面的茶水流了一地。表舅眼神暴戾，双手揉搓着头发，一屁股坐在椅子上。

也就在这时，电话响了。

"你好，我是你们的会员。感觉你们那里生意很一般啊，会不会倒闭了？我充的钱怎么办？"

"您放心，我们会对每一个会员负责。"

"请直接回答我，倒闭了怎么办。万一卷钱跑人了呢？我要求现在就退钱。"

"您已经签了合同，现在清吧运营正常，退不了钱哦。"

"我要投诉你们。"

"女士，请容我们解释一下……"

"不用解释了，我要退钱。"

第二天，那位顾客又打了几通电话大闹清吧，随后带了几个人杀了过来，高喊："无良商家，拒绝退款。"大厅的玻璃窗外，已经聚集了眼神疑惑的人群，气氛更加剑拔弩张。

纵使表舅再有道理，也觉得支撑不下去了。再听到电话声响，他已经有了生理上的呕吐感。他朝前台员工摆了摆手，兀自走回办公室去了。

最终顾客取得了胜利，一路绿灯退掉了卡，顾客意得志满，高声喧哗着，决定和朋友们去吃火锅庆贺。

那一天，表舅又一次出现了剧烈的眩晕，头痛欲裂，太阳穴突突发麻，疼痛和麻木从后脑勺蔓延到了脚后跟。

他在空荡的清吧里走动着，来来回回，没有目的地。最后他发现从那个电话开始，他就成了溺水者，一点一点沉陷，什么都抓不住。胸口闷得难受，有一双无形的手一把捂住了他的心脏，呼吸困难，说不出来的痛。所以他决定马上回家，好好睡一觉，把这一天熬过去。

他回到小区时，没有径直回复式楼，而是拐了个弯，回到小奶奶家里。他朝着在厨房泡茶的小奶奶摆了摆手，平静地说："我很累，什么都不要问，我先去睡觉，醒了再吃饭，别喊我起床。"

他进了卧室，从口袋里掏出了几颗药，吞了下去，衣服都懒得脱了，就把身体摊在了床上，平静得像一具尸体。

半夜的时候，他忽然醒了过来，全身大汗，一口气喘不上来。他坐在安静的夜色里，全身麻木，仔细回忆还没有完全消失的噩梦。梦是有预知能力的——他分辨不出是现实还是噩梦。而现在他被惯常的焦躁情绪折磨，似乎进入了魔怔的心态，必须要把那个梦拼图一样拼出来，才能指引他未来何去何从。

梦里，有一只黑乌鸦追着他跑。他的心脏被喀啄出了洞。乌鸦绕着他旋转，一圈一圈，发出吊丧的声音。

他的心脏又一次拧在了一起。

疼，明明吃过了药。

一年多前，他的身体就开始报警了。心悸。一超过十二点，心脏就开始剧烈跳动。可是他合上了眼睛，也无法安然入眠。他戒不掉茶叶，戒不掉咖啡。说不清是为了提神还是习惯使然。而比茶叶和咖啡更危险的，是他逃离不了的焦虑。——有一天，他发现自己没有办法平躺着入睡了。他知道这是心魔。一旦躺下来，心脏就扭曲的疼，一遍遍提醒他：躺下来就是罪孽，罪不可赦的罪孽。

他不敢去医院，生怕检查出什么问题，让一切更加千疮百孔。他只得瞒着家人，去药房买了一些益气通脉、活血止痛的药丸，心慌意乱胸闷气短的时候就吃掉几颗，甚至偷偷把药丸藏在了背包里，防止哪一天情绪分裂，忽然猝死街头。

他越发拼命地工作。环境汹涌，他如鲑鱼一样逆流而上。药丸的用量也随着增加，还不清的债务越来越高。他不敢再回小奶奶的家，他不敢直视老人的眼睛。他经常半坐在床上，用脊背靠着一床折叠起来的厚被子，睁眼熬到天黑，第二天、第三天连续如此。睡不着时，他开始吃褪黑素，在半睡半醒中想起童年。

这一晚，他看着天花板发了很久的呆，脑袋灰蒙蒙一片，发出了低频的噪声。白昼将至，他听见外面传来了拨弄碗筷的窸窣声。

这套房子应该是没了，一百六十平方米，至今还在还着月供。它还没完成它的使命，就成了可悲的祭祀品。

人间地狱。

他不敢大声地呼喊，不敢大声地怒吼。在这个秘密的午夜，只有他自己清醒地知道，为了快速赚钱，他孤注一掷，把这套唯一的房子做了抵押。

十几年了，一次又一次的创业更新，无论命运带给他什么磨难，他抖擞抖擞，很快就能自愈。而这一天，这一次，他和死亡近在咫尺。从此以后，痛苦会是没有止境的。他以为自己是在冲刺奔跑，事实上，他一直在原地踏步走。这一次，他躺平在了床上，四肢瘫软，感到筋疲力尽。

是志向还是妄想，什么都不重要了。到底还要煎熬多久……

朋友看他焦躁不安，给他送来不少蔬菜育苗，让他安静下来，好好养养心。于是，他开始在顶楼的大平台上种菜。没有网购买现成品，他把家里的塑料盒、奶粉罐、木箱都翻找了出来，自己钻排水孔，出门到附近的山里捡小石头，垫在盆物的上面。他全神贯注，有时一忙就是几个小时。在这个绿色的菜园里，他需要足够长的时间和足够琐碎的事情去分散精力，在自我救赎中，静静地等待新的命运填补他的世界。

那阵子雨水特别多，他外出去超市时忽然降下倾盆大雨。他急急忙忙赶回家，爬上顶楼，见到一堆宝贝疙瘩浸泡在雨水里，种菜的箱子扑得东倒西歪，葫芦、茄子、辣椒、西红柿、丝瓜、苦瓜、黄瓜、生菜，成熟的没成熟的掉了一地。他心疼得血管快要爆裂，雨伞也顾不上找，穿着拖鞋就往雨里冲，将那些浸泡在雨水里的蔬菜瓜果一起抱进了屋里。

连续是雨天，屋里灰沉沉的，他又在靠近阳台的地上铺了一层卫生纸，把它们整整齐齐放在上面，神经质的，指望一点残留的光线可以保护它们。

也就在一个星期之后，他走在回家的路上，天上又下起了一场雨。起初雨点轻轻飘飘，把燥热的风都吹清凉了。不一会儿，雨就大了起来，他全身上下都湿透了。可他不想停下脚步，他想遗忘自己，一直往前走，一直走。沿街的商铺屋檐下，站着避雨的行人。更多的人则结伴涌入商场。他走在瓢泼大雨中，想起了清吧门口又宽大又清澈的落地玻璃，默无声息，快要销声匿迹。他想，可是永远，永远不可能有人到清吧去避雨。

他没有伞，没有一身钢铁盔甲，他又一次错过了时间，他失去了对现实的所有控制。

所有都是虚空，不如让一切决堤。

国庆节的时候，我们全家返回了十堰。刚刚把行李扛进家门，就接到了表舅的电话。他说他要来我们家，来看看我们。

他来的时候一切都正常，他喝下了一杯热茶，还细细地问我什么时候返程。我们问他清吧生意好些了吗，他嘿嘿笑了笑，轻描淡写地说，他们几个合伙人再也撑不下去了，把清吧关门了。手里的一点点钱，都用来遣散员工了。开一天门，就亏一天钱，开得越久，亏得越多，银行的钱越欠越多，最后铤而走险去借了高利贷，可就算如此，窟窿谁都填不上了。

高利贷。这三个字像针一样扎进我们身体。他的神情很淡薄，像是在讲述一桩社会新闻。而我们已经震撼得说不出话，没有人敢问他到底亏了多少钱，只能沉默不语，听他继续说下去。

他继续说，说着说着，神情越来越严肃。他忽然从沙发上站起身来，手机从口袋里滑到了地上。他又半蹲下来去捡，身体沉重，他没有站稳，一下子就跪在了地上。他膝行着，嘴里还在继续重复什么话，这些话似乎遇上了屏障，怎么都施展不开。他继续用两只手撑住茶几，摇摇晃晃想站起来，但是他扶不稳自己，腿上始终使不上力气。他索性就停滞了下来，似乎没有意识到这个动作有什么不妥，也没有意识到自己正在恐惧和颤抖。很快，他进入了一种酗酒的状态，絮絮叨叨，梦呓一般倾诉："我已经卖掉了房子，我妈要租房子了，快七十岁的老人啊，被我拖累得居无定所。我做儿子的底线都没有了。什么都没有了。"他又说，"我们费力气去挣钱，这么善良地对待别人，为什么到最后一事无成。"这些话他重复了很多遍，酒气从他的身体里冒出来，源源不断，他的手牢牢抓住茶几的边沿，颤抖得厉害，几乎要倒伏在地上。疯了一样。

"姐姐，我没勇气活下去，但是我不能去死，我还有一整个家庭等着我。生和死，我都做不了主了。"

他的生活被金属刀片研磨成了齑粉，他在挣扎里绝望。更绝望的是，梦想和现实总在发生抵牾，他主宰不了自己的命运。他好像根本不可能走出十堰，根本不可能离开这个地方。

六

我们在武汉继续平淡的生活，半年都没有表舅的消息。他消失了，却也没消失，只是在社交平台里患上失语症，消沉，并销声匿迹了。

我们谁也帮不了他，即使所有的亲戚凑钱填上了那笔巨款的窟窿，谁家也没有能力继续拯救一个拖家带口又病入膏肓的失业中年人。

五一后的一天中午，表舅毫无征兆地来到了我们家。那天一早，他打电话给我母亲，让母亲把家里的定位发给他。等他风尘仆仆地赶到我们汉口的家时，晌午早已过去。他抱怨说，坐地铁太难了，在一个三条线的转乘站里，绕了足足二十分钟。父亲笑着说："我们老同志搞不定这个时代还差不多。"母亲接话说："你最懂那些高科技产品了，怎么现在地铁都坐糊涂了……"母亲还没说完，就露出后悔的表情，找不到对应的句子。表舅假笑了两下，眼神柔和，绵羊一样温和地说："是啊，头晕眼花，我来武汉就是客人。"

他的声音很稳定，也很平和，像是在风平浪静的情绪里，对这座城市的占有欲早已冷却了。

我们继续聊，说着寒寒体恤的话。父亲说："人在一生的某段时间，会有很多遗憾。"表舅闷声说："嗯，对。"接着一句话也没说。

这一趟行程，他从哪里来的，要到哪里去，我们都没有问出口。不能问，问出口不是关心，问出口就是冒犯。有些事不知道最好，不能多问。

他在卫生间洗完脸，喝了几口煮好的陈皮普洱茶，才像从森林里走出来，语气浅浅地说："我可能下午要赶火车，也有可能直接回十堰。"

母亲欲言又止，还是问了："什么时候的火车？"

"不知道。"他犹豫地回答，又补充了一句，"首先我得联系那个人，把我们公司的汽车零件推销给他，看他怎么回答我，如果愿意看一看，我才能去郑州。"这时，他忽然想起了什么，开始低着头在背包里翻找。拉链来来回回地拉，一无所获。后来，他索性坐在木地板上，把背包里的东西都倒了出来，换洗衣服、毛巾、牙刷、剃须刀、卫生纸抖落了一地。他穿着黑色的polo衫，坐在漂浮的尘埃中。他浑身的肉不再紧绷，看起来肥甩甩的，肚子上有一圈肉从衣服里鼓了出来。polo衫大概是从前几千元买下的某一件。那些曾经令他的生活充满自尊的东西，如今也让他更加暗淡。polo衫的领口已经磨成了灰白，一股汗味和盐味渗透了出来。他的身体比上一次见面还要松垮，整个人看起来很燥热，不停地把鸭舌帽掀起来，再戴上去。来来回回好几次，最终也没有摘下来。我看见他曾经蓬松柔软的乌黑卷发，变得稀疏油腻。他又无意间掀起帽子，头顶那片的发际线上移得很厉害，这副形象让整个人枯萎衰老。

"终于找到了。"他大声地喘了一口气，从背包夹层里翻出一张叠皱了的纸，纸上用铅笔记录了一个电话号码。他的表情终于平静了，"上次在旅馆里临时记的，后来忘记存进手机里了，丢了就麻烦了。"他把电话号码存进了手机，如释重负。

"下午两点半，我就开始给这个郑州老板打电话。"

他到北阳台上吸了一根烟，一个人在23楼的大窗户前伫立了很久，如同置身荒野中，眺望重山叠峦。我看见他的背影很瘦削，光线暗淡中，很是孤单。

抽完烟，他又进了厨房，看到母亲在洗菜，他一把把菜盆夺了过来，"姐姐，你休息，我来洗菜。"

母亲不肯，他固执地坚持。

"我不能闲，我得时时刻刻找事做，时时刻刻动脑子，不然就会胡思乱想。"

母亲和他简单聊起天，说到心脏病的话茬时，母亲问他是不是还是半靠着睡觉，他没有直接回答，只是说，睡眠不好，能睡着就不错了。母亲问他在吃什么药。他说："没怎么吃药了，吃了也没效果，省一点是一点。"母亲回到自己卧室，从抽屉里翻出几包药，递给他看，"这些药我随时都在包里备着，万一不行了赶紧吃几颗。你还年轻，千万不能大意。万一撑不住怎么办？"他淡淡地说："撑不住就算了，一下子就过去了，没有痛苦。"他表情很认真，不像是开玩笑。

午饭做好了，大家围拢在餐桌边。表舅的坐姿很松弛，他夹起一筷子番茄炒鸡蛋，伴着一口米饭，吃得绵长满足。我们一边吃，一边淡淡地聊着家长里短，话题闷闷的，大家口是心非，都觉得索然无味。我闻到了表舅身上散发出来的气味，是那种老人味，药草味和霉味杂糅，这让我莫名的难堪和难过。吃饭间，母亲看表舅尤其爱吃番茄炒鸡蛋，就把它推到表舅的碗前，他咧嘴笑着说，他当销售员快半年了，在外面东奔西走久了，整天都在吃地沟油快餐，做梦都想吃点清淡的家常菜。说着他也不嫌弃，端起盘子，把最后残余的鸡蛋也吃完了，还留下一点汤汁，他直接浇进了饭碗里，拌着米饭，一副大快朵颐的模样。

两点半的时候，他庄重地拿起手机，开始拨打电话。

电话没有人接。

他等了几分钟，继续再打，依旧无人接听。

于是，他编辑了一条短信发过去。过了十分钟，他又把电话拨了过去。那边有人接了电话。

"喂？商总你好——"表舅说。

然后他安静了几秒钟，仔细聆听电话那头的说话声。

"嗯嗯啊啊"了几声后，他快速说："商总，你忙，你忙，不打扰，我等着您的电话。好嘞——再见！"

我看着他悲喜交加的神情，时而紧绷，时而松懈，一时不敢想象，只觉得魔幻荒诞。

挂了电话后，表舅半摊在沙发上，疲惫地说："我等他电话。"我问他要不要在沙发上小憩一会儿，他摆了摆手，说睡不着，又问我家里还有没有咖啡喝。我四处找了找，家里的咖啡豆喝完了，新的一批还在快递的路上，没办法做手冲咖啡了。表舅说不要紧，他在自己的背包里翻找，从一个透明塑料袋里翻出几十包散装茶包。他嘿嘿一笑，说，这铁观音是网上买的，便宜，见到人就给他们泡一杯茶，拉拉感情。他接着翻，终于翻出了一包速溶咖啡粉。咖啡粉用滚烫的开水冲开了，满屋子散发着浓浓的黑巧克力味，尴尬的人工糖精气息。我想起了十几年前，他带我去西餐厅喝过的西班牙拿铁，浓郁坚果风味的。那时，他坐在桌子的对面，高谈埃塞俄比亚咖啡豆等级，讲瑰夏和花魁，讲咖啡豆怎么养，怎么萃取 Espresso，深烘和中烘的口感差别，他们自驾去丽江学习烘焙云南咖啡豆，还有他新到手的意大利手工摩卡壶……滔滔不绝。我和他的见识，像隔着两座城池那样遥远。还记得最后一口我始终舍不得喝，一脸贪婪的嗜甜，恨不得抱上杯子呼吸。想到这里，我的心里十分萧条。那已经是快二十年前的事情了。如今他变成了一根卑微的芦苇，浪迹天涯，辛苦地讨生活。

几口吞下咖啡，他坐在阳台的地砖上，盘起腿，脑袋对着太阳，光焰直直地照射过来，像是要祛除一团阴影。手机拽在他手里无意识地滑动，嘴里还在不停地说话，无非是沿途遇到的怪人怪事，或者好人好事。我忍不住替他着急，问："那个郑州老板会来电话吗？"他说："等着吧。千万不能催。催了，别人就不耐烦了。"我问："就这样一直等着吗？"他点了点头，说："等几小时，等一天，等一周，都是正常的。谁会轻易给你钱呢？"他自言自语，又重复了几句电话那头的内容，像是在重新揣摩和回味。最后似乎是在总结，他兀自叹息道："人啊，要耐得住性子。"此时，他已经无力给我吐出一波又一波至理名言了，像以前那样，人生理想前程信仰，好像世事洞明的样子。大概他自己也觉得这些大道理荒谬讽刺至极。

　　一整个下午，时间一点一点逝去，四点多了，太阳到了西边，我们被晒得晕眩，漫长而无语。他又继续用手拨弄手机，显然内心无法安宁下来。于是，他爬起来，从茶几上拿起一张空白的纸，开始折纸。先撕成一个正方形，接着横对折，竖对折，再左右两次斜对折，完成双三角形折叠。接下来就是让我眼花缭乱的步骤，折叠，展开，再折叠，再展开。他的动作越来越精细，手指越来越灵活，神情也越来越专注。我问他在做什么，他没回答，只是神秘地说："你知道需要有多少个步骤吗？"我还没回答，他就自顾自地说："五十八步。少一个步骤都不行，需要人全神贯注来完成。"我见缝插针地问："你怎么这么熟悉？"他自嘲地说："我不知道折了多少回了，解压用很好。"

　　说话间，他终于折叠好了"隐形飞机"，他对着飞机头部吹了一口气，比画了一下，让飞机与地面保持平行，轻轻投掷了出去。

　　飞机飞到客厅几米远的地方，他忽然就丧失了兴趣，又拿起手机，用手指摩挲着屏幕。就在这时，手机忽然响了。

　　他急忙接听电话，弓着背站起身，一边毕恭毕敬说了几句客套话，一边往阳台上走去。

　　两分钟后，他回到了客厅，神情不再凝重，肌肉终于松懈了下来，欣欣然，刑满释放了一样。

　　"我要到郑州出差了。现在马上就去汉口火车站。"他说。

　　我又天真又高兴地问他："生意成交了吗？"

　　他哈哈大笑起来，笑声很干涩，说道："这只是一个开始。郑州……我可能要跑很多趟，做好和那边磨一年的打算。不过如果这一笔生意做成了，半年的收入也就有了。"

　　他拿起杯子，吞了一口水，边收拾背包边说："十堰没有我能做的工作了。我算了算，我最起码一个月要赚一万元以上，才能又还债又糊口。我啊，我现在就是个销售员。这些老板比谁都精明，不会让你一次就成交的。"

　　表舅临出门前，母亲忽然想起了什么。她跑进卧室，拿了几盒药丸出来，说什么都要往表舅背包里塞。

　　表舅坚决不要，双手直往外推，说路上带多了东西麻烦。

　　母亲的声音颤抖起来，说："这是保命的东西，天天要带着，放在身上，心脏不舒服的时候赶紧含上。"

　　母亲坚持塞进了表舅的双肩包里，表舅不再作声。

　　表舅背着背包再次走出家门，把我们直往屋里推，说什么都不让我们送行。我们止步于门里和门外，谁都没有勉强，好像也找不出一个词可以告别。这反而让我松懈了下来。关门的那一瞬间，他还是掀了掀鸭舌帽，又按了下去，鸭舌的阴影遮住了他的一整张脸。电梯的门哐当一声关闭了，我的眼泪快要掉下来。过了很久，我才在恍然大悟里，接受了他要再一次出征的现实。

孤独，而又被迫靠近人群。真是魔幻到模糊的一天。

母亲的眼圈红透了，她叹息着说："一心想离开十堰，一不留神反而踏进了深渊。人生难测。"

假如，假如时光倒流五年，他也许会坐在清吧舞台上，高脚凳上的他弹拨吉他，台下的观众享受着琥珀色的朗姆酒和优雅沉醉的雪茄。或者，他会带着淡淡的烟草气，穿着宽大的卫衣和丹宁牛仔裤，把鸭舌帽反着戴，双手插兜，吹着欢快的口哨，或者哼着卷舌头的英文 rap，随时就会飞入云穹。

可惜没有假如。

曾经在大山里长大的男孩已经沉稳了吧？少年心性还在吗？不知他记不记得，曾经珍贵的欢喜悲伤其实全都埋葬在山脉深处……如今，那里空空荡荡的，全无踪影。但是，这一年的夏天才刚刚到来，他才刚过四十岁，是继续枯枝败叶，还是回到枝繁叶茂，他永远可以有选择。

之后的几个月，甚至一年多，表舅都在十堰和郑州之间往返。有时为了节省时间，他会选择先坐高铁来武汉中转，再坐高铁去郑州，但他不再来找我们了。他推说没有时间，去郑州出差尽量把时间控制在两天之内。他的岳父现在身体极差，像失去了骨架；岳母因为长年照顾病人，精神也快要崩溃了，经常在家里歇斯底里地发脾气。家里需要男丁帮忙，离不得他，他根本跑不了太远的地方。

夏天到了，更恶劣的日子来了。表舅的岳父病情已无回天之力，剩下的日子里，他就如一副雕像一样僵硬着，仅剩下一口气。夜里给岳父翻身的时候，他的身体没有意识地被翻转着，来来回回，像一只沉睡了的甲虫。他蜷着身子，皱巴巴如胎儿一样，发出"嗯嗯啊啊"的哭泣声，为了活下去竭尽全力。

一笔债务没偿还清，又堆积了更多的债务。奔跑的城市越来越多，表舅的工作也越来越繁重。除了郑州市场，他又开辟了一条更长的线路。那就是南下去广州。那天，他在广州出差时，接到一笔西安的订单，便马上坐上了到西安的高铁。

高铁停靠在郑州火车站时，正是下午两点多钟，他从车窗口往外看，天空出现了巨大的云墙雨幕。几分钟后，情况变得更糟糕了，本计划停车几分钟的，没想到迟迟没有再运行了。车厢里有乘客开始在手机上搜新闻，郑州——特大暴雨。就在大家议论纷纷之际，广播里传来了因暴雨致高铁停运的消息。一时间。车厢里老人孩子都慌乱了起来，湿漉漉的车厢里传来脚步声，很多孩子开始大声哭泣。

车厢里的人开始在骚动中打电话，更多的人频频站起身，把脸贴在车窗玻璃上张望。恍恍惚惚间，表舅唯一记起的就是要联系西安的客户，立刻，马上，竭尽全力拯救这一笔艰难的订单。电话正在拨通，这时，他的前排传来了一阵响动，一个瘦弱的女人正把怀里的小男孩放在座椅上，腾出手来，想要去拿货架上的行李。他忙挂断电话，站起身帮忙把行李抬了下来。小男孩看起来还不太会走路，努力支撑着身体站起来，小手趴在座椅背上，抬头看着他，摇摇晃晃中冲他张嘴笑。

女人在行李箱里翻找着什么东西，他帮忙抱住小男孩。小男孩紧紧抱住了他，圆圆的小脸蛋被罩进了昏暗的车厢里。他和那双闪烁的眼睛对视着，忽然记不起儿子小时候的模样了。这是多少年过去了，还是没有看到结局，他真的老了！

再拿起手机拨打时，手机信号已经中断了。全车厢都没有信号了。窗外暴雨如注，眼前混沌一片，什么都看不清了，车厢里的时间好像静止了。

列车广播里一直不停地播报，"本列车暂时无法前进，请大家耐心等待。"几十分钟，几个小时，信号时有时无，手机屏幕上的圆圈不停地打转，人们的耐心和手机的电量一起快要消耗殆尽。

没有水，没有食物，厕所里的臭气熏进了整条车厢，能抢到厕所位都是福气。大家都如度末日一样恐慌。表舅报名当了志愿者，负责维持秩序。二十多个小时，他在车厢里来来回回奔走，浑身黏着没办法掩盖的臭汗，鞋底沾满了形迹可疑的分泌物。

偶尔会出现网络信号，他见缝插针联系上一个郑州的小兄弟，问他可否安好。恰好小兄弟就在火车站附近，他们的联系断断续续，整整花了一两个小时的时间才沟通清楚：小兄弟开着小挖掘机到火车站等他，他想办法逃出火车站。那时候，郑州的市区已经快被雨水完全浸泡了，表舅还是决定赌一赌运气，冒险下火车。等他千方百计地出火车站时，外面已经兵荒马乱了。那位小兄弟把表舅送到了郊区的一个宾馆暂时歇着。到了宾馆后，表舅就开始昏睡，这快三十个小时的被困和最后的逃生路，消耗了他全部的体力。

后来我们才知道，一个洛阳的朋友开着车，把表舅从郑州送回了十堰。很戏剧性的是，这个朋友是他们玩穿越火线认识的，素昧平生，却也为了帮助陌生人全力以赴。表舅千辛万苦回到十堰，又为落实健康管控措施，被隔离了数十天。当我们知道这个消息的时候，他已经从酒店出来了。

母亲给他打电话，宽慰他，说："还好还好，总算平安无事，现在可以好好休息一下了。"

表舅在电话那头清了清嗓子，说："我刚到西安，开车从十堰到的西安。"他呵呵笑着，"那个客户刚刚见到我，很震惊，说我太拼命太顽强了。"

父亲在一旁偷听电话，他顾不得避讳什么了，激动地反击道："我的天！这还不够震惊吗？好不容易业务上有了起色，又出了这么些乱七八糟的事情。"

表舅在电话那头好脾气地回着："哥哥，未来还有机会，活下来很重要，现在我们都要好好活着。"

七

一年多来，世事艰难，外出谋生同样艰难，表舅暂时放弃了追索，带着贫瘠的果实和疲惫的身心，从城市又回到了大山的沃土里。我只是听母亲说，表舅的岳母最终不忍看到孩子在抑郁中备受煎熬，以骨折的价位卖掉了一套城区的房产，替他们把债务基本还清。这是某种不幸中的万幸。

而今，表舅充满了心事，但又无所事事。人生虚妄无常，风声鹤唳，但是永远没有办法苟且偷生。他又倦又乏，身上全是最致命的痛。大概是无处可去了，所以他开始慢下来，对大山的风土有了情感。最古老的东西反而更让人踏实。

山城很小，很安稳，初冬的时候，他一个人开车到枣树垭，远离人群，冒冒失失进了山。那是夹在汉十高速铁路和呼北高速之间的地方。

他没有目的地，满山晃悠。没有了油烟和喧杂，乡村的景致粗粝而忧郁，深山的层峦和山麓的屋顶若隐若现。树干挺拔，树枝遮蔽了苍穹，古老的，宁静的，深沉的，粗粝的，全都有。山里的冷空气吹在脸上，他蹲在河水边洗了洗脸，水中的倒影很耀眼，他的脸在山峦和天空之间，有一种无法形容的纯净。

这一天，没有人知道这个男人身上发生了什么，也没有人知道他忽然流下了眼泪。没有了人的欲望，他好像感受到了生活最圆润的内核，地老天荒的震撼。

精准扶贫深入到这里之后，村民的生活越来越安稳，一年一年过去了，他们大多欢天喜地地搬到市区里住了，留下一片弥漫着嫩叶气息的群山，和一栋栋空旷的大别墅，散发着轻微霉味。在这之后，十堰市区里的人又艳羡地远道而来，把这富饶的孤岛租下来，蚕茧一样栖居。村庄人清澈质朴，两三千元就可以拥有一年的璀璨。

于是初冬的日子里，阒无人声，他在山里一遍遍走着。像在走迷宫，一步一个脚印负重前行，任由山外时光荏苒。他在幻念和现实间走着走着，皮鞋上沾满了灰土，别人的故乡变成了他的乡愁，山脉里的裂缝和空白充满了强大的生命力，他慢慢开始心平气和。之后，他觉得生活的枝条不再缠绕着他，脚链慢慢脱离了他，山路如履平地。无常是神圣而美好的，心灵舒展开了，会熬过长夜的。

这里成了表舅的星河，其实这座城市是他全部生活的轨迹。他心甘情愿成了山民。

群山久经风霜的剥蚀，露出了橘黄色的泥土。他买了大红色的对联，贴在朱漆色的大门边，"紫气东来"，那是冬天阳光照得到的地方。一栋栋三四层的农村房屋沿着山脉静卧着，好像石头一样，和大山融为了一体。他的心脏终于与他和解，心魔消失了。从前有多厌倦，现在就有多痴迷。平原地区哪里能看到这样苍茫的风光呢。

大年初五的傍晚，我们到了表舅山里的"家"。锅碗瓢盆铺开了，"家"也就安顿好了。方方正正的大客厅，北面通向卫生间和厨房。墙壁刷得雪白，天花板上的大吊灯光线很充足。正中间摆了一个铝合金的三角置物挂架，上面挂着铸铁炖锅、水壶、马克杯、平底锅、华夫饼煎锅、烧烤架。地上排着食用油、老抽、生抽、陈醋、调料粉盒子。

表舅穿着牛油果绿的连帽卫衣，腹部平坦，佩戴着一顶黑色的字母鸭舌帽，和我们打了个招呼，一闪身又进厨房继续炖羊肉汤。

火炉里有炙热的木炭在燃烧，炉子上煮着一壶茶。炉火已经把屋子烤得暖暖的。表舅妈拿起火铲，拨弄着柴火炉里的炭火。火炉像一个新鲜的甜橙，火苗很干净，发出噼噼啪啪的响声，要崩裂了一样，在冬夜显得格外踏实。屋子里弥漫着干燥的枝干气味，混合着美食调。表舅妈把方形的木头桌推到我们面前，摆上了山核桃、瓜子、绿香妃葡萄干、咸干花生、老灶孜然锅巴。她转身又回到柴火炉边，把热好的茶叶蛋端上了桌子。

我们每个人都端着小木板凳围了上来，吃着琥珀色的茶叶蛋。表舅从厨房里出来，把炉子上的茶壶提了过来，他说这白茶是朋友从云南快递来的，情谊珍贵。白茶已经煮到沸腾了，他把掰碎的老陈皮丢进壶里，继续用山里的水慢慢煮着，出汤了，表舅一一倒进小茶杯给我们喝，清爽甜润。

我们安静平和地坐着，山里信号不好，一条消息几分钟都发送不出去，刚好成全了这一大段漫长的时间。大家把手机丢在一边，开始一心一意地烤火，吃点心，喝白茶，烤华夫饼。桂圆、花生、红枣、蜜橘、开心果、香蕉，热可可，一一摆上烤网，嗅着烟火的熏味，在中止停下来的时间里，语言不再干枯。屋子里朦胧罩上了一层柔和的乳白色，我们的呼吸洁白如棉。表舅妈顺手把一条毛毯递给了我们，温暖和爱是一样的。

那夜大寒弥漫着，天气预报说，未来两小时内会有一场大雪。窗外是湿冷的冬天山脉，苍茫萧瑟，屋内温暖而安静。表舅终于把滚烫的羊肉汤端上了桌。气罐里的气不多了，卡式炉点燃得不够尽兴；只有最原始的食材，小葱、香菜和食盐，却是我有生以来吃到的最鲜美的一顿羊肉汤。我们围着汤锅，一人一碗，每个人都从容不迫地端着碗，脸上微微闪光。

回家的时候，表舅出门送我们，山道有暗有明，窗户上的烟囱冒出白气，屋内有崭新的农具，镰刀、斧头、铁锹、钉耙，柴火炉里的火焰一直在燃烧着，不曾熄灭掉，乡野式的避世生活，我好像站在不真实的幻象里。有那么一瞬，我看见表舅双手扶在山道的护栏上，眼神在灯火里闪耀。他看向远方的山峦，无边无际，阻挡了极地的严冬。他的姿态不再孤单迷茫，相反的，在严寒的夜景里，他显得无比年轻，又无比沉稳。

他问我："这样的生活好吗？"他又说，"人只有这一生，这么短暂的一生，要做自己最喜欢的事情才不辜负这一生。"其实，这是很多人向往的生活。

年终岁暮，就这样在远离人间烟火的寂静中待下去，他并不觉得自己是城市败北者，如蝼蚁一般落魄，他也不再去回想自己到底是"幸运"还是"不幸运"。经历了波涛汹涌，能够坦然面对一生中最绝望的痛苦，缓慢的成熟稳定，他也一定会获得真正的人生和自由。

能把握的，不能把握的，全都在希望里。在希望里，他还要继续奋斗，偿还所有的恩情。

他捧起了一抔又一抔泥土，埋葬了暮年、壮年、中年。

这一次，大山赠予的礼物，是青春，是自然的原生态。

过去从来不是假的，说不出口的苦，那是修行的路，是命运给的剧本。他终于抵达了这块领地，他在这块领地安思，熔炼，接受无常，重新发现光和热量。放弃了欲望，并没有减损他的希望，而是拥抱了他，修复不着边际的内心，谦逊谦卑地面对命运。这里是大山，这里是人间，什么样的坎坷都能包容，什么样的困顿都能庇护。

一切的安排都来得刚刚好。山风凛冽的时候，炉火正好点燃了；雪夜寒峭的时候，华夫饼刚好泛起浓郁的香气；冰川安静融化的日子里，春天刚好准备怒放；兵荒马乱地活着时，星辰在头顶闪耀。他，他们，我们的家族，虽然渺小如质子，却都是历史璀璨的一部分。原来这里是生命之源，他的嘴唇润滑光洁，眼神纯澈如溪水，颧骨有了圆润的轮廓。在哀悼和希望间，一直到冬天过去。这一生的安排刚刚好。

生活图景

攒豆丝的人

我们家有攒豆丝的传统。每年到了 10 月份后，隔三岔五的，我妈便会去菜市场称上几斤豆丝，冻在冰箱的冷冻柜里，从未间断过。一整个冬季，想不出吃什么主食的时候，我妈就拉开冷柜门，在厨房里变起花样，汤煮豆丝，腊肉炒豆丝，干煸豆丝……

后来我才察觉到，攒豆丝的习惯，好似是我们家族传下来的。

十一月，我准备开车回一趟十堰老家。临行前一日，我妈让我爸专程驾车，到黄陂去买了三十斤豆丝，托我带回家送给她的小姑妈，也就是我的小姑奶奶。我大感不解，为什么不能网购一点儿干豆丝？我妈解释说，你姑奶奶老了老了，吃得倒挺讲究。她强调说，一定要是黄陂人手工做的，这种黄陂特色的豆丝口感很鲜香，肥肥润润的，对，就是家乡的味道。每次回十堰，我们都要给她带上几十斤。这你是不知道的。

我嬉笑说，这普普通通的豆丝，竟然能吃出这么多感情呀。

那天，五百多公里的路，我的车风尘仆仆。才走上香港街，我便看见小姑奶奶坐在小区门口的椅子上，正看着狭长的香港街。她的姿势看起来很萧瑟，如同在注视着长江水。江风吹散了她白绒绒的头发。

她在等我。

看到我的车开来了，小姑奶奶站起身，神态喜悦，满眼都是期待。

我跳下车，挽起了她的胳膊。细细看，小姑奶奶已经很老很老了，褐色老年斑布满了全脸，身体没有柔软度了，全身靠几根骨头撑着。唯独双眼还像鹿一样灵活。她过得很寂寞，自从小姑爷爷去世了之后，她与青灯相伴，一个人熬过了漫长的十多年。

我问她身体可好，何苦要白白跑来等我，我直接把豆丝送到她家里便是了。

她精神地笑："我天天在家，骨头都腐朽了，再不多走走，快要散架啦。"

我把她扶上车，指指后备箱，里面有黄陂的鲜豆丝，足足有三十斤。明明什么都知道，可我的嘴巴忍不住，还是要问："这么多您吃得完吗？"

小姑奶奶神态俏皮，说："苕丫头伢，冻在冰箱里，一点一点吃，可以吃好几个月。我年轻时，武汉还没有冰箱，只有冬天才能吃，那时候我老带着你妈妈去吃，她比我还馋。"

现在，又有了一个攒豆丝的人，我有说不出的感觉，总觉得我的家族和豆丝有种种关联。从十堰回到武汉后，我缠着我妈，细细问了个究竟。

原来，好多年以前，小姑奶奶和我妈的回忆都是重叠的。

60 年代的武昌，粮道街算得上兴盛。我们家的大院子是很热闹的。堂屋旁边的那个小厢房里，租住着一家黄陂人。这家人的家风干净利落，活得平平静静。主妇是个六十多岁的太婆，整天闲不住。

天渐渐冷了，到了农历的最后一个月，太婆便开始操持做豆丝，郑重其事的。太婆说，黄陂人过年没有不吃豆丝的，吃着老家的豆丝，年就来了。办年事便要讲究工序，太婆没事就坐在院子中间，边晒太阳边筛豆子，绿豆，少量的黄豆，一颗一颗地择选，非要把最饱满的那些选清楚。接着，和差不多量的大米清洗干净，放进盆子里一齐浸泡。大概浸泡一天的样子。然后，便是用院子里的石磨细细打磨。米浆的水量不好把握，不过太婆胸有成竹，腊月的水做豆丝最地道，谁家豆丝都不如她做得绵软细腻。

有时候浆打好了，天色也从灰白变成漆黑了，闲散的一家人就忙开了。这个时候，听见隔壁在刷锅，刷啦啦，小姑奶奶就拉着我妈从堂屋里跑出来。太婆对她们说："跟你们家里人说，晚上不做饭了，上我家吃豆丝。"说话间，他们便进了厨房，准备摊豆丝。

小姑奶奶和我妈哪顾得上回家说，也跟着太婆跑进厨房。

那时候厨房里都是烧煤，条件好一些的厨房便搭个灶，烧柴火用。粮道街大院的厨房里，柴火呼呼烧着，磨好的米浆倒进大锅里，跟摊煎饼一样。柴火在炉腔里轻微爆炸，大锅上升腾起了水蒸气，咕噜咕噜。火候刚刚好的时候，太婆拿了个蚌壳把锅里的浆摊平了，盖上锅盖，两分钟后再拿起来，啪地翻了个面，已经变成一张豆皮了，完好无损。灰绿色的，还隐约有淡黄的光泽，柔软又有弹性。豆丝揭出锅，候在一旁的家人便忙着切豆丝。

这空档，太婆一刻不闲，又忙着搅拌芝麻酱。芝麻香带着蛊惑，和着越来越浓烈的豆香，吹进每个人的鼻腔里，肚子也跟着软了起来。

初冬寒气很冷了，屋檐上都挂着薄薄的白霜。太婆怕她们冷，赶紧给她们下了一锅豆丝，只用在锅里滤一下就捞了出来。腊月天的，腊肉还没有腌好，于是就着咸菜，一人一碗，两人吃得心满意足，后背都冒起了汗。

吃完，太婆端出一盘叠得整整齐齐的豆丝，让她们带回家。

除去自己家的量，总有多余的。太婆便一张一张地叠成扇形，端到粮道街和胭脂路的交叉口去卖。不到半个时辰，就卖完了。都是老街坊，其实也是半卖半送出去了。

后来，小姑爷爷第一次来家里，正赶上物资贫乏的日子，没什么好招待的。我太奶奶就到市场去买了点豆丝，煮了一锅，撒上一把青菜和肉丝。小姑爷爷是河南人，面食吃习惯了，这一下遇到大豆磨出来的豆丝，看着那清淡的绿色，竟然招架不住。拌了一勺芝麻酱不够，他又添了一大勺辣子，一筷子入嘴，有韧劲，又很细腻柔软。他狼吞虎咽，一口气吃了个精光，边擦汗边问："阿姨，还有没？"豆丝在汤锅里泡不得，只能现做。太奶奶跑进厨房，把家里最后一点腊肉切片，做了一盘腊肉蒜苗炒豆丝，活色生香的，脸色喜滋滋地端了出来。小姑爷爷一边吃，一边说够了够了。可太奶奶觉得还不够，直唠叨，这大小伙子怎么能吃这么少，便又跑进厨房煮了一碗。

吃了好多顿豆丝，也从来不腻，肚子依旧在回想。那时候小姑奶奶在农科所上班，便经常带一些大米和豆子。不好意思总麻烦隔壁太婆，小姑奶奶便尝试自己做豆丝。做了几次都没太成功，笨手笨脚，不是米浆化得太稀，就是搅拌得太浓稠，要么就是摊得太薄，或者又太厚。

1972年，小姑奶奶告别武汉的一切，出征，前往深山去建设老三线。她和小姑爷爷坐上了班车，一路往武汉的西北方向走。西北边是一片茫茫无尽的雄山。60年代末，一座汽车城便建在了鄂陕豫的交接地。

177

那是他们的新家乡。十堰。小城荒芜一片，但是他们还是决定留在那里，建设它。

70年代，陆陆续续的，我们家奔赴十堰的亲人越来越多。有建设老三线的，或者只是为了团圆的。1975年，我妈作为知识青年，也下放去了十堰。武汉越来越空，我妈的心也越来越虚空。那天她从长途班车上下来，11月已经来到了小城。小城像剥落了树皮的枯干，她的骨头感到潮湿。

我妈给我太奶奶写信，诉说无尽的思乡疾苦。太奶奶束手无措，便找隔壁的太婆帮忙，抓紧做了点豆丝。豆丝晒干后，太奶奶又慌忙到邮政局去寄。大批大批来自家乡的豆丝，送到了十堰的大川、老虎沟和郧阳地区，最后融进了亲人们的眼泪中。

时至今年，我过了三十五岁，忽然变得多愁善感，情绪反反复复，被乡愁撕扯着。如同半个世纪前的亲人们那般，我也离开了故乡十堰，来到了新家乡武汉。这些年，我爸我妈尽管也定居在了武汉，头发也早已变成了铁灰色。远在十堰的亲人们越来越少，老者一个一个都在离去，最后掩埋进鄂西北的连天哀草里。想想觉得苍凉无助，他们这些异乡人，花了半个世纪的时间，也没有机会再回到武汉。而寥寥健在的老人，也在慢慢遗忘人间，遗忘故乡，甚至遗忘自己。

一日到黄陂办事，我路过一家小食店，看见门口利利索索挂着一个牌子，手写的，"黄陂豆丝"，便踏了进去，要了一碗热干豆丝。

普普通通的豆丝，好像吃出了什么滋味。

吃到了最后，我泪流满面。

一袋红薯粉丝

涛哥年前扛来了一麻袋红薯粉丝。用"扛"这个字来形容，略显夸张。我主要是想渲染一下这个麻袋体积的庞大。

他来之前，给我爸打了个电话，接着，车开进了小区，滴滴滴响了几声，我爸坐电梯下楼迎接他。我在五楼的窗户外，看着涛哥从汽车后车厢拖出一个麻袋，吭哧吭哧走进了电梯。

从武汉回十堰数十天了，大家都像松鼠一样储备着年货，一小袋一小袋的，不急不缓。也确实没有什么好筹谋的，又不是过去的年代——初一到初七所有的营业点都密封住了，大家只能心无旁骛地过年串门。如今，即使是在大年初一，超市也一样不打烊，更有小门面按捺不住要敞开。

我们自从定居武汉后，除了和老一辈走动走动外，大家都以小家庭为单位，不太游刃在登门拜年之间了。安静点也不是坏事。

只是——

时光带走了无数个寻常的大年，可即使时间再紧促，涛哥也一定会准时登门送年货，年年都如此，自有一番深厚的情谊。

每到过年，我爸就开始热烈盼望这些纯正鲜活的特产。当然，他表面还是一副云淡风轻、顺其自然的神情。

涛哥是我爸的同乡，郧县刘洞镇人（2014年9月9日，国务院批复郧县撤县，整体改设为郧阳区）。这个在郧县东北边缘的小镇，我爸爸竟然从来没有去过。涛哥从来不说普通话，一口土生土长的郧县话，弯是弯，拐是拐，又劲道，又有韵味。他自小仰望着秦巴山脉长大，那里地情有点复杂，接壤河南和陕西，差点就要一脚踏三省了。他倒是不慌不忙，吃着百家饭，一路走得稳稳当当。

一切都要从老家祖坟的一缕青烟说起。涛哥说，他可是看得到我们老家的祖坟的，风水不错，不错啊，出来的都是善人。他自小就在我爸的三爷爷家吃饭，当然，也会蹭二爷爷家的饭。"叔，你长得很像两个爷爷！"他说起这些事，一脸虔诚和感恩。

我爸爸"嗯嗯啊啊"地点着头，实际上他从来都没有见过这二位爷爷。

十八岁时，涛哥读完高中就入伍了，成了一名汽车兵。退役后，又回到了十堰，进入一家国企的管理层。

我爸自小是在郧县城关长大，自是不熟悉农村老家里的人和物。眼下，似乎通过涛哥这个人，把童年少年都疏离的故乡对接上了。

涛哥皮肤白白嫩嫩，眼神清透，头发却秃了一半，加上一口土特产味道的方言，以至于在最初，我看不出他的年纪。闲聊时，他说起家里的大儿子马上要上一年级了。我问："大一是吧？"他顿了顿，说："小学一年级。"气氛一时有些尴尬。

有年过年，涛哥送来了两个大猪胯子，郧县话里的猪胯子，是猪大腿的意思，"扎实！"他说，"是刘洞老乡家里自己养的年猪，杀猪时我及时赶到，买走了一半。那是纯正的土猪肉。"那时没有电梯，当他按响我家门铃时，我们看见大口喘气的他，和一个大麻袋立在一起。

大猪胯子在厨房里放了一晚上，我妈束手无策。

真要把肉细腻地层层切开，并且分类标记，双手剁麻了也未必奏效，可能还没过年全家就要累瘫了。

后来，我妈想到一个两全的办法，找到住在郊区的表姑，请她帮忙处理，并送给了她一节胯子表示感谢。

第二年过年，涛哥又给我们扛来了一只大羊腿，血淋淋的，新鲜，诚意满满。全家又发怵，不知从哪里下刀，于是又喊来了表姑……

2019 年开始，猪肉价格一路看涨，我们吃得苦大仇深。我爸调侃，今年可能涛哥不会再有猪肉了。没有就没有吧。谁知道，没过几天，涛哥还是来了，风尘仆仆地扛来一袋红薯粉丝。

外面天寒地冻，屋内依旧在不急不缓中走向年关，暖气热得慵懒。涛哥坐在沙发一侧，我爸坐在沙发的另一侧，两人相对而坐，日子又恢复了气定神闲。一大壶热茶，讲究不了周全，泡得粗糙又亲切，聊几句，喝几口，淡了再泡一壶。聊生活，聊工作，方言在两人间弹跳着，家乡的味道在茶气升腾间聚集。面庞依旧轮廓分明，谁都不曾老去啊！

涛哥起身要走，又指了指麻袋里的红薯粉丝，说："立冬后农村人自己做的，是我们郧县传统的手工做法，我经常找农家买，又便宜又好吃。我们郧县人都说，郧阳三大宝，苞谷红薯龙须草。"

"叔，这是你二爷爷家的亲戚做的。"涛哥又看着我爸，补充了一句。

不管是老家的二爷爷还是三爷爷，他们脚踩着的郧县土地，大多数是由黄沙和沙土混合在一起的，这片踏实的土地上盛产红薯，产出的红薯个头大，皮又厚实，淀粉含量还高。

想象着，这些看不见摸不着的二爷爷家的亲戚们，把这些优质大红薯磨成粉，做成红薯面，再把面搅成细软的糊糊，掺干红薯粉，一边加入红薯粉面，一边揉搓成团。每一道工序都是要费力的，好在现在都是机器作业，打粉面，揉粉团，漏粉条。

谁都没有想到，这袋粉丝，在 2020 年的春节成了功臣，比猪肉还金贵。主食和配菜皆可。可攻又可守。我妈每天去阳台的麻袋里抓上一把，干棱棱的，琥珀色，像龙须一样。这一年毕竟特殊。

家里蔬菜告急的时候，我妈就把蔬菜少炒一点，加入一筷子粉丝，把一盘青菜围拢得满满当当。

鲜肉告急的时候，我妈依旧可以在肉末里加几筷子粉丝，混沌在一起，肉的浓香和粉丝的醇厚，味觉分层。

郧县粉丝是用来救命的。这一年毕竟特殊。

我们围拢在餐桌前，听着《新闻联播》，吸溜着红薯粉丝，晶莹剔透，柔韧绵长，延绵至温暖的刘洞老家。忽然希望眼下的困境也可以像老郧阳红薯粉一样，韧而不腻，尽快不声不响地溜走。

更是默默祈祷，在往后的每一个想吃红薯粉的日子里，都可以见到涛哥。

四月樱桃

我在武汉认识了一个人，是在培训机构做篮球教练的。那是一个刚满三十岁的年轻人，敦敦壮壮，鼻头圆圆的，笑起来就成了可亲的眯缝眼。他能点兵点将快速记住每一个学员孩子的姓名，做起事来斯斯文文，有章法有节奏。追逐物欲财富的时代，他基本不为自己做营销，比如掏出手机追着添加联系方式，或者塞给对方一张小广告一路说到天黑黑。合则来，不合则礼貌送别。怎么都不像一个风风火火的体育教练，倒是像温文尔雅的语文老师。

我每周末带着孩子去训练场打篮球。有时候，休息间隙我会和他闲聊，听口音他是北方人，字正腔圆的。他纠正说，不对，我是土生土长的汉阳人。我诧异，说他是我见过的普通话说得最有北方腔调的武汉人。他眯眼笑，说："大概是我有说普通话的天赋吧。呵呵，其实我是跟我老婆学的，她家乡那边就是说北方普通话。她是十堰人。"

我一阵小激动，直呼老乡见老乡。他说："我们上大学就在一起了，她很好，天真善良。"

后来我见到了他老婆。她的脸色像野生蔷薇，目光清澈，红嘴唇像被樱桃染过的，晶亮晶亮的。正牵着一辆露营推车，帮忙把里面的篮球拿出来。我问她："你是十堰哪里的？"她说："夏家店的。家在郊区，半是乡村半是城市，出门走几步就是公交站，坐几站就到了市区。有一栋亮敞的自建房，后屋的山坡上，有一片可以种植蔬菜的茂盛田地。"

大地万物陪伴着，无比感恩。

有房有田，实在是神仙眷侣，也难怪她的神态平静祥和。十堰女孩子性格做事都偏向北方人，不拘小节，豪爽大气。他们相恋了十几年，结婚时无房无车，租房诞下了女儿，竟然也就让一切发生了。丈夫对她无比依赖，她也时时刻刻体恤丈夫。哪怕他一无所有。比如他缥缈难辨的职业，汉阳无休无止拆迁不了的老房子，不问艰辛世事的本地婆家。

一天，她抱来了三岁的女儿，带着她隔着围栏陪丈夫工作。小女孩也抱着一个彩色的小篮球，训练场里面在拍球，小女孩在外面也跟着站在原地拍球。反手反脚的，偶尔还会被篮球砸到脚。篮球教练不时回头看她们母女一眼，看得出，他非常爱女儿。

大学毕业之后，篮球教练做过房产销售、汽车销售，后来还是做回了体育专业的老本行。拿不出首付款，他自觉活在尘埃里，他们在三环租了一间一室一厅的房子，一家三口，加上孩子的外婆。小小窄窄的屋子，他的内心在荒野之中煎熬。作为男人，他对减速和停滞很是敏感，而她却天真而有钝感力。她爱他，也无比心疼他。她在家带孩子，孩子的外婆出门打一份零工补贴家用。蔬菜粮食柴米油盐酱油醋养家育儿，每一样都焦虑和苍茫。无力承担的东西太多了，他也不知道咬牙承受是否可以成功。

他们商量过到底在哪里生活。

他想试一试往后走。回溯到大山的沃土里，用最古老的东西维系生存。事实上，当他第一次去往十堰，便被一根激情锋芒的箭刺穿了身体，从此笃定这里是他前世的挚爱。生命自由向上开始怒放，没有了物质的欲望，身体不再被桎梏，拥有了强大的狂野自由。前世和现世重叠在一起，他看到了人间另一种烟火的热烈，他去爬山，看村野田垄，看郧阳人的痕迹，看酿黄酒，看半山坡的古树，看天幕和碧云，看夜晚的繁星，看绚丽的野花，看白狗和黑猫打架……她问篮球教练，吃过樱桃吗？只有大山里才有樱桃，樱桃树只有在樱桃的故乡才能开花结果。他摇头。一世只开几天的玲珑果实，北纬30度的神秘纬度线，人间的四月天，一切都让他稀罕不已。

他的确没吃过樱桃，第一次竟然一口气吃掉了一个脸盆，酸酸甜甜，后来他们用塑料方筐子装满樱桃带回了武汉。绿皮火车。跟着他们摇摇晃晃了一夜。他们舍不得买动车票。一路端着上车，又抱着下车，扒开塑料筐子一看，樱桃全都黑掉了。那一年，樱桃竟然成了他的乡愁，他的前世难道是一棵樱桃树？

她大笑。你是大城市长大的人，是省会的户口，我们的孩子怎么能又回到大山里？

他没有作声。她不知道的是，她是这一世送给他的礼物。就像樱桃是大山的礼物。娇贵如红宝石，绚烂到极致。他羞于说出口，所以她永远不可能知道。

再去时，几回都没有见到母女俩。我问篮球教练，她们去哪里了，篮球教练说："回十堰了，待一阵子再说。我岳父一个人在家没饭吃，到处诉苦。"他吃吃笑着，又说："一院子的鸡鸭猫狗，个个离不开他。上回岳父在武汉待了几天，托邻居照看几天，几条狗儿竟然矫情到闹绝食。"

过了一阵子，培训机构不再营业了，大招牌蒙上了灰色的塑料布，一辆大货车停在门口，拉走了里面的桌椅板凳，篮球教练也顺势离开了。他抱着一个牛皮纸箱子，眯眼笑着和我摆摆手，道别。如释重负，出奇的坦然，好似这一世最珍贵的礼物都留在了他身边。直到他在城池的边缘消失了，我才记起我们没有留下联系方式。

没有人能够知道未来会演变成什么样，人生纠缠变换。

只是又到了人间四月天。

鱼庄主人

2007 年，叔叔在鹰卧沟村租了一座农家小院，他给小院取了一个名字，叫鱼庄。

从去往郧县（2014 年 9 月，郧县撤县，整体改设为郧阳区）茶店镇鹰卧沟村的主路分出岔，青灰石头围出来一个院落，便是叔叔的新家。鱼庄。

叔叔是父亲的亲弟弟。

70 年代末，改革开放的光芒闪烁了无数年轻人的眼眸，他们又攀爬上高考那座独木桥，千军万马的气势，向前走，不回头。论学习，叔叔并不在行，他没有爬上那座桥。这是汽车制造的城，十堰人自有更多来处和去处。在赤橙青蓝之间，前途全是霞光。于是，他作出决定，走进十堰市工业技术学校的大门，再走进汽车城的任意一座工厂。

毕竟是一座制造汽车的城。

夏家店中段的自动蹄厂，道路平整，没有一处是荒凉。叔叔踏踏实实待在了机械加工车间。他套上工作服，戴上大手套，摸索在零件和零件之间。

2007 年的春天，叔叔站在了分叉路口，往前追溯的二十多年。他在汽配制造的岗位上做着不同的角色，从车间工人到销售员，再到销售管理人员。继续往上爬，山越来越陡峭，视线却越来越清晰。从国有工厂到了私人企业，叔叔变成了一条鱼，拥有了一片清水。他回头看看自己的尾巴，正灵活肆意地拨动着水纹。他的身上遍布着汽配工厂的痕迹，一道一道的，从1980年的一天开始。过去的，现在的，一个时代的。只有汽车城的记忆。

叔叔那时候手里多了闲钱，便和朋友一起养了几只藏獒。为了给藏獒安置一个家，他们在郧县一路寻找世外桃源。他大幅度甩了一甩胳膊，像猎手挥动着手中的马鞭。战马嘶嘶咴咴，前蹄就要踏出一片前程来。

他们一路行进，直到走进一处村落，阳光从围墙边缓缓移过，静得让人想合眼。小路上青草的气味，泥巴的气味，很远很近的村落飘来的饭香，叔叔在这些混杂的气味中，看见分岔路口立着两棵樱桃树。朴实无华，不高不矮。他断定，再过不久，它们俩会张灯结彩，大放异彩。

村落的附近正在修路，烟尘滚滚。十几个村民小组，两千多村民忙乱成一锅粥。叔叔开始装修小院，肆意慵懒的小院，是理想主义的模样，就差提炼出生活内核了。

叔叔说："这里不错吧？"

婶婶笑，"好地方，以后就常住在这里。"

叔叔说："那些藏獒肯定喜欢。"

叔叔听村民说，这里的田间地头长满大大小小的樱桃树，马上就要改名叫樱桃村了。村子改成了现在也正是从那时开始，政府正准备走乡村振兴的路，大力发展樱桃产业。

樱桃村，后来成了十堰人家喻户晓的名字。"花海深处是家乡"。叔叔只是一不小心踏进了历史中。

鱼庄。其实只有几条鱼在游，又颓又闲的样子。虽然鱼不多，不用追究到底为什么叫鱼庄，雅致就好了，总也不能应景地叫狗庄罢。

小院落很隆重，烟灰色的砖搭建，似乎要载入村史的样子。门口飘着几张布幌子，被洗得干干净净，写着"安居乐业""修身养性""笑口常开""四海为家"。布幌子的字好像是毛笔写的，没规没矩的一些字，凭着心情写得缥缈。搬进来用不着有什么吆喝。也不用四处讨喜结交什么邻居。动静其实也不小，惹得家狗野狗满山汪汪宣誓领地。村民们莫名其妙了好一阵子，后来也就只敢远远地看着。就差立个牌子互相奔走告诫，"此处藏獒出没。"其实藏獒根本不屑出门，藏獒好好地待在里面休生养息，不轻易喊叫，可一旦漫不经心地清清嗓子，嗷呜嗷呜，浑厚压迫，足以把方圆百里的家狗野狗吓得腿软。

大公鸡时不时就跑到"笑口常开"的门口探头探脑，看到灶台没有什么火苗子，就昂首挺胸走了进去，俨然一家之主。想必常年和藏獒共处一院，无论如何都有壮胆的朋友，所以放心地在这里养家糊口。公鸡、母鸡、小鸡在鸡圈不怎么安分，星散开去，满院子晒太阳，目不斜视地踱来踱去，没数清到底有多少只，总觉得它们都是妻妾成群的样子。

山羊最温和，有人吹着口哨逗逗那几只山羊。山羊被迫抬起眼皮，嘴里还在认真嚼着草。

还有几只混种的大狼狗，凶猛模样，三角眼，瘦高个，满身短毛。趴在院壁里叫得最凌厉的也是它们。一有人走近，它们就开始连声不停歇地大呼小叫。它们一边喊，眼睛溜溜地转，一边回头看看藏獒的眼色。藏獒是他们的王。王一般不作声，王不轻易耍威严。

王的院子在 U 的凹槽位置，规格修得挺高，半个篮球场那么大，狮子山似的气派。也是应该的，这是世界上最凶猛的犬种了。四周铁栏杆环抱着，结结实实。

鱼庄里经常漫天遍地都是狗一样，雄厚的嗷呜嗷呜。刚刚又添了四只藏獒宝宝。那就是十二只藏獒了。

一碗酸菜面条，一条红烧鱼。叔叔把山里的初夏带到了鱼庄的角落。鱼是从鱼庄的水塘里钓起来的。好像童年没有过完一样，他从菜市场买十几条鳊鱼，兴趣盎然地放进池塘，再花时间钓起来。天色在变得深沉，面条和鱼都吃得差不多了，他坐在小板凳上，闻着院子里野菜的鲜香，撬开了一瓶冰冻啤酒。

婶婶端着盘子从厨房出来，搅拌着一盘毛豆，几根白发在灯光里闪耀。两个人一起动手，把小木桌简单收拾了下。婶婶燃起一支蚊香。抓一把山茶泡进壶里，这是从附近村民家买来的。叔叔眯着眼睛，点亮一根烟。从市区搬到了这个农村的院落的时间，刚刚好半年。

立夏已经有一段时间了，空气清清爽爽的。树叶和细沙叠在一起，踩着走时，会发出嘎吱嘎吱的声响。无心留意脚下的一切，每一道响声都像火车驶进大山的轰隆轰隆声。

山里的夜来得更早些，满月之夜，青蛙的叫声从池塘那边热闹过来。空气清爽得不干不燥，吃完了 5 月份的樱桃，夏天要来了。和蛙鸣融为一体的，整片樱桃沟都在等待夏天。樱桃一颗颗从枝芽里探出来，亮橘色的。这是只有大山才有的果实，短短地绽放十几天，等着一片一片把大山染上了浓郁的橘红色。像十堰人喜爱红樱桃，他喜欢喜庆的这里。

　　我堂弟偶尔也会来鱼庄。周末放假来的时候，三个人就坐在院子面对面吃晚饭。话不投机，他们激烈讨论高二到底该读文科还是理科，吵到面红耳赤，反目成仇。婶婶起身洗碗，叔叔和堂弟坐在板凳上眯着眼看晚霞，两人谁都不搭理谁。一时无语。叔叔便呵斥跑来啄米的鸡子，"不听话的东西！回去！"

　　偶尔我们也会去鱼庄玩。院子里的晚霞不像外面那么素。油亮的鸭蛋黄，色彩和光融合，把整座院子都氤得金蒙蒙的。莫奈笔下的印象派画作似的。细腻的灰尘在金光里悬浮。黄绿色的湖水盈盈闪着。树叶油绿，在光线里分出微妙的色彩层次。房屋暗淡，沉着。大家的面孔泛着丝绸的光泽。

　　我们大家族的人围坐在院子里吃饭。晚餐全是农家饭菜，青菜都是菜地里随便摘的，洗两下就可以炒着吃。刁子鱼是从附近村民家买的，在水桶里活蹦添跳的，炸成芝麻刁子鱼，入口松酥，满口都是鱼香。大排骨炖得烂烂的，做成排骨藕汤、糖醋排骨、粉蒸排骨。鸡蛋羹蒸得黄黄嫩嫩的，撒上一把青色小葱。水晶萝卜条腌制了好几天了，米椒和泡椒辣得顺心如意。从郧县扛回来的大米，焖了一大锅，大家嫌白得太寡淡了，干脆又加了一大把酸菜炒出了金黄色的锅巴。

　　我们忙着吃，叔叔忙着盯着我们嘴里的骨头。总之我们嘴巴里啃下的东西，都变成了藏獒的零食。没事磨牙齿消遣用的。没吃完的残羹也不心疼，端进厨房到另一个大锅里加工下，就成了动物们的晚餐。

　　吃完饭，叔叔穿好黑胶鞋，拎着橘色大桶就往狗院子走，沿路唱歌一样喊起来："赛虎——丘吉——"狗院子里一阵兴奋的喘息，大家都奔到门口等主人。大狼狗像马前卒一样，护卫着王者，殷勤地回头盯着他们看，始终不敢动嘴。赛虎、丘吉、独班、大帅等藏獒们，昂首阔步从寝宫走出来。

夜深了，大青蛙就开始叫。有雨没雨的夜，它们都爱合唱，没完没了的。在小池塘边上叫，在假山脚下叫，在羊圈边上叫。狗跟着呜呜几下就没了声响。再过几个小时，公鸡又高昂打鸣了。天微微亮，山间的小鸟也醒了。夏天远了，秋天也过去了。

给动物们加牢加厚房屋，把厚厚的棉被铺满大床，冬天也就到了。1月中旬开始，天开始冷得异常，雪粒子降下来，一团一团多得让人生疑。南方人刚刚兴奋得奔走相告没多久，忽然就变成了暴雪。大雪抖着威风，飞沙走石。那年冬天赶上大雪灾，几十年才有的一次。2008年。报纸和网站的头条都是雪灾。从西到东，连续大范围雨雪天气，中部省份无一幸免。

暴雪也覆盖进了樱桃沟，冻裂了鱼庄里的小路，差点把路都封满了。除了狗儿们还在中气十足地喊叫，别的动物都羸羸弱弱地蜷缩在屋里，出不了门。

这年的冬天太难挨了。省内省外的路都被大雪吞没了，湖北和安徽有近万间房屋倒塌，几百万人在雪地里失去了生活依靠。太平年代的我们，哪里遇到过这种极端天气。道路结冰了，通信中断了，火车停发，着急回家过年的人买不到一张车票。那是我本科毕业的第一年，我把生活临时安置在了家乡。我安好，四方八稳地站在十堰城内。

这么大的雪，像要把天空掏空了。叔叔放心不下鱼庄的动物们，这是他们共同的家啊。他和婶婶又勇敢地从暖气房里钻出来，扛着油汀和厚棉被，把冬天剩余的日子搁在了鱼庄。——谁也没料到雪灾这么严重。湖北的降雪创下了 16 年之最，十堰的气温降至零下 3℃，创下 53 年以来的纪录。白天，夜一般阴沉。

叔叔划着雪解锁进了狗场，一群大家伙摇着尾巴啊呜啊呜围上来，扒在他膝盖上，没完没了撒娇。叔叔放下一大桶食物，肥肥的鲜猪腿剁成一块一块的，也有从外面收来的剩肉，洗干净了堆在一起。狗儿们大口大口嚼起来，他拍拍这个的脑袋，摸摸那个的鼻子。

鱼庄的大门被大雪埋了一半。叔叔扛着铁锹，一个人在门口七七八八剁出了一条路。雪变得紧凑结实，得一点点敲开。他的手和耳朵冻得又疼又痒。

蓬松干燥的老树叶落在雪上，婶婶在院子里拿着大扫把哗啦啦大扫除。她扫得飞快。接下来的生活还得在心里打腹稿做规划。鸡圈不脏，但上面得再盖一层塑料布才放心。羊还挨挨挤挤卧在里面，一见到她就咩咩哭诉起来。羊圈已经掉了一半硬硬的积雪了，不及时清理掉，羊很容易就受寒肠胃不舒服。起居室很省心，大不了不用，锁住门就好。厨房大，明明封闭着，却感觉到处都在森森地钻雪。锅灶俱全，又到处刺凉凉的。两个人把油汀推进厨房，烘啊烤啊，半天空气也热不起来。只是急飕飕地做好饭，不管熟也没熟，端着碗就往卧室里跑。

叔叔出门，踩在剁开的雪道上，沿途找村民买木炭和火盆。炭和火煤炭又烤了起来。屋里一点点温了起来，火越烧越旺，噼里啪啦地在平静的日子里。热茶泡好了，小田园生活理顺了。炭火和田园才是绝配。

小院是纯净的，不断在孕育新的果实。藏獒要出差配种了，有客人来打麻将了，全家福来团圆了，"樱花大道"修好了，樱桃沟果香浓郁溢进来了。这一年，樱桃沟开始慢慢绽放，乡村旅游的概念潜入了当地村民的生活里。远处的青山沉睡在淡绿色中，樱桃树要变成风光带了，像美丽的女主角穿着七彩的衣裳，在霞光和云雾中起舞。

2010 年，藏獒们陆陆续续全部被卖掉了。又过了没多久，因为资金周转困难，鱼庄被迫关闭了。叔叔无比难过，郁郁了很久。

没有鱼庄的日子，我们其实都散场了。堂弟去了广州，我和父母都定居在了武汉。很无奈，人生无数的相聚离散，我们都在经历。后来，叔叔迷上了骑行。痴迷的迷。那些年，他每年花几个月的工夫在全中国四处云游，逍遥如庄子。青海湖环游，丙察察进藏，海南环岛，京晋骑行……他越来越精健，也越来越豁达。

2022 年 3 月，叔叔在广州的堂弟家过完 60 岁生日，第二天便从广州出发回家。他骑着自行车穿越了广东，广西，湖南，湖北四省，途经北海，桂林，常德等 42 个县市，行程近 3000 公里后，4 月的最后几天，他终于到达了武汉，和我父亲见了面。

他们约好要去汉南区参加一场盛宴。武汉郧阳村樱桃园正式开园，一条生态采摘产业链形成了。

2010 年，也就是鱼庄关闭的那一年，为了支持国家南水北调中线工程的建设，柳陂镇易家垭子村 276 户村民整体搬迁到了武汉汉南区，建立了"郧阳村"。那年，朴实的村民提出的唯一要求，便是带一株樱桃树来武汉。十几年来，那株樱桃树活了下来，生得枝繁叶茂，无心催生了一大片樱桃林，最后成了合作社规模种植。

　　柳陂镇，其实正是我爷爷的家乡。他们并肩穿梭在熟悉的乡音里，差一点忘记自己正在异域他乡。

　　好多年都消失了。可是那些年渗透在日子的肌理里，每年都会结出果实，情深而珍贵。那一天，鱼庄主人又回来了。

太阳刚刚升起

总有些奇幻神秘的事情解释不清。

比如，就来说说北纬30度吧。——拥有奇妙自然现象的北纬30度，储存着丰盛地球文明信息的北纬30度。当这条地球脐带路过古老的华夏民族，穿过"鸡心"的位置时，留下了"郧县人"头盖骨化石，最终轰动世界。

有一天，沿着秦巴山脉深处鄂西北的汉江江畔走啊走，如果看到江边灯牌上频频出现的宣传语时，可别暗笑它的诙谐幽默，这不是噱头。

"中国郧阳，人类老家。"

郧阳是哪里？2014年9月9日，国务院批复郧县撤县，整体改设为湖北省十堰市郧阳区。

问道武当，拜水郧阳。郧阳是丹江口水库坝上第一区，而丹江口水库正是南水北调中线工程水源地。站在这样一个大环境下，我忽然觉得"人类老家"这个称呼名副其实。所以，便在这样康健的子宫里孕育出生态宝地香菇小镇吗？

又问，香菇小镇是在汉江边的半山腰吗？村干部纠正，应该是郧府大道的汉江河畔边。今年开通了公交车，村民在村口花1.5元坐7路公交车到郧阳区客运站，再花3元票价坐100路公交车到十堰市区。

6月的初夏，或者更早的时间，一批批人走进了小镇，没有看见

195

寻常乡村青葱壮实的庄稼,没有古老乏味的房屋,没有闲散游荡的村民。右边一整面的山坡,青郁,坚硬,静谧地隐藏着当地人祖辈存留的宝藏,左一处,右一处,高一处,矮一处,松弛着,零散着。山风和阳光不变,乡愁的气息不变。似衣胞坠入地,他们像守护者一样,注视着故地的改造,一点点,一天天。

而在中间最显眼的洼地里,是2017年年底竣工的一期工程,一片气势恢宏的香菇产业基地就那样绽放开来,坦坦率率。我似乎挖掘不出什么词来形容这个景象,汹涌而至的,是突如其来的感动和感慨。在郧阳区,有部分乡镇发展容量不足,产业无法配套,自然条件恶劣,一部分老百姓的身份便成了易地扶贫帮扶对象。我们这些外来者,有意无意间闯进了他们的新家园,带着好奇和敬畏。新家园的建设者们一心一意地建设新家园,他们友好地抬起头,点头,再埋头工作。他们并没有时间去端详和揣摩外来者们。

古老江水与现代农业碰巧为邻,彼此无法端详,却温厚地互相欣赏。

园区的宣传牌里,有一组详细的数据,"郧阳香菇小镇·产业扶贫示范园位于郧阳区杨溪铺镇刘湾村,北依209国道、南临郧阳湖,是郧阳区精准扶贫单体最大投资项目。项目总投资近10亿元,主要由香菇产业基地、扶贫安置区和生态公园三部分组成,占地面积1600余亩,其中香菇产业基地约300亩、生态公园约300亩、扶贫安置区1035亩,项目总建筑面积41.8万平方米。其中,易地扶贫搬迁安置区住宅建筑面积33万平方米,计划安置4274户15096人。十堰市郧阳区已将规模化种植香菇作为扶贫攻坚的"兜底"产业,采用"公司+基地+贫困户"的模式,结合香菇喜阴的生产特点,采用缓坡地与解题农田香菇搭配的方式，打造香菇产业园。6.4万易地扶贫搬迁对象被统一安置在这里，香菇小镇配套兴建香菇和袜业扶贫车间，按照户均2000袋香菇，发展香菇1000万棒。目前，郧阳区全区19个乡镇，建设香菇制棒车间28个，点菌车间850个，带动1.2万户，户均增收1万元。"

正在萌芽着的乡村面向清澈的汉江，与新兴汽车城十堰遥相呼应，它们惊喜地看着一批又一批新的主人入住，逐渐沉淀出活泼开放的性情。

正是六月天，眼前的300多亩土地，只是产业园区的一期，700多亩的二期还在有秩建设之中。新主人的临时住址位于产业园区正中央，一排由两户家庭组合而成。一户分配一间烘干房、一间日常起居室。左两间，右两间。每间房大概有十几平方米。园区共有公共厕所16间，

是一个平常无奇的日子，如同每一天一样，小镇的模范曾荣社把自己沉浸在艳阳的光晕中，他一边弯腰收拾脚下的散落香菇，一边向我们微笑致意。

"坐啊，坐啊。"他热情又有礼貌地招呼着。几人进到起居室，围拢坐成一个圆圈。起先是聊了会儿家常。老曾五十开外，2017年底前，他还住在叶大乡门楼村。一期工程建成后，老曾立刻报名，搬进了这个全省最大的易地搬迁安置点——香菇小镇产业示范园。老曾又起身，边张罗着茶水，边感慨着："政府免费提供菌种，还全程技术指导，又给了大棚、菌棒和电烘箱给我们用。"有干部在旁边插话说："老曾非常勤奋，所以他的香菇种得数一数二。"我是十足的外行，一时无厘头地问："原本什么都不懂，只要勤奋就可以吗？"众人轻笑。

干部愣了下，说，"那当然……在这里，那当然！我们会派专人指导的。"

又闲闲散散地聊。

又问："如果农村老人没法从老家搬迁过来怎么办，子女会不会不管了？"老曾吃惊地笑起来，无法苟同的模样，继而说："还有不赡养自己父母的人？"几个村干部也笑了，说："种香菇劳动强度不大，我们这里有八十多岁的老人还在种呢，这可比种地轻松多了。"老曾见我不信，又补充说，政府照顾的主要是我们五十多岁以上的人，我们这个年纪啊，又没能力出去打工，在家里种地也养活不了一家人。

说到眼下正在进行的工作时，老曾这才一改之前淡然的神情，调整了坐姿，把裤腿向上挽了挽，挺直了腰板，气血凝聚了一般，意气风发。想来老曾是数次被采访的模范人物，却不见其夸夸其谈眉飞色舞。他是个真性情人，有问有答，一击即中。言语里，并不是枯燥燥的罗列数字，苦大仇深的旧事。他的记忆力很好，说话分寸得当，又逻辑连贯。和我们闲聊间，一组组数据在他唇齿间飞扬，对新学农事熟稔得像多年的老搭档。激动之处，只是身子晃动，脚依然稳稳地扎在地上。脚下的土地让他心安，言谈间更多的是知足感恩的姿态。

离开老曾住处时，无意间回头，看见了老曾家侧面的墙壁上贴着一句话，"勤劳致富光荣，好吃懒做可耻。"回味着刚刚收获的信息，竟颇有况味。

有一种榜样力量，名正言顺，不动声色。

——在黄泥巴路上踩着深深浅浅的脚印。

陈琴没料到会有人拜访她，彼时，她正在香菇棚子间来来回回，走得欢快自如。问了才知，陈琴凌晨就起床了，一直忙碌到现在。好在她是圆鼓鼓的胖脸，胶原蛋白丰盛，看不出憔悴。她的圆鼻头点缀在娃娃脸上，翘得很乖巧，咧嘴笑时看不到忧伤愁苦。

44 岁的陈琴是胡家营镇土地沟村村民，自小头脑灵活，她是第一个报名住过来的村民。早前，丈夫在外打工，仅靠她一人在家照顾两个孩子，日子维持得稀稀拉拉，单调又丧失生机。住进园区后，丈夫也关闭漂泊的大门，和她一起过上心平气和的家庭生活，不再拘禁在孩子的学费和家庭开支之中。不忙时，丈夫到不远处的制袜厂上班，大孩子高中毕业后便外出打工见世面了，小孩子和祖父尚在老家，13岁，正等待着园区的学校建好，和父母团圆。

生活的细节在政府的计划中一点点拼凑整齐，日子终于丰满光亮起来。

屋外的水泥地上，四处可见都是香菇，散落着，堆挤着，萌芽着，成长着，像空气一样寻常，又像空气一样珍贵。

陈琴拉我们进屋前，蹲下来，恭恭敬敬地用手扒拉开门前散落一地的香菇蒂。一问才知，原来一家公司还会上门回收这些香菇蒂，制作成香菇酱等调料品用。关于香菇怎么销售出去，我们得到了一个严谨的答复，园区管委会采用的是"公司＋基地＋贫困户"的经营模式，不仅手把手为菇农传授香菇培育技术，还免费提供加工设备保障产品销路。品相好的香菇高达 50 元一斤，在市场上供不应求。

任何小事与时间相乘，也许都会有质的飞跃。她是个聪明人，一点点学习、斟酌、打磨。凭借着又勤劳又懂技术，陈琴如今已是半个香菇种植行家，专家们对她孕育出的香菇赞不绝口。她利索地说，香菇一年出产四茬，熟练后，培育过程省时省力。

　　说话的工夫并不耽误陈琴手里的活。巧手在翻飞,她把喷香的菇码了满满四篮,准备拿到市场上去卖。她又用憨实的笑容替代所有表情,说,这是多产出来的香菇,可以拿出去卖,卖得了三百块钱呢。几个村干部围拢上来,拿了几颗香菇,用指甲掐了几下,干燥燥的,又交头接耳议论了下别的渠道的香菇,一脸神气自在。

　　我们起身告辞,走出几十米开外了,听到陈琴在后面呼喊我们,她小跑着追上来,非要把两塑料袋香菇往我们手里塞,还是那一脸圆圆糯糯的笑。

　　故乡,那是曾经流连徘徊的地方,那里还有她尚在读初中的小儿子。总幻想什么时候才可以一家人整整齐齐,快了,快了,大住宅楼房一天天往上拔高,已经嗅到了家乡的稻香,还有孩子身上的乳香。那种朝朝暮暮分离的日子,好像真的快走到尾声了。

　　这种分离,愈来愈珍贵了,这是故乡的主动分离,落寞又兴奋。

　　钻进凉飕飕的香菇大棚,又穿出。一个身着抹茶绿 T 恤的年轻人在前方候着。工作人员模样,他利利索索地和大家打了个招呼。我坐在了塑料板凳上,四处探寻模范菇农。他腼腆一笑,"我就是啊。"

　　杨阳是这里最年轻的菇农,21 岁。他很谦逊,始终站着和我们聊天,年轻人的清朗率性在他身上肆意,却又透出了同龄人少有的厚重老成。

　　酷夏的喧嚣气势还未到来,空气清凉而又闲淡。大柳乡左溪寺村的少年杨阳,气定神闲,皮肤黑红,裤子浮着尘灰色,这让他的少年感略有褪色。他舒展地站在我们面前,自豪地说:"没错,我就在这里打工。"

　　高中毕业后,杨阳外出打工,在北京倒腾了三年香菇。2016 年 11

月，政府发展产业，扶持技术，他带着家人，毫不犹豫地回来了。他不慌，在这里的第一年，主要学习技术。他也不急，种香菇的经济收入远高于种庄稼，这是他沉浮三年的人生经验。他更不忙，没有女朋友，只要把琐碎事打理清楚了，香菇也能长得好。若想事业锦上添花，就多忙那么一下下，而已。从北京回乡村，"困"在大棚间安静地生活，是享受还是拘禁？他想得朴素又实在："我可不是北京人啊，我是村里出去的，在外面待久了，真的很想回家啊！"

说起种植技术，说起大棚和小棚的区别，说起农村电商，他的语言变得有深度了，一句一句，有了教科书般的严谨。

这时候，远处隐隐约约传来一阵乱糟糟的叫卖声，隔得有点远，只能听得到喇叭里传来的呜里哇啦，像唱山歌的曲调一样弯弯拐拐，内容让人费解。周边围拢的几个村民却起身，循声张望。是卖菜的来了。我问："是哪里卖菜的人？"杨阳说，就是住在这里的村民，他们自己种的菜，新鲜着呢。

老菜贩是个六十开外的老人，歪戴着草帽，骑着一辆酒红三轮摩托车，一点点开近了。这才听清楚了内容，酸菜豆干，土豆莲藕，白菜包菜，蒜薹西红柿，跟歌调一样押韵。老菜贩轻车熟路地推着车挨家挨户叫卖，时而惬意地停在泥巴路上四处看看，时而热闹地忙着手头的琐碎买卖。有人在边上说，哎哟，小集市一样。据说，老菜贩的生意大多数时间是不错的，有时转过一圈后，三轮车里的食料便售罄了。

白天都是如此，阳光融融的，懒洋洋的午睡气氛有些弥漫开来，我们遂起身和杨阳告辞。

我们路过笑呵呵的老菜贩，和他如熟人般打了招呼，善意地笑着他喇叭里圆润婉转的方言。他继续慢悠悠地骑着电动车，在曲调中往前开去。

十二点钟多了，正午阳光正酣畅着，远处几个村民舒展了下四肢，进厨房点电磁炉炒菜，白米饭的浓香已经从电饭煲里冒了出来，简陋的桌子假装是灶台，摆满午饭的食材，香菇褐奶白色，大白菜青青葱葱，土豆金黄，土鸡蛋壳清脆地敲开，圆鼓鼓的蛋黄滑入碗中。一家人拿着凳子围拢来，在茶几边上边闲聊边等饭。

阳光种进单薄又充实的空间，每一个人都专注地对待自己的人生，成为乐观的生活者。

站在高处的大棚前放眼望去，对面二期建设工地正如火如荼地施工着，那是 600 亩的新家园。2018 年 9 月，全部的搬迁便完成，郧阳区 12 个镇的 4275 户贫困户搬迁到这里。小镇配套建设香菇交易市场、香菇贸易街、香菇主题文化公园，形成以香菇产业为载体的荆楚特色小镇。

养老自有去处。村里的干部伸手指向前方。那里会建全镇最大的养老院，叫幸福院，喏，就在那里。在我视野可以看到的远方，有一座山头正在鲜丽地换装，初夏的斜阳柔和地照射着。

紧接着，生态香菇主题休闲公园，东骏袜业，休闲山体公园，青少年活动中心，老年活动中心，社区综合服务中心，幼儿园，小学，香菇产业基地（一期），婚庆广场，刘湾拆迁安置区，会一个一个孵化出来。不知道晃晃悠悠的夏天过去时，这片新开辟的天地可以承载多少人的团聚与离别。

曾经因闭塞困扰大家的故乡，渐渐远去，而故乡的人们，不停地离开，是为了更好的生活。

我自小在十堰长大，大学毕业后便定居在了武汉。暌违故乡已久。早几年时，在回家的火车上听见乡音，兴奋得鸡皮疙瘩都会起来。常梦见自己背着书包低头行走，数着一块一块踩过的方砖，一颗一颗的眼泪真实地掉在地上，抬头看，是通向高中学校的那条繁华商业街。十多年前，我每天在那条商业街一来一回走上四遍，数算着沉重的日子何时走尽，走啊走，直到走出了故乡。这些年生活渐渐安稳了，父母也来到武汉含饴弄孙，那个梦才慢慢化开。

我在喟叹中喝上了一口村民泡好的茶水，茶气混着菇香，告诉自己，收藏起来吧，成为记忆中乡愁的一部分……

（后记：9月，正是香菇秋栽的黄金季。身着无尘服的技术员与菇农们每天都在香菇基地忙碌着。在特制的菌棒当中，每一个小孔里都种上了菌种，经过发酵，三个月后香菇便可以长成并且采摘了。香菇点菌对环境的要求非常高，在各方努力下，9月的点菌棚变成了25度的恒温空调房，3500万菌棒顺利点菌。香菇成为名副其实的"扶贫菇"。预计今年的产值有望达到60个亿，能帮助全区341个村6万贫困人口脱贫。）

让风继续吹

至少一踏进鄂西北，山就密集了起来。

从农耕时代到工业文明，千年甚至万年的岁月里，气势磅礴的秦巴山脉一路蔓延下来，所到之处触目皆是山的痕迹。

从这座山到那座山，鄂西北人民把生存放进了山风的流动里，他们翻山越岭，探索着如何完好无损地生存下去。

山地到山地。

从丹江口市六里坪镇，沿着蜿蜒的关山河朝南走，或者从丹江口的官山镇往北走，就会看到分道观村，一座仅有160余户人家的小村。小村庄蹲进山的轮廓里，被一条铁索桥劈开了天地，一切开始了。

从前的每一天，分道观人心惊胆战地走过铁索桥的时候，一定在想，往后的日子，不得不继续依附这座摇摇欲坠的旧桥，从山里往外走。

他们也清楚，再坚硬的铁桥石皮，也终会有磨穿的一天。只是在泥巴土路里，从桥头到村头，从年头到年尾，分道观人认真老实地活着，似乎也无法熬过艰辛的岁月。

仅靠乡愁的情怀支撑是不够的，凡是从传统农业时代走来的大山村民都知道，不走出大山，就无法支撑住整个家族。

一跺脚！李学画就那样走出去了。

他离乡的那天，千禧年刚刚过，雪花碎碎地落着，像旧雪，狗粪到处涂抹在路上，几百米的土路走得磕磕绊绊。奇怪的是，一代又一代村人双脚全是泥巴，从来没有把这条路踏平整过。

李学画回头，看见祖父、祖母、父亲、母亲，还有妻子依旧愣愣站在坳口，雪花爬满了他们的头发。泥泞里塞满了旧碎的脏雪，一脚踩上去，就无声无息化成了一摊水，像极了破碎的生活。

冬天的山风陡峭，从古老的武当山吹来，吹在瘦削的脸上，双颊在发烫，脚跟的裂口让脚底也传染上剧痛。

他这时才意识到，是这几天上山捡柴火太拼命了。

决定要离开的那一个月，李学画一遍遍提醒自己，出门就是为了赚钱的，赚了钱，寄回来填饱全家人的肚子。然而日子是会好起来，还是会更坏，他只能靠想象了。

因此，他刚毅地活着，一遍遍走进山里，一根一根地拢起柴火，几乎打扰了整座山。后来柴火捡光了，他又用镰刀砍下老树枝上的树杈，扎成一捆又一捆背回家。

那几天的隆冬，他站在半山坡，高高地伫望着幽闭的村落，山林尚未清醒，他忍不住号啕大哭起来。比贫穷更困扰他的，是枯枝越来越少，山林越来越荒芜，每一个人都低下了头麻木不已。寒冷，是没有尽头的。他做不了太多事，只有冬天温暖起来，那间土屋里的日子才会真实起来。

他向村外走去，攀爬上铁索桥，这是村里通往外界的唯一交通工具。桥身纤薄地晃荡着，他扛着一个大蛇皮袋，感觉快要被铁索桥绊倒了。——差一点，几十年的东西全都倒在了地上，那是啮噬上一代人的心病。

1975 年，修建官山水库时，曾经淹没了上下两个村。水库之上的那个村，就是分道观村。分道观人眼见着，水一点一点地涨上来，耕地一点一点地消失了。

随后，老官山政府也淹在了这场大水里，不久搬到了官山镇上。分道观村人流泪呼喊着，亦陷入更深的绝望，算盘拨拉得啪啪响，全村人均连一亩地都占不到。

黯然失色的分道观人没有想到，很多年后，官山水库里的水也汇入到了丹江口水库，这座举世瞩目的大坝，他们也曾倾囊相助。这是后话。

李学画三十五岁那年，把蛇皮袋子又拖回了分道观村。和蛇皮袋子一起的，还有他病恹恹的皮囊。

他回村的 2015 年，扶贫工作队已经入驻了一年。分道观村已然不复平静。严谨又热情的面孔到处晃动着。整座村庄活跃了不少，又陌生了不少。

以往的一切好像要重新梳理一遍，他的童年时代，他的少年时代。记忆应该还是立体的，记忆又好像全都坍塌了。

他的目光在各处滑动，变化是的的确确在变化。

邻居李姊子的儿子牵着外地媳妇回来了，从前两人无论如何都不愿意回来，现在回来了又无论如何不愿意走了。西沟的穷亲戚刚攒下一笔钱，痛痛快快一身崭新。村部的干部不再愁眉苦脸，在现实的生活中有步骤地忙碌着。村头那家差点辍学的调皮小子，大学毕业还壮志要再读下去。满山都是咯咯乱叫的鸡，草丛绿了又秃，秃了又绿。

他在窗户里看着这些动静，心胸也变得宽阔——村里人心里想的，嘴上说的，和从前不一样了，全是精准扶贫，生态搬迁，技术支持，扶持产业，一帮一。

泥土的鲜香还在，绿树大片大片的，公鸡依旧在空阔宁静的清晨打鸣，斗志昂扬的。只是，土坯房退出了，一栋栋英姿勃发的砖瓦楼房出现了。

分道观村人欢欣地说："你不知道吧，精准扶贫工作队来了以后，马上就开始硬化西沟的通主路了。"

他囫囵点着头，笑着回话，"哎哟，这回我们村终于被照顾上了。"

对方像是把他当成了天外来客，继续滔滔不绝："从前啊，我们全村没有一米硬化路，听工作队的人说，再过一年，水泥路就要修到每一家每一户了，家家户户车都能开到门上。"

这话说得又生动又体面。总算找到一个外归人可以完完整整地说上一顿了。

他看着，听着，懵懵懂懂地点着头。他想到手里不到十万的积蓄，愁肠百结。

——在他出门打工的日子里，祖母走了，他来不及回乡见最后一面；祖父没有坚持多久，也跟着走了，他被体力活拴得牢牢，也无法脱身。老人们双双被葬在了村尾的后山里，空空荡荡的坟头，沉默艰辛的一生。

同样沉默艰辛的，是他自己。这么些年，他从十堰到陕西，从陕西到山西，后来又踏上去甘肃的路，随着黄河向下奔走着。十几年，从青年人到中年人。他终于决定回到分道观村了。

他看到无数张因为希望而兴奋的面孔，他们全家都纳入精准扶贫建档立卡贫困户，可这些都和他没有关系。春天在山坡里浓烈地召唤着他，他躺在从前的草地里动弹不得。

他把自己的日子套在别人的日子里比较，美好的生活和他没有关系——

扶贫工作队驻村的前一年，他还在隧道里埋头做挖掘工，他一边挖，一边大声唱歌，歌声混入了尘土里，碾埋进隧道的更深处。昏天暗地的生活让他急红了双眼，粉末侵蚀着他的双颊，他一把扯掉了口罩。他不想再唱歌，只想拼命地挣钱，拼命地吸入了大量的尘土和灰末，又拼命地想活下来。

那时候，他挖一会儿，咳一会儿。没日没夜。咳一会儿，喘一会儿。身体和免疫力下沉着。后来，他说话不敢快了，走路也不敢快了，一口气稍微喘重了，就开始咳嗽。谁都没有预料到，他会患上了严重的尘肺病。

2015年，一个身体提前衰老的中年人，被迫回到了故乡。

他仰面躺在床里，不介意被窗外的风吹得七零八散，不介意咳嗽到呼吸困难。他是被人从医院抬回家的，他就快要死了。

妻子流淌着眼泪，快要抓断自己的头发，高音大嗓门直骂他，你可好，在外面花花世界也看了，现在走得倒是舒服。

他没有精神高声对骂。心想那可不是，看了一圈山外的世界，这不是赚了！

妻子回头看见一儿一女在洗衣服，一声不吭，又一击即中地高声大骂："你儿子咋办，你姑娘咋办，我一个人怎么养活？我跟你一起走算了！"

他剧烈地咳嗽起来，抖动着他的身体，他不甘心离开这个世界。他草草算计着，洗肺一次要七八千元，换肺，天啦，更是天价，要四五十万元。

也罢，命都是残缺的了，还是把钱留给家人吧！

他一面咳喘一面原谅了自己，已经不能做任何重体力活了，躺在床上吃喝拉撒一无是处，这更会要了他的命。

他嗅着脖边的土腥味，脸上淌满了泪水。活着的时光没有太多了，他会像他的祖父祖母那样，沉默而贫穷地睡进那坨土包里，和分道观村从此融为一体。

医院里的病危通知书到来后，家里已经准备好了一切，红棕色的棺材刚刚刷成崭新的，悲伤的乐曲时刻准备奏起，家人们流着眼泪收拾他的东西。

没有风。他看着黑白大照片上的自己，一口气闷得难受，他不想让家里人为后事花费太多钱，反而操心用什么睡姿死去，会更舒坦一些。

有一些人眷恋不已地要告别，又有一些人在蠢蠢欲动等待重生。在同一座分道观村，对立的两面是可以同时存在的。

被武当山半包围的分道观村有 161 户、537 人，其中贫困户就有96 户、319 人。一座贫困人口占据大半的环山村落。大半的村民都陷入无所适从之中，他们的人生和思维一样，停滞在了某一个时间里。都是些什么人呢？努力打拼却生活在寒夜里的人，懒惰成瘾而甘愿被一无所有折磨的人。有人爬过铁索桥去近处的六里坪镇，太阳底下闲逛，再空手而归。日出到日落，破败又清贫的家园。沉闷的呼吸，没有什么可失去的，也没有什么值得去追寻的。他们只是活着，再垂垂老去。

谁都以为分道观村是不可能再动一动的了，它不再有吸引力，只能以龟速去追逐时代。但是，扶贫工作队进驻的那年，消息很快就传开了。仅仅过了几个星期，赵之道就回到分道观村。他还差一年才满五十岁，背却驼得厉害，头发稀疏，眼睛周围全是深深的褶皱，快速走向晚年。

年岁大一点的村民看了老半天，认出了他。对，是那个小兽医。嘿呀，咋头发都白光了。

他羞涩地苦笑，寒暄了几句，就沉默着走开了。他不知道说什么才好，回避起所有村人的问候和眼神，又混进建房子的队伍里，一铲子水泥，一铲子石灰，继续搭建自己的新砖房。

他是分道观村的入赘女婿，是从更贫穷的地方走进来的。接着，他住进了妻子家的土坯房里，活得迟迟疑疑。日子越来越贫穷，耕地越来越荒稀，没有黄色的谷物，更没有绿色的禾苗。

二十年前，终于辞去了贫乏的稳定工作，小兽医踩着铁索桥离开了，踌躇满志。他先是在某一处的市郊瞎转悠，几乎快要走进了城市。手里的钱越来越少，他模仿当地人沿着山路找铁路设施。他不知道这叫偷窃。就这样，他糊里糊涂被抓进了派出所。

这场经历几近掏空了他的一切，挖走了青年人的壮志，也涣散了他的目光。好多年，他在船上做机修，在高速公路做维护。脚步零零散散跳跃着，记不清去了多少个地方。哪里需要，他就流浪到哪里。好消息传遍了村庄，坏消息也同样传遍了村庄。他没有颜面回家——其实，哪里都可以生存，但是哪里也都不是家。

原本，赵之道计划继续出去漂泊。在建完生态搬迁房后。

一个见过世面的男人，用盖一栋房子的方式把自己继续留在山里，继续守着对旧生活的困惑，心里肯定是无法平静的。他是名正言顺成为贫困户，心有沮丧和妥协，又无法逃脱。可要逃到哪里去？他站在从前的轨道里，现实生活被贫穷揉搓成一团废纸，没有生动的立体感。

他心里生满了铁锈，迟迟钝钝。

分道观村山地太多，每个山角旮旯都沉积着灰土。少有耕地。或者没有耕地。村民的手掌挥动着锄头，抹满了灰土，嘴里吹着泡沫似的牛皮，传递给了一代又一代。

他看到一只三条腿的黄狗无声无息跳走过来，黄狗上了年纪，眨着小眼睛，饶有兴趣地混迹在施工队伍里。

大时代就要到来了。一个面目端庄的人从他身边走过，朗声说着，那个人吹了一声口哨，摊开光滑的掌心，老黄狗摇着尾巴向他跳来。

他心头一震。

所有的人都在帮他们修葺这座村庄。他们带来了生动完满的生命力。他仔细看过村头的宣传栏，上面写得清清楚楚：2015 年，十堰市交通运输局带领市港航局、市交通物流局、市亨运集团、市公交公司四家单位组成驻村帮扶工作队，进驻官山镇分道观村。

从前毫无相干的人们，现在因为村庄牵连了起来。工作队和村民们一起在山脚旮旯里走着，寻着，一遍又一遍。山地在他们身后延伸着，人变得渺小无比，山地渐渐柔软下来，把最丰盛的内核呈现了出来。

于是，后来被村民们都熟稔的扶贫工作开始了，扶贫队升级了土鸡、土猪等传统养殖，又扶持了火龙果、天麻等新型种植，挖掘出黑龙潭，对接大明峰景区等旅游景点，培育农家乐、采摘园等服务业态。

在大时代里，赵之道终于在这里看到了自己的影子。他左想右想竟想了一夜，决定安然留下来。

当然，在大时代里，李学画也安然地活了下来。

至于为什么，大概——深受道家文化影响的官山镇分道观村，所经历的一切，冥冥中自有圣山的庇佑吧。

老一代讲给下一代说，几百年前修建武当山的时候，这里是中转站，人员和物资皆从这里分流。

分道分道。

老老一代说，分道观是武当山七十二观之一。

真真假假。村里找不到太多文字依据，无从考证。

只是，从村部西南的路一直往前走，就会遇到神秘的南神道。它是历史存在的通往武当山的第三条神道。从房县通省乡界牌垭进入丹江口市关山乡镇境内。

风从古老的武当山吹来，以金顶天柱峰为中心的武当山位于丹江口的西南面，而官山镇又在武当山的西南面，形成了奇妙的半呵护之势。分道观村的孩子们从小就热衷寻找古建筑的痕迹。在沿途的残枝败叶里，在满是节疤的树藤里。唐代的、宋代的、元代的。那都是武当山大修龙宫时留下来的。

老老老一代人说起官山镇如数家珍，七十二峰占有十九峰（含大明峰真武坐像），二十四涧享有四涧，三十六岩占有八岩。

更老的分道观村人抖索着胡须说，天下太极出武当，武当太极在

212

官山。

当分道观村人骄傲地闲逛在这条路上时，一恍惚就走进了历史的轨道里，与几百年间的川陕鄂香客并肩而走，恭恭敬敬地朝山敬香。

关于李学画和李学画们，我们更不妨说，是人定胜天。

他是典型的精准扶贫对象，享有慢性病医保和基本医疗政策，换肺只用承担 10%～20%。土坯房消失在草垛里，易地搬迁后国家送给他一套五十平的砖混房，一分钱不要，有窗户，有篱笆，有树木，有屋顶。

李学画们没了希望，扶贫工作队和村委会抓住了他们，打捞起了圆圆的希望。

养鸡！咯咯哒哒的土鸡们，包围在 200 米的鸡场产业路里，围网就有 800 米。3000 只，5000 只，8000 只。产业奖，教育奖，务工奖，政策奖。堆积着来之不易的财富，年入 10 万元，年入 20 万元，年入 30 万元。

风吹过来，乡村没了荒寂，李学画不再痉挛似的咳嗽着，叹喘着。他洗肺，吃药，辅助治疗，开着五菱面包车运送饲料，一只小土狗跟着他兴高采烈地忙前忙后。他弯腰轻抚着小土狗，沉静地等待一颗合适的肺。

在分道观村，相对于草木乏味地挡住了视线，还有大山宽厚的臂膀。

有些年份，土鸡的价格，鸡蛋的价格，就在外面的世界里起伏不定。比如庚子年全世界陷入大疫，从前面一个冬天，到后面一个冬天，口罩都牢牢扎在每个人的脸上。城里回来的人说，看这样子，今年的形势不会太好啊，大家提前做好应对准备。连分道观人也察觉到，土鸡养多了会有风险。果然，连锁反应很快就来了。苞谷饲料价格嗖嗖地涨起来了，土鸡养少了，收入当然也低了。但是分道观人还是把脚步吱吱嘎嘎踩在门前门后，该吃吃，该喝喝，并没有生存危机。收入低，意味着风险也就降低了。土鸡卖不出好价格，那就正好节约点饲料，干脆少养一些土鸡，卖不出去就自己吃。

赵之道心里着急，可这总不是揭不开锅的着急。说急也不急，总归是摸爬滚打后的老技术了，外面的环境早晚都会好起来，只要勤劳就一定会致富，等土鸡价格好卖了再大量养殖。这人世间可以有狂妄的欲望，可更金贵的是心平气和的安详。

比如在清淡的年份，山村的美显现无遗，慢慢在小楼前的院子里施展开。

他拖来一张躺椅放在白云的下面，九十五岁的老岳母抱来一件旧衣裳，顺手拿起放在窗台上的针线盒，坐在躺椅上，又开始低着头缝缝补补。他也端来一张小木靠椅坐着，望着远处半山坡，一层层的土坡顺势而下，立满了踱步的土鸡。太阳穿过了白云，老人又热情地找他聊起来了："小伙子，你叫什么啊？你几岁了？孩子多大了？你媳妇去哪了？你吃饭了没……"

他笑着嘟囔："我五十多啦，我媳妇就是你闺女，她去丹江口带外孙女去啦。你饿了没有啊？"

他进厨房端来一碗油油的热鸡汤，倒进老人的白米饭里，老人用勺子慢慢吃着。他挑出几块嫩嫩的肉，夹到老人碗里。半碗咸菜，半碗鸡蛋羹，他们坐在中午的太阳里吃。吃完了喝着绿茶。老人又清醒起来，喊他："道啊，你别忙乎，我去洗刷。"

后来他爬到家不远的高地上，那是他的养鸡场，官方说那叫专业养殖合作社。合作社里还有其他几处养鸡场，他家的规模不算最大的。换作往年这时候，山坡早就啃个半秃，几万只鸡早就蠢蠢欲动等待着出栏销售。这清闲的年份只谨慎地养了两千余只。

他继续往山坡上爬，石头里冒出一茬茬鲜草，他小心地避开它们。远处传来一阵犬吠，回过头看，黑龙潭方向走来一个男人和一只小白狗。那个男人和他一样精瘦结实，高高挥舞着手，大声和他打招呼。早几年，他们几家养殖户也一头雾水地瞎忙了好一阵子，后来产业做顺手了，又被驻村队员带着出去跑市场。远处的甚至更远处的大超市、农贸市场，沉甸甸的鸡肉从他们手中到了城里人的厨房里。

万里晴空，芦花母鸡们围着十多只公鸡在争宠。嚼碎了的苞谷，慌乱交错地奔跑，扑腾起的尘土弥漫在空中，没多久空气又清澈起来。村子的风里有新鲜的鸡粪味，菜叶随风恣意生长着。现在，他坐在石头上等待那朵云把太阳遮住，烟卷已经在双唇间了，他摸摸索索找打火机，琢磨着晚饭还是继续做老人喜欢的酸菜肉末面。

好极了，一切都好极了。他吐出长长的烟。山里要多安静就有多安静，老岳母还坐在躺椅上，蜷缩着背，淡茶喝空了，她眯着眼把针戳起线圈里，渐渐眼皮重了，渐渐进入梦乡……

后来的日子，时辰尚早，离春天的到来尚早，风偶尔还会沿着武当山吹来，空气柔软了，分道观妇人闲着日子寡淡，索性提着蛋筐往镇上买买卖卖。各自从自家院子里出来，结伴儿嘻嘻哈哈走在村路里，新房的明瓦在阳光中深深浅浅，像穿过一座座古代建筑，朴素，又浸透着道教的微光。

她们没有蹚过漫水桥。老铁索桥变成了老漫水桥，在曾经和现在，都一直都架在进村的道路中间。农业文明之下，分道观人对季节有着特殊的敏感。什么时候河槽快要被填得溢出来了，什么时候又风平浪静了，他们自有分寸。

只是这漫水桥被拆了第一层，又拆了第二层，正准备拆第三层时，村人依依不舍，无言抗拒着。这是一座村庄的情怀。桥的那一头是更远的过去，这一头是不远的未来。不变的是，山风还是从古老的武当山吹来，外部的世界一览无余了，分道观人该笑时笑，该愁时愁。只是漫山遍野全是希望，一年又一年。

山 民

二十三岁那年，北京奥运会的圣火还在燃烧。一早，十堰大山里的浓雾慵懒地翻滚，我踩着山路边的小道，去一个农妇家采访。从城市中心出发，一辆灰色的采访车载着我往郧西山里疾驰，车轮飒飒的。天空浸泡在纯净水里，清清亮亮，令人失去了现实感。我听见喜鹊在松柏林里清脆的叫声。

到达目的地，刚刚打开话题，我的手机便响了。远方的新工作骤然有了消息，我朗声大笑起来，激动得在院子和草垛间来回走动，踩得枯枝啪啪作响。只是说来惭愧，农妇被冷落到一旁，顺势又忙起了手边的活，她生了三个孩子，称得上是大家闺秀，凤眼大酒窝，黑珍珠质地的皮肤，瘦削的四肢。她比我只长十多岁，眼睛星星一样明亮，表情宁静，看不到内心有什么撞击，也看不到有被时代抛掷后的落寞。我望向院子外面，村中还有不少土泥巴路，被无数的石头簇拥着。我轻松地笑着，心里全是了不得的雄心壮志。泥巴路在闪光。这一场采访结束后，我便可以踩着某一条七彩泥巴路，腾云驾雾而去。末了，妇人用嘶哑的嗓音和我道别，迟缓地向我摆手。我想，妇人的道路真正的只能通到院子口就戛然了。

那时，我不再是山民了。

于是，我对外界有了神往。双唇紧闭，不得放松下来，如果把梦想僵硬地塞进脑袋里，那就成了执念。当年的我一定是神情恒恒的，金丝雀一样脆弱，心里想的事跟大山无关。我投注了青春，着急想要离开家乡。

我还年轻，还不太能懂得家乡意味着什么，乡愁究竟在惆怅什么。我像盲人，摸到了大象的尾巴、大腿、耳朵、牙齿，种种的局部，却还没能摸到大象厚重的身体。我心心念念的是另外一种氛围，这种氛围来自大山的外面，譬如坐上一整夜的火车，把自己抛出鄂西北大山，奔赴完美的气象。

直觉是冰冷的，它说，走了，就不要再回头看了。

翌年，也就是奥运圣火在北京点燃的那年，我便亲手毁掉了这种情愁。即使这种情愁盛装着我的所有亲人和整个童年。离开，势必要是那种强劲喜悦的，要快速的，要与人分享的。提上行李，坐上 4 路或者 5 路公共汽车，目的地就在十堰火车站。倘若有了新的户口本，便不再回来，这封闭的山脉里。像平素就沉默的春蚕，生命里总有一刻开始吐丝，纤细的，绵长的，而又无法抗拒的，直至把自己囚禁得完好无损。你不知道它到底在沉思什么，只知道它会永远也不回头。

后来，后来天翻地转。十多年时光急急地扑面而来。

直到有一天——

身体真正地离开了十堰，我才发现自己的心思陷入模棱两可的状态。一点一滴的，家乡的那些回忆开始让我心乱如麻，离得越久，越觉得不安，那种感觉是被谁怯怯地拽住了衣角，总不忍心再往前走，家乡寻常的日出日落也都落入了我的注视中。

庚子年开始，大疫网住了全世界的生活，父母不再勤奋地动弹在武汉十堰两地。他们缓慢又谨慎地生活，习惯了清淡的一日三餐。反倒是我，像一颗闷久了的种子，不想墨守成规，借着各种"创作"的由头，滚滚翻腾地往家乡奔走。

少年时代疏于注视的家乡，归途是分水岭。这时才发现，十堰的四季在归途之中不再寡淡，真正鲜明起来了。听说眼球可以储藏风景，大山里的云团和汉江下游的云团真的不一样，跑着跑着，它们就被大山顶了起来，躲进了更高的天空里。我在高铁的车窗里看见自己欣悦的脸庞。

乡愁迫使人和生活较量，后来没了"创作"，我回家乡的借口也日渐五花八门。没错，说起来矫情，比如山间摇曳着樱桃，像小火苗一蹿一蹿的，也能不设防地激起我的童趣。樱桃和乡愁，两者是可以兼得的，于是我的小心脏无比坚定的，再次有了探寻鄂西北的借口。

当记者的老友郑重地说，不如一起去郧阳五峰乡下三岔村看看。

我郑重颔首，那太好了，就走走看看吧！哪怕是与我无关的山村，也觉得有亲缘的瓜葛。兴趣并未索然，这是所有的童年加在一起也抵不过的快乐。尽管，这样的快乐是单薄的、敏感的、殷勤的，完全是主观情绪支配的，但像是从此就拥有了大山的气息。

来到一座嵌进大山里的村庄，下三岔村。从字面上看，它的确就站在三条岔路的交叉口上。一条环形的公路穿过郧阳五峰乡，盘亘到山的顶端，再盘回，再盘出，一圈又一圈，腰带一样缠绕了一座座大山。阳光很贪心，闪个不停，从一座山一座山里穿透出来，大片的山林列队般的绿得格外单纯。山里全是树，松树、杉树、柏树、花栎树，各种各样的灌木。春天四处闯荡着，而大山用盛装的模样迎接它。也只有山城的司机敢拨弄着方向盘，大摇大摆的。晕车吗？我当然不会晕。这路、这无数环形的路，是我朝朝暮暮永远思念的路。

接下来的几个时辰，我都在山里缓慢行走，穿梭在肥盈的叶片里，眷恋杂草特有的气息。

数千年，隐藏在鄂西北云蒸霞蔚的景象早就被神仙明察。五峰乡下三岔村 6 组合庙村四组交界处，有一座最挺拔的俊山。山梁自东南方向延伸至西北方向而走，穿梭进云雾缭绕之中，所以便是无论如何都无法低调下来了。远至清朝年间，俊山便因为极其好的轮廓，被修建主寨和副寨，继而，又有了一条深约一米、宽约一米四的箭道。为了便于防守。而更古老的是俊山的大名天鸡寨。传说玉皇大帝在附近一座山峰歇脚，见山下云雾弥漫，颇为神奇，就差遣天鸡守在另一座山头，为山下的老百姓打鸣报时。后人把玉皇大帝歇脚的山峰称作玉皇顶，而天鸡打鸣的制高点山头叫做天鸡寨。俊山的福气继续延绵，再次遇见，已是真武大帝年间，话说真武大帝为了建庙宇，一路东来，四处寻山，攀爬上天鸡寨顶时，望见四周海岛一般的仙山峻岭，不由大喜过往。继续从汉江北岸娘娘山往前，刚落脚一土寨，山就矮了三尺。真武大帝腾空而去，遂又来到另一处山峰，遥见远处紫气曼延，就奔此而去，这就是后来的武当山。借着缥缈的神话故事，借着认真的民间传说，一定是带着骄傲的表情，后来，看武当的山峰就成了"望武当"，真武大帝站过的地方建庙"祖师殿"。

漫漫长夜过去了，沉睡的远古文化遗址苏醒了，老天赏赐的天然珍宝威风凛凛，即使是被一件一件地请出来，它们也必定不屑成为游客合影照里的大背景，这不是使命，更不是宿命。

但我知道，古银杏树一定认为是宿命让它们来此。从前有一群种子，就像寓言故事里的，它们走过无尽的旅途，避开人间的乱世，来此佳境，便不再复出，甘愿与外世隔绝。后来一群银杏树只留下了两棵银杏树，一雌一雄。漫长到 1800 年的岁月里，它们恋爱了，它们吵架，又不想分离，长着长着就成了雌雄同株，从此再也不分离。不须记得它们是世纪哪一年飘落到这里的，不须挂念它们到底还要活多久，和狐仙神魂结为好友，相隔十几个世纪都安然无恙，一个懒腰它们又以年轻的生命回来了。

后人尊称它们夫妻银杏树，莽莽草木间，它们一笑了之，沧海一声笑。谁会料到竟然会活得这么久，这么久……久到所有的情话说到要口干舌燥，还没有老去，它们还是青春的状态。当人们想拥抱这对旷世眷侣时，才发现人类是多么局束，近两米的直径，四个、五个，足足六个人才可以抱个圆满。眷侣们挺直腰杆，足足 20 米高。它们只能瞭望。1800 多年的瞭望，也总算明白了置身何处，更在一笑间生出朝代兴衰的苍凉感。

"想家吗？"老友像陌生人一样问我，"想家就回来吧！"

我几乎快要流下眼泪。于是我再次成为山民。

当我不再瞭望远方，想问一问自己到底想置身何处时，乡愁、被乡愁笼罩的感情就汹涌而至。

时间，时间不可能无动于衷。

山民站在三岔路口到处眺望，耳朵里全是山林的回音。也想像几百年前的祖师爷那般透彻，"此处可有仙山灵气？"路口还浸没在雨水里，脏兮兮的，也让人留恋不已。遥远的和不遥远的都在眼前，方正的行政中心，大名鼎鼎的会稽世家祠堂，提着镰刀的苍苍老妪，山腰里更远的小白楼，平旷土地上的鸡犬，斑黄又不甘寂寞的坟墓……至于那看不到的山外，就是山民的来路和归途。像是来此绝境，与现实间隔，便不再复出了。

山民吃惊不已，曾经以为永远写不出流畅的山野散文，而今，山民如我，混沌又浮躁的山民如我。

春天的空气干干爽爽的，养活了暗淡的肺。古银杏树的洒落下的叶子里又一次传来沧海桑田的气息。千年古树的叶子在风里飘，它们执着地相信一个说法：落叶归根。我却觉得时间已经停滞了，无法淡然。

乡愁凝固在了记忆里，不仔细地去冥想还好，一旦认真起来，就越想越觉得心尖酸痛，情绪缥缈，继而怅然所失。我想起独自留守在十堰城区的奶奶，肩膀扶着门，在老虎沟五楼冲我摆手的神态，那扇粗糙破败的老门和她融为了一体，这个画面太脆弱，发了芽又结出果，不忍摧毁，又害怕它消失。

从大山里抛出去久了，当初想离开的念头又变成了风筝线，那种在风中无所适从的徘徊没有办法穿过云霄，想离开，又更想回头。

来了，依旧要看看东周人劳作过的铜矿遗址。恰是这崇山峻岭的荒野，没有让这座 6 万平方米的洞穴式矿井孤寂清冷，反而是穷僻的护佑，它们完好无损地保存了几千年，稀罕地成了汉水中上游发现的唯一保存完好的冶铜遗址。

沿着董家湾方向风尘仆仆地开车，盘盘的山道，不知道铜矿究竟在哪个转弯处。一片浩瀚的生态板房施工现场挡住了路，下车，沙沙走在石头路里，狭小幽深的洞口就在前面，潇潇凉风吹来，能隐隐约约感觉正要卷入历史的戏剧里。传说五峰乡是东周时期古麇国国都所在地，古麇国掌控着汉水中上游重要地质资源。当时的势力格局是："麇为百濮长，百濮率乎麇。"在冷兵器时代，金、银、铜、铁、锡是极其重要的军事战略物资。只有拥有了这些充足的军事物质资源，才能制造出充足的兵器。因此，古麇国需要挖掘金属矿藏。在当时的麇国境内，有两种矿藏：一是黄金；二是黄铜。黄金在汉江河道及其岸边的山丘之内，而黄铜则在安城的石箱子董家湾的山上。于是，安城铜矿应运而生了。

后来古麇国采矿业又运行了百余年，国都（现在的肖家河村到五峰中心集镇）逐渐被挖空，挖成了浩浩荡荡的地下城。历史在千军万马间呼啸，古麇国这个时期也发生了几次大的战争，直至衰弱，直至亡国。然而，麇国被灭，麇国开掘的安城铜矿却被历史封存，决策者长足周全的眼光，成全了地老天荒的传说。

90 年代，安城铜矿又轰鸣了起来，在历史的回响里。矿区设在董家湾，日产矿石 20 余吨。它换了一个姿势独立，成了第三批省文物保护单位，有别于古人过去开矿完全依靠人力的方式，现代矿产开采运用了机械、爆破等科技，从而加快了生产进度，提高了生产效率。生产最为旺盛的时期，每天有上百人工作。矿山当然不是没有止境的，山体上画满了纵横交错密密麻麻的矿洞，被挖掘，被掏空，精疲力尽的。矿洞还被贪婪地吞噬着，甚至至汉江河堤几十米那么远，江水灌了进来。原先计划开采四十年的矿洞，现代人只用了不到二十年就开采完了。花无百日红，矿业市场慢慢疲软，直至破产，安然铜矿有一搭没一搭运转了十几年，又按下了暂停键。

学界、考古界都知，古老的大山都知，渺小的人们都知，大山铜矿的矿石并不是被挖完了，而是一时找不着矿脉。一个矿工说，要想在铜矿里寻找矿脉，就像到汪洋大海里寻找一粒金子那么难。即使是借助科技的力量，也充满了敬畏之心。这一费时费力费钱，又得罪大山老祖宗的事情，不再有人敢去问津。

安城铜矿再一次回到古麇国故都的山野里，继续守护古麇国的文化，以不语的姿态，安静似悼念故国的一座坟墓。只是这山野，不再是暴露的荒芜之地，原生态又苏醒了，闻得着一年四季的清爽味道，看得见星星和月亮。

走在环山路的中间，有那么一刻，迎面的山风添了几抹新味，那是山城的甜腻感。大山里没有什么焦虑的源头，只有努力呼吸这一桩重要的事。

十几年前大山里任何一座村落，模模糊糊只剩下房子的轮廓，春夏之交，秋冬之交，都是一样的在褶皱里凋零，只能和高耸云天的大山控诉。若是屋里老人离开了，留下的只有宅基地的遗址了。那么如何呢？我不知道一座村落和另一座村落究竟有什么不一样，或许，天下的农村都是一样的复制。

这样的复制，在十几年里早已不再继续。我这时才注意到，也或许是当年根本无心注意到，矿洞周围的平坦处尚有一座院落，带有古风。

万物疯长的春天里，老院落的背后隐藏着巨大的慈悲，又一个人世间。我听到了这样一个故事：下三岔村一组的董祥安从小就饱尝了穷困的沮丧和酸楚，家里把他供到中专毕业，就不得不把他丢在了荒野里。也就是八九十年代的尾巴里，他打工回到老家，走啊走啊，没有路，从这座山爬上那座山，狭窄的艰险的山林，树林泛绿了又枯萎，一轮又一轮，他从少年爬到了中年。人变苍老了，房子的泥巴墙上全贴上了补丁，可不变的是穷日子。他眼睛外就像升起了一片薄雾，迷离的，怎么也看不清楚。明明是绿水是青山，明明两棵老银杏树还在守护，可老乡亲们还是在荒野里挣扎不堪。乡愁啊，甜中全是苦涩的乡愁啊。

1800多岁的老银杏树绿了，红了，又黄了，在人间的隧道里继续行走。时间往前推移着，他咬着牙生活，双手还是空空的，可内心从未停止过躁动，恨不能搬走大山，让这荒芜之地有一条清清白白的道路，哪怕是山野小道。

后来，好政策奔向了他，好机遇又抓住了他，他进入了房地产开发市场，积蓄开始疯长，乡愁更是疯长。这躁动的乡愁从来没消失。他还惦记着山林里自由的风，在孤独里沉默的乡人，和山里从来没有舒展开来的路。他觉得，如果口袋里有钱了不做些什么，势必会愧疚得郁郁寡欢，无法面对这一生投掷的辛苦。

终于有一天，国家把他的乡愁送到了家门口，扶贫攻坚战打响了。他感到了血脉在突突勃发，深深深呼吸，这一刻终于到来了。要修路，要架桥。他一口气掏出了两百多万元。邻里还站在残存的老屋下，乡亲从谋生着的四野八荒赶路回来。他们都还有油黄的面容、枯老的身板，明亮的眼睛。贫穷的岁月如此漫长，可他们还是贡献了土地，贡献了山林，贡献了菜园。不要任何赔偿，什么都不要，什么都不留下。

反倒是乡愁啊乡情啊这些看不见摸不着的，让所有的下三岔人激动得颤抖。致富的和勤劳的下三岔人都庆幸，那条路终于修到了外面，外面的世界正在发生奇迹。

我们听完了故事，开着车沿着山脉缓缓前行。到处都是山，到处都没有人。我一阵又一阵的心醉神迷，甚至不觉得自己置身于大山里有多惶恐，相反的，竟然想回到童年，或者更早的时间，蜷缩进子宫里的安全感。机械车腾腾，地动山摇。

从下三岔村回来的第二天，我在五堰的街头闲逛，一个农妇提着一篮子樱桃穿过闹市，玫瑰色的衬衣格外特别，我忍不住多看了几眼。她欣喜地冲我喊，刚摘的，甜得很，只剩下一小半了，便宜点我全卖给你。也许，她察觉到我面孔带着外地人的气息？我并不想有拂人意地离去，本来打算买一点点解馋，可就在蹲下来的那一刹那，我决定全部买下。她自悦自喜地一把扯下好几个塑料袋，把樱桃一捧一捧往袋子里装，小心翼翼的，嘴里还在念念有词，本地的，甜着，好多人当天就带到外地去了。

她的发梢里还黏着尘土和碎叶片，她的背后立着邮电街和人民路交叉口的天桥，城市的背后是高楼，绵绵起伏的山脉，我的眼睛忽然被刺痛了。

付完了钱，我断掉了多待几天的念头，提着四袋子樱桃，足足五斤多，一路往家的方向飞奔。樱桃的季节是山民们的节日，节日来去匆匆的，我怎么可辜负这最可贵的年华，一个人大快朵颐呢？我飞快地收拾好行李，下楼拦上一辆的士，直奔城东的高铁站。

我的大脑指挥着手指，抢到了最近时间点的车票。那时是下午，我计算着到达汉口火车站是傍晚。再计划着接下来该做些什么。

我成了山民。

没工夫用篮子保护樱桃，下高铁时，我只能把它们塞进一个大大的塑料袋里。我的樱桃是不能被忽略的，我小心翼翼地抱起了袋子，像抱着童年的开心，准备带给住在常港路的童年小玩伴夏兰。

后来的事情是这样的：我在童年无数次见到夏兰的父亲。他心平气和地在十堰当了一辈子公务员，又心平气和地定居武汉在陪伴女儿。直到六十多岁的一天，疾病变成一条条毒蛇，侵入了他的肌体。继而一天天，要了命的基础病快要把他掏空了。他从此和安稳的生活断裂开来，终日摊在床上，咿咿呀呀地呻吟，只剩下空空的回忆和贫瘠的身体。他忍受了许久，几次隆重地推进 ICU 病房，又侥幸地躲开了死神，快快被推回了家。后来，疼痛更疼，愤怒发酵了，他拒绝吃饭拒绝喝水，终于放弃自己的身体，变成了顽固狰狞的模样。他开始对家人乱吼乱叫，摔着东西让他们滚蛋，看着他们无助痛哭而充满快乐。

这一天，樱桃的清香还在发酵着，染红了夏兰父亲苍白的脸颊，他的愤懑情绪有所缓解，几把、十几颗樱桃，醇香的快乐让他的味觉变得灵敏，胃口大开就是惊喜。夏兰郑重其事地把这个好消息告诉我。这一夸张的惊喜也让我如释重负。我明白了，我说，这是想念十堰了。

夏兰哀叹，好几年没回了，我爸这副身体，沿河路的家怕是再也回不去了。

家乡的父辈们悉数老迈，我们慢慢走向不惑。电话里全是沉默。

夏兰后来又说，一吃樱桃我就想起小时候了……我们家都舍不得

227

一次吃完，敞开了放在阳台上通风，让我爸多吃两天。

十堰的樱桃不比外地常见的大樱桃，皮肉结实，颗粒饱满。它的果皮无比柔嫩，现在怕是已经有点乌红乌红的了。然而，豆腐一样脆弱的果肉，实际却又无比强大，竟然强劲到可以抵御形神俱损的疼痛。这太让我喜出望外了。病痛是赤裸的，可乡愁在肌体的纵深处，看不到，也无法表达出来。吃着樱桃时，老人心里想的是比樱桃树庞大多少万倍的十堰城，继而幻想变成一片叶子飘回山里吧。

后来，夏兰把樱桃籽埋进了土里，土壤变得柔软放松，我们都知道，这虚幻的想法在平原大地无法实现，但是我们也知道，山民会活得很长很长。

定稿 2022 年 5 月 30 日